丑弟

段雷 著

Chou Di

献给，

一路风雨兼程奔波劳碌的普通人

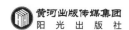

黄河出版传媒集团
阳光出版社

图书在版编目（CIP）数据

丑弟 / 段雷著. —— 银川：阳光出版社，2024. 12.
ISBN 978-7-5525-7584-2

Ⅰ. I247.5

中国国家版本馆CIP数据核字第20242KZ624号

丑 弟 段 雷 著

责任编辑 杨 皎 金小燕
封面设计 乙 昇
责任印制 岳建宁

黄河出版传媒集团
阳 光 出 版 社 出版发行

出 版 人 薛文斌
地 址 宁夏银川市北京东路139号出版大厦（750001）
网 址 http://www.ygchbs.com
网上书店 http://shop129132959.taobao.com
电子信箱 yangguangchubanshe@163.com
邮购电话 0951-5047283
经 销 全国新华书店
印刷装订 合肥图腾数字快印有限公司
印刷委托书号 （宁）0031156

开 本 710 mm×1000 mm 1/16
印 张 15.5
字 数 200千字
版 次 2024年12月第1版
印 次 2024年12月第1次印刷
书 号 ISBN 978-7-5525-7584-2
定 价 48.00元

书写土地的悲悯与坚韧

  我们终其一生，都必须立于土地之上。土地是人的根本。从土地中，生长出村庄、住房、树木、人与各种动物……土地涵盖了一切，又以其广大、持久和沉默，包容和收纳一切。一代代人从土地上站起来，一代代人又向着土地倒下去。对于土地的情感——纠缠，模糊，复杂，浓厚，又矛盾，叛逆，痛苦和难以自禁。

  青年作家段雷的《丑弟》，就是一部写土地，写土地上生长的人，写人与土地、人与人之间血肉相连、互相依存又互相伤害的长篇小说。段雷出手不凡，让人怀疑，直至刮目相看。早些年，段雷写诗。后来，写小说。然后就是这么一部洋洋二十万字的长篇小说。其人物之丰富，乡土民俗描写之细腻，故事情节之复杂，人物个性之鲜明，都说明：这虽然是一部长篇小说处女作，但已相当成熟。作者在自序中说一年读了近两百本书，这部作品中，显然能看出他读书的痕迹。一些名著的影响，隐约可见。特别是一些重点过渡段和故事的起承转合之处，都诠释了作者对经典的致敬与学习。

  这是一个作家成功的必由之路。段雷以《丑弟》来证实并实践了这点。对于很多人物的塑造，他并没有铁板一块，一写到底；而是雪泥鸿爪，处处留痕。看似不经意，却用心良苦。乍读小说，以为是以蔡叔华的视角来建构整个故事，但再细读，却发现是多重视角，小说中的每个人物，都曾是故事的经历者、参与者，甚至是站在故事外的评判者。这种多角度、多侧面、多线索的叙述，对于一个作家来说是个挑战。可喜的是，段雷基本驾驭了这种写法，并且融合了自己的诸多感慨，使这部作品在可读性较强的故事之外，又增强了反思的力量。

土地悲悯，土地上的人，是坚韧的。一代代人悲悯而坚韧地生存、生活着。段雷的小说，将生存生活在土地上的三代人的命运，绾结起来，从而构成了一幅当代农村气息浓厚的长卷。小说中，尤其值得称道的是，作者运用了大量的民间传说和对风俗风情的描写，让我们不仅仅读到了土地和土地上人的命运，还深切地感知到了土地与人的细枝末节，毛细血管，并且，触及到了土地与人周边的万事万物。小说营造了一种毛茸茸的水粉般的温暖，虽然整个小说的腔调，依然是冷峻的木刻。

当然，《丑弟》也有不足，比如叙述的内在逻辑性问题、众多人物关系的处理问题、语言的更加精准到位问题。但是，这毕竟一个相当良好的开端，能让我们看见作品的成功，同时更能看见未来的期望，这才是最为重要的。从这个意义上，我祝贺段雷的《丑弟》的出版，并期待着段雷能够在将来的创作中更加成熟，创作出更多更好的文学精品。

安徽省作家协会副主席、合肥市作家协会主席

2024 年 12 月天鹅湖畔

自 序

文学一直是我大脑里保护得很好的一根弦。

高中时候我是学校文学社副社长，那时候喜欢偷偷撰文，然后主编每次都给我发，我至今都对这位同学保持感恩之情。于我而言，那不亚于发表在国家级杂志上。后来听说文学社停办了，当时我第一反应是：多少人的文学梦也许就破灭了。

上大学后，有一段时间是我人生中的低谷期，那时候很茫然，于是我尝试着求助于文学。2012年我开始写诗，这一写便是4年。研究生二年级的时候诗集得以出版，这也几乎花光了我所有的积蓄（学生哪有什么钱呢？）。诗集出版后，很快我便萌生了写小说的想法，题目就叫《活着》（和我的偶像余华的小说《活着》同名），开头为："荣妹从梦里醒来时，头痛如刺。零下三四度的寒风挤兑窗纱的姿态，让她想起了孩提时代吹散手中的蒲公英时鼓起的双腮。她侧过身子，汗水已然将后背的床单洗涤一遍，寒风同时挤兑进被笼，与她梦里的不寒而栗相得益彰。"

这一写又是3年，2020年寒假在安徽砀山我完成了初稿，11万字。之后相当长的时间内，我数易其稿，因为懒惰，再加上笔力有限，我一度有了排斥心理。与此同时，我意识到自己的不足，我开始疯狂地阅读，2023年我竟然读了188本纸质书。

　　《丑弟》应当算是一部现实主义小说，它讲述了出生于 20 世纪 90 年代初"婴儿潮"时期蔡姓三兄弟从出生到近而立之年的成长历程，伴随着人物成长过程中乡村习俗、面貌等的变迁，人物内心的心理变化，表达了乡村人民对新时代的认同与乡村振兴的期待。

　　小说名为《丑弟》，它大概有几层意思：其一，蔡伯华、蔡叔华与蔡声华三兄弟生长在一个队里，命运均不济，他们是同宗兄弟关系，这是人物之"弟"；其二，与他们成长相关的村里发生的事儿，乃至于学校发生的事儿，那些他们生长的环境不尽如人意，这是"丑"的含义之一；其三，人物的内心之"丑"；其四，其他。

　　我想，文学是我人生中的一项使命，我想通过文字传达我对祖国深沉的爱，传达我对这个社会的关心关注，传达我对所能见到的也许不太完美的地方的些许担忧。

第一章

"忙神爷"的黑漆棺材前前后后在蔡家屋祠堂放了整整二十九天，蔡家屋的男女老少也在蔡奂英家头尾吃吃喝喝了二十九天。从天数上讲，这个长度在尼姑村勉强算得上中等。

按照习俗，房屋起首及婚丧嫁娶等大事一般都要看日子、相时辰。尼姑村有三个"地仙"比较有名，他们基本上承包了尼姑村所有与生老病死习俗相关的事。

这三个"地仙"有两个是蔡家屋附近陈家屋的，二人是堂兄弟，老大叫陈军，老小叫陈夭军。另外一个在朱家湾，姓马，单名一个巷。这三个人中间又以陈军最为有名，人们说陈军从二十八岁出师到今年腊月初三，五十八岁整，近三十年来，凡经他看过的大小正经事从没出过任何差错。因此，他的名头不仅在尼姑村如雷贯耳，在整个双墩镇，知道他的人也不在少数。

俗话说"人怕出名猪怕壮"，伴随着人们口口相传的传奇，三十年来看起来顺风顺水的陈军也被一些人所诟病。

就拿那位在队里祠堂搁了两个多月的老人这件事来说，外面不少人认为陈军这件事做得极不光彩。

老人名叫张喜英，据说早年还扛过枪，一生无儿无女，所幸几个侄子侄女在队里的名声都还比较不错。到去世前几个月，自己还能糊弄一口吃的到嘴里，膝盖头和胳膊也都能动，死得也利利索索，几乎没怎么卧床。老人一去世，家里便把陈军请了过来，这一算不打紧，金口一开可就收不回去了，行话说，哪有掐好的日子随便更改的道理？这样一来，一大家子一年到头可就只需围着那口棺材转了。可把他几个侄子折腾得死去活来，据说其中一个侄子声称"还不如自己死了算了"。俗话说，久病床前无孝子，更何况是脚底下的几个侄子？于是，家里头有人就怪罪陈军起来，却又不敢大声声张，一来碍于人家臭名远扬，二来也怕陈军知道后在背后捣鬼，只能暗暗叫苦不迭。有人就说了，日子不合，大不了你给人家治治，怕也是以前结下过什么梁子吧？

有老人在背后指指点点："陈军这个人，行业待久了，变得腹黑了。"

相比之下，朱家湾的马巷就精明得多，他读过高中，算是有文化的人。早些年，朱家湾的人传言因为当年高考被人顶了包，本来该他去上大学的，后来被同学校另一名当官人家的儿子去上了，从此便一蹶不振。家里头只顾着那是传言，也没办法坐实，又没有其他门路，只好悻悻作罢，权当自己孩子没出息。头几年，他一直在家闲着，无所事事，后来才跟人家一起干着贩牛的活计。有一天突然不想干了，便自己琢磨起风水来。不承想，竟被他搞出了一些名堂。

高考结束后，一晃近 20 年过去了，快 40 岁那年，他的妻子马天给他生了一个女儿，名叫马碧珠，马巷视女儿为掌上明珠，小夫妻俩之后就再也没有生过二胎，妻子马天甚至连小产都没有过。外人不理解，族里一些人也明里暗里说些难听的话。甚至于他自己的几个同胞哥哥，也怂恿老母亲上前多次规劝。只有马巷心里清楚自己想要什么，他内心深爱着妻子，舍不得让她受一丁点儿委屈。他甚至安慰妻子，他不情愿看到妻子像其他农村妇女那样还没到四十身材就严重变了形，随意一根绳子扎一绺儿，余下的头发随意地往脖子后一搭，在很多老光棍面前撩起自己的上衣给三四岁的孩子喂奶。只不过，他的一厢情愿和马天消瘦的身板在周边大多数妇女眼里是那么格格不入。毕竟，在她们固有的思维里，只有肥硕的屁股才有为家族传宗接代、延续香火的可能。

在一贯我行我素的马巷的内心深处，只有两样东西值得自己用生命去呵护。

头一样便是自己的妻子，他和妻子马天从初中便是同学，后来，两人又考取了镇上同一所省级重点高中，而那一年，他们所在的那所初中两个班总共也就考取了 7 个人，而重点高中却只有他们俩。上高中后，竟然阴差阳错地被分到同一个班。那些年马巷相貌平平，梳一个流行的中分头，一米七五的个儿，不算太高。他说话有一点嘶哑，从他喉结处发出的声音让不少城里的姑娘神魂颠倒。他的成绩优异，生性又极愿意帮助别人补课，从他嘴里讲出的几何知识让人有一种如沐春风的感觉，据说他与人交谈时嘴里总是哈出一股青草的香气。这些都有效地弥补了他相貌上的不足，在班里大多数女生心里，都默默地把他有点塌陷的鼻子这一遗憾从心中完全抹了去。对于这样的美男子马天自然也早生情愫，最先发现马巷嘴巴里有青草香气的也是她。

冬日的早晨，马巷捧着马天一双冻成胡萝卜的双手轻轻地靠近嘴边，哈了几口气，除此之外，他几乎没有多说一句话，甚至连因青春期喉咙发育"嗯、嗯"的声音也没有。直到他转身离开，留下一些比较含蓄的眼神后的很长一段时间里，马天都愣着神，她感觉像做梦一样。二十多年以后，当他们的女儿从澳洲回来，她第一次看到同在澳洲留学的家在扬州的李平平——她女儿的男友时。有那么一瞬间，她突然觉得，女儿的审美和当初的自己多么相似啊，看那凸出的喉结，没有像北方人那样的高挺鼻梁。她说他嘴里哈出的味道就像《食草家族》里高密东北乡里食草人发出的那种"一股草的清香"味道。对此传说马巷半信半疑，他的牙齿并没有"特别白"，他也没吃过草，不过常年想不到吃荤菜倒是真的。

那时候马巷和马天心中都清楚自己的出身，他们不比那些县城里的孩子，除了考上大学，他们没有退路。除了谈论学习，他们之间至多只有眼神交流，即便是像这一次有意或无意地"哈气"，后来也没有过。而且在那个高考录取率极低的年代，他们谁也不愿意先说出自己对对方的感觉。只可惜天不遂人愿，高考那年，马巷因为失误，只考上了一个大专。因为家里兄弟姊妹多，自己又是老幺，爹妈早已老态龙钟，于是便选择了放弃。可嘴里说是放弃，心中实则不甘，那阵子只有自己清楚内心有多煎熬。而马天则考上了省城的合肥工业大学，这在整个双墩镇都不多见。上了大学的马天依然对马巷念念不忘，他们一直保持着书信来往，往往是马天写两三封信寄过去，马巷才慢腾腾回一封过来。马天知道马巷喜欢苏轼，上大学那几年她省吃俭用，将苏轼的诗词、散文都买了个遍，甚至各种版本的都有。她鼓励马巷坚持看书，坚持自己的梦想，即便是务农，也要做出和别人不一样的成绩来。在外人眼里，马巷就这样浑浑噩噩地过了三四年，可谁也没想到成天不务正业、穷困潦倒的马巷竟然娶了一位天仙，还是一个重点大学的学生。

马巷和马天结婚的那天，马巷穿上了人生第一双皮鞋，人们发现，眼前的马巷还是四五年前的马巷，有那么一刹那，人们仿佛看到了站在眼前的马巷就是一位高才生。有人说马巷和马天的结合可以用珠联璧合来形容，他们简直是天造地设的一对。只有马巷的母亲，那个经历了无数苦难的老太太心里清楚，他这个"不争气"的儿子算是彻底耽误了人家姑娘一辈子。

谁都不知道，在结婚之前，生性要强的老太太一个人跑到马天家里甚至下跪求得马天爹娘的原谅，她知道自己的儿子配不上人家姑娘。她还知道自己家和马天家门不当户不对，她几乎是把自己毕生的积蓄都给了对方家庭。马天的父母被准亲家母这种行为感动，他们原本有一些反对这门婚事，他们前些年也是知道马巷这个孩子的，一直对这个懂事的小伙子印象不错，初升高的时候马天带回来过一次，而且，他是女儿高中时期最好的学友。只是这几年他没有干什么正经事，人看起来也变得邋里邋遢的。一个没有一份正经工作，糊口都成问题，一个有着大好前途，这两个是那么不合适。被这位未来的亲家母这么一闹，反倒心里都释然了很多，所谓有其父必有其子，有其母必有其女，如此面善心慈的母亲教出来的孩子本质一定不会太坏。何况他们老两口一辈子也只有这么一个女儿，找一个对自己女儿好的女婿比什么都强。只是对这一对小年轻的未来人生表示深深的担忧。

婚后不久，马巷就发现自己除了会吟几首诗以外什么也不会，他觉得自己就像那位拥有忧郁诗人特质在落日的余晖下独自砍柴的艾希礼，对于"砍柴"这种农活他简直一窍不通，甚至连收拾家务都不会，更恐怖的是，他不敢与队里其他人交流。而马天身上有着斯佳丽所有的优点，看呐，她美丽、大方、坚忍，和高中时候在他心目中的印象一样，无可挑剔。他开始意识到自己要出去做点什么，哪怕是为了自己的妻子。于是他便开始与人合伙贩牛，这真是一件苦差事啊。虽然他的肤色早已被岁月染黑，但自己的内心还是当初那个读书郎。他还没有完全走出那些条条框框。有谁知道他迈出这一步有多难啊？如果不是自己的娇妻不离不弃，他绝不会迈出那一步。

第二样便是自己的爱好，或者说是自己的理想——他想要像苏轼那样成为一个真正的诗人。古往今来，在人类这个群体中，总有一小部分人天生与众不同。他们中间有一部分人天生喜欢拆拆卸卸，有一部分人天生对数字敏感，有一部分人天生喜好运动。还有一小撮人，他们天生钟情于文字，马巷就是这类人中的一员，似乎从一出生他就背负着某种使命。要成为一名诗人的梦想在他儿时已经早早埋下了种子，只是这种理想可以在做学生的时候拿出来说一说，亦可当作一种虚幻来慰藉无聊的书山题海的日子。一个农民，他要成为诗人，注定是一种非常可悲的结局。马巷心里清楚，如果他这种想法让她的老母亲知道他一定会被打断腿，传出去更是会贻笑大方。

他们到底要生活。

　　然而，贩着牛的马巷从未停止过自己的想法。终于，他找到了灵感。而这种灵感又恰恰来源于他毕生的偶像——苏轼那里！天下之事，真是无巧不成书啊。有一天晚上，他正捧着苏轼的诗集啃着，其中有一句"已向闲中作地仙，更于酒里得天全"让他突然眼前一亮：对啊！我可以做一名"地仙"啊！虽然此"地仙"非彼"地仙"，但没关系！人家大字不识一个都能做，我堂堂马秀才不行？既然"地仙"这么吃香，为何我不可用来养家糊口！何况还可以"得天全"！还可以得到周围所有人的尊重！他惊喜万分，苏轼这首诗分明就是为他马巷写的，他老人家是怎么知道近千年后还有一位后生正为自己的前途愁眉不展呢？他的想法很快得到了妻子的支持，在马天的眼里，马巷说什么都是对的，她从心底欣赏他那一股孩子的劲头。她是如此支持着丈夫的梦想，他们之间早已远远超出"嫁鸡随鸡，嫁狗随狗"的藩篱。

　　马巷在做"地仙"的第二年就声名鹊起，人们纷纷传说马巷到底是念过书的，说起来一套一套的，做"地仙"也文文雅雅，从不满嘴跑火车。马巷干"地仙"总是客客气气的，仿佛自己还在读书时代，有时候干完活甚至故意避开主人家吃饭的点。到了第三年，马巷的名声开始在尼姑村传开了，这遭到了陈军兄弟俩的围攻。他们开始扬言要马巷好看，甚至传一些不实的谣言。或许是不想惹事，或许是其他什么原因，总之，马巷给自己立下了两条规矩：其一，距离屋场十里外的地方不去；其二，他不想做的人家坚决不做，哪怕是亲房也不行。其中有一条就是苏轼的诗句"十里长亭闻鼓角，一川秀色明花柳"里受的启发。是啊，古人们送别亲人尚且于"十里长亭"就停下了脚步，不再往前走了，何况是我区区马巷？他总是这么想。

第二章

在双墩镇，人们习惯将去世说成"老了"或者"走了"，比方说"他啊？他走喽，去年端午没吃上一口粽子就走喽""哪不折磨？五十年饭碗都没端稳就走了"，诸如此类。但这种隐晦的说法逐渐不流行了，尤其是在新生一代，彼此间谈及死亡都直言不讳地说"某某死了"。

对于死亡，这里的人们还有另一种说法，那就是"熟了"，能够配得上"熟了"这种称呼的老人一般都是无疾而终，相当于"仙逝"这种文雅的说法。

前来参加吊唁或者来家帮忙的人在主人家吃饭就叫作"吃老人"，比如忙神爷去世了，他们来吃饭，就叫"吃忙神爷"。他们边吃边笑，就好像忙神爷就躺在他们面前。

那是七八年前，某天晚饭后，蔡伯华不小心听到隔壁那位大嗓门的婶娘说："过几天回去吃外婆"。他简直被吓坏了，一下子全身尽是鸡皮疙瘩，他心想，吃人呐。后来，他才逐渐明白，长辈们讲的"吃人"不是真的吃，一般去参加白喜事习惯上叫"吃某某"。名义上是"吃"去世的老人，实际上是"吃"其子女或者其他晚辈在丧礼上摆的酒席，也暗示着死者的晚辈办一场丧事要亏本。且作为晚辈，一定要欢迎别人来你家吃吃喝喝，从死者入殓直到出殡，每一天每一餐都要对踏进家门的每一位客人笑脸相迎，八个人一个八仙桌，厨房里还要提前估摸下一餐大概有几桌，死者在祠堂放几天队里的人就要来吃几天。

忙神爷是在"秋老虎"正发疯的时候去世的，早晚天凉，白天忙起来又恨不得光膀子。巧的是，偏偏那阵子不利于下葬，因此，蔡家屋有几家硬是近一个月没怎么生火。当然，有白喜事的人家家里若是没有旁人进进出出，这在外人看来是一件很丢脸的事。所谓死者为大，家里出了这么大的事，竟没几个得力的人来招呼，怎么说都说不过去。尤其是有亲戚前来吊唁的时候，如果没有一个灵活的人上前帮着分担些手下的活计，弄不好便会出事。

下葬的日子终于到了，好巧不巧，那会儿乡下刮起了一股火葬之风，而且要求骨灰统一入公墓，而忙神爷又偏偏是这阵风兴起后蔡家屋第一例，因此还闹出一些事儿来。

却说蔡家屋总人口最高峰时是108，忙神爷去世前一个多月正好有一女婴诞生，因此算下来还是100多号人。据说原先蔡家屋是一片荒地，这是关于蔡家屋的历史说法中最平淡无奇的一种，和早年大多数没有人涉足的地方一样。毕竟，这个世界上原本就没有卡塔朗村。关于蔡家屋这块荒地的最初模样因为叙述者缺乏语言的艺术，而让这个故事流传下来没有丝毫的趣味性可言。而另一种说法来源于蔡伯华的大爷爷"糯爹"，也就是忙神爷的大胞兄，蔡伯华的大爷爷。蔡伯华和糯爹之间巨大的年纪差距让这种说法至少在蔡伯华本人看来显得有趣味得多。

那是国军败退的时候，十几个小伙子拖着枪往后窜，他们的祖先因为躲在和角笋那么粗的松树后面而侥幸逃过一劫。后来，他们在这里繁衍生息，渐渐地就有了现在的蔡家屋。相比之下，这种说法的趣味性较前一种高出了很多，更重要的是，糯爹说他亲身经历过，好像他当时就躲在另一棵比他们祖先躲的松树还粗出两三倍的松树后面看着这惊心动魄的一幕一样。直到后来，蔡伯华才发现这种说法更不可信，首先从时间长度上便可以排除。国民党那才多久？他们的祖先不至于这么年轻。但无论哪种传说，可以确定的是，蔡家屋共同的祖先必然都是姓蔡，而不是姓王或者姓赵钱孙李。另外，还可以确定的是，最开始一起搬过来的应该是两兄弟，且其中有一个一定比较强势，因为这一特征给日后的蔡家屋的子孙造成了非常不光彩的影响或者说埋下了隐患。

蔡家屋最先的那两兄弟，也就是忙神爷的三世祖和他的哥哥来到蔡家屋（当然，当初，这里有可能叫"猫屎坡"或者"猪脚岗"，后来因为蔡氏两兄弟嫌弃这些名字太随意而更名）后，到忙神爷这一代已经是第十三代了。根据祖训，蔡家屋蔡氏三世祖的哥哥那一支传下来是二房，三世祖那一支即三房，以此可以推算他们还有个胞哥，保不齐还有几个弟弟。从当前的实际情况和传说两方面看，二房的人向来住的房屋地势高，地敞亮，人也都比较强势，且人丁兴旺，到民国后期，还出现过几个小财主；三房的人住的房屋地势低，且相对比较偏僻，距离蔡家屋祠堂都比较远，且这一房的人遇到事都处处忍让，直到新中国成立后种的田地也都还是些边角旯旯。虽同在一片土地上，但显然，三房的人们更像"一个在我们的文明地平线下生死簿名单有继续繁衍的种族"，他们当中大部分人心甘情愿地充当着莉泽那位重病在身的母亲的角色——只要二房人稍微屈尊一下身，他们便会感激涕零。

这种情况一直持续到忙神爷这一代都没有从根本上改观。忙神爷兄弟四个，就人数上讲，这在蔡家屋"仁"字辈里是绝无仅有的，可偏偏这四个人说话的声音加起来还没二房一个人的声音大。每逢队里开会，二房的人一句话呛他们其中一个兄弟，其他兄弟三个连头都不敢抬一下。等到了蔡伯华他爸爸"尚"字辈这一代，堂兄弟加起来共八个，这个人数又创了蔡家屋有史以来堂兄弟人数的最高峰。可堂兄弟八个都不和睦，没有形成什么合力，尤其是有了家室之后，妯娌之间常常因为一点小事儿闹得鸡飞狗跳，彼此都见不得彼此好，因此受二房人欺负也是常有之事。就像草原上落单了的鬣狗，顾得了头顾不了尾，家族里老少都时时担惊受怕。

100多人的蔡家屋在十里八村实在算不得大屋场，加上田地不多，历史上也没出过什么具有县级影响甚至是镇乡一级影响"大人物"，因而，在尼姑村一直是可有可无的存在。在双墩镇更是可以忽略不计。多少年后，当人们翻阅最新的县志的时候，这个地方也很有可能会因为没有拿得出手的自然资源和人才资源而被当作尼姑村的一部分一笔带过。

可别看这100多号人的屋场在村子里影响力不大，内部讧起来那可是有历史的。这不，前面讲的分房就是典型的例子。这一点，我们不得不佩服蔡氏最先的那两个兄弟的"智慧"，同时我们也可以大胆推测两兄弟处于"家在寒林独掩扉"的时代就早已有了诸多见不得人的芥蒂。

玛格丽特·米切尔说过："死亡、税收和小孩出生，不存在有任何恰当时机。"生老病死是最令人敬畏和最必须直面的事。蔡家屋的人们也不例外，平日里啥事没有，一到红白喜事生儿育女的节点，心目中"房"的归属在人们的言谈举止中便显得一览无遗。蔡家屋就好比是一盆烧着了但被草木灰捂得严严实实的木炭，平日里没人去捣鼓它，自然看不见一丝火星，它甚至还会发出微弱的热量。而一旦有人拿棍子在这层草木灰上捅开一个口子，里面烫人的火舌便会冒出它刺人的头来。死亡便是品种繁多的棍子里最粗壮的一根。忙神爷就是今年挑开那盆火钵上边草木灰的那根最新鲜的木棒。他的去世让仅仅100多号人的蔡家屋，在这个文明的时期分成了原本就真实存在、但因为这样或那样的原因一直遮遮掩掩的两房，丝毫没有任何商量的余地，让那些某个时间段甚至觉得这个屋场简直就亲如一家的乐观者幡然醒悟，继而捶胸顿足。

因为重视教育，尤其是基础教育，在年轻一代，"分房"的观念在大多数人的意识里逐渐被各种先进理念冲淡。然而，遗憾的是，每每发生一件诸如此类的事的时候，极少数守旧派的鼓动便很容易让还待转变的中间分子临阵倒戈，一旦这些人的思想有了些许的转变，那之前一切的努力将会瞬间付诸东流，伴随的将是长久都无法修补的裂痕。这道裂痕仿佛是上天给了蔡家屋狠狠的一鞭子，很快，先知先觉的人们发现在蔡家屋这条他们引以为豪的"龙脉"上已经豁开了一条血淋淋的口子，汩泪地冒着鲜血。而与此同时，骑在这条"龙脉"上的人们，还沉浸在彼此争斗之中，乐此不疲。而那些稚嫩的少壮派，他们像被一场大雨淋湿了雏鸡儿，哆哆嗦嗦地缩在角落里，他们本不坚固的临时阵线被隐形存在了成百上千年的他们深深痛恨的某种力量毫不费力地冲破。他们中的一部分人甚至能体会到：这些倒行逆施的行为，恰恰是某些蓄谋已久的等待，只是说，他们缺了一个时机。甚至可以说，一切都是白搭，他们开始体会到那些"大人们"在他们倡导某些书本上类似于"团结奋进、相亲相爱"的理念时，那种默认的眼神后面满满的不屑与不争暗含的分量是何等的沉重。

现在，100多号人的蔡家屋需要建两座公墓。因为早早地获得了必须火葬的消息，二房的公墓已经引进了爬山虎，而三房的人因为人心不齐、再加上其他种种原因，直到快临近忙神爷下葬的时日才刚刚完成选址的工作。就在今天早上，才刚刚刷好白粉，门口专用于燃放鞭炮的香灰池四周的水泥还没干透，一大块水泥因为跟不上快节奏而节节败退，掉在地上和着草屑，就像一坨新鲜的狗屎，脑袋深深地埋入草中，看起来狼狈不堪。

忙神爷的家人凌晨两点多钟就已经起来了，按照惯例，他们需要吃点面条"打打尖儿"，但他们发现，把用来睡觉的时间交给饮食，实在不能算明智。等到四点多钟家里所有的人都赶到祠堂，忙神爷的小儿媳妇和几个出嫁的侄女已经在那里哭成一团了，这一场哭丧的真实成分最多，因为等到今天下午，忙神爷就会像纸片一样被揉成一团装在一个小小的瓷罐里。毕竟，人们对着一个瓷罐哭泣多少会显得有些滑稽，因此，在这之前把该有的情绪宣泄掉一部分对大部分人来说是理智的。一般人很难掌握妇女们哭丧的分寸，不知道她们什么时候怎么就哭了起来。只是她们有时候一齐哭起来的场景比较触动旁观者，但外人即便是被感染了淌下泪水，也是万万不会跟着边哭边唱的，还有那些个哭词，大部分人更是一句也不会。

虹妈和蔡港菊困在人群里，脸上尽是尴尬的表情，一时间，她们感到进退两难。尤其是虹妈，她是外地人，从小到大没见过这阵势，更是不知道她们为何突然就哭了起来，也不知道哭除了"哇哇——"之外，还有那么多的讲究。她开始努力克制自己，使自己不至于被这种场景吓倒，同时也试图酝酿一些悲怆的感情来。什么"爹爹呀，你怎么就去了？""侬去呀，不管晚辈受苦受累受欺负吖"之类的，这些话哭出来就好像故意让在场的人听到一样。一些话哭喊得别人头皮发麻，身上起鸡皮疙瘩；另一些话哭起来让人直想笑。时间一长，人们就容易想起"骂奶奶"来，再加上在场道士们过度的繁文缛节让一些比较疏远些的亲属也异常地疲惫不堪，思绪早飞到了九霄云外。

骂奶奶，早年丧父，临近中年丧夫，因为伶牙俐齿且言辞绝无重复而得名。她原本不叫"骂奶奶"，她是有名有姓的，而且她还有一个听起来有些小资的名字，叫作唐嫣润。据说他的父亲是一个文化人，他有一双儿女，儿子稍大，在他们还小的时候他们家一直住在城里，早些年她们兄妹俩也读过一些书。只是后来他哥哥不幸溺亡，据说是外出游泳时"扎猛子"，不幸头部卡在了水底一条石缝里便再也没出来。所谓祸不单行，不久以后，家里又出了一场变故，一家人不得不离开了城里，离开城里后，日子顿时变得糟糕起来。单听这个名字没人会与现在这位厉害的寡妇画上等号。

夏天，正当午，大部分农民习惯窝在家里或者躺在队上公共的弄堂里乘凉避暑，她却从来不愿意让屁股沾一下凳子。老太太习惯性地在正午上自己的田地里转上一圈。她似乎很享受正午直射的阳光，享受田地里空无一人的感觉，享受和那些被阳光晒得发烫蔫头耷脑的茄子、豇豆和辣椒们一起相处的时光。自从丈夫蔡尚童去世以后，她便不再相信鬼神之事。她虽性格刚烈，为人心直口快，但在她丈夫蔡尚童在世的时候，她也是极少抛头露面的。在她心中，男人有男人的事，外面的事还是要以男人为主，只是到她男人回家征求她的意见或者遇到困难的时候，她才站出来，否则，即便是话到了嘴边也会被她硬生生地吞下去。

那已经是十七八年前的事了，她甚至觉得是上辈子。她觉得那简直是一场梦，等到了她这个年纪，她越发觉得她的判断是正确的，她所有的经历以及即将到来的日子她都觉得只不过是一场梦：

"刻骨铭心的痛苦，当初因为家族里部分人的执迷不悟，硬是将躺在床上高烧不退的蔡尚童拖垮了，直至去世。她不忍去想那些诸如'下三白眼''克夫''扫把星'这些恶毒的字眼……"

看呐，骂奶奶立在自家地头，双手叉腰，吞上两口唾沫，标志性的声音便开始了："是哪个断子绝孙的摘了我家黄瓜？是哪个不得好死的跑到我家地里乱踩乱踏的？啊，欺负我一个寡妇……"什么难听的话她都可以骂得出口，而且句句不重复，声音抑扬顿挫，让本来有睡意的庄稼汉铆足了精神。假使此时此刻来了一群外乡人，他们背着一口暗红色的铁锅用以昭示自己的职业是铜锅匠而正信步走在蔡家屋的田埂上，他们一定会两颊绯红，因为他们正尝试着走近某一家菜园里摘下一根黄瓜解解渴，他们大脑里装的那点龌龊而又无可非议的想法因为被骂奶奶提前揭发，而让他们变得局促不安。他们会觉得骂奶奶实际上是在指桑骂槐，骂奶奶骨节粗大的手指正指着他们的鼻子，自此他们的大脑里不再有任何的妄想，他们一开始想走街串巷的冲动也瞬间消失殆尽，他们能想到的只有：逃离，慌不择道地逃离。

村里的人后来说，骂奶奶骂人是一种习惯，不见得她这个人有多坏，而且尼姑村像骂奶奶这样双脚架在两块地上叉着腰骂人的不在少数，那些人声音尖锐正在刺穿她们整个大队人的耳膜，整个大队的人们因为她们长年累月的谩骂而不得不提前十年戴上助听器。相比之下，我们抛开音色，单说骂奶奶骂人的水平就较其他绝大多数人高多了，你看，声音不是那么的刺耳，且时时翻新自己的词汇，让那些忙累了的老男人们常常有种耳目一新的感觉。由此可以看出，骂奶奶头天晚上一定做足了功课，一个这么努力的人难道不值得我们尊敬吗？这种说法在男人们聚在香樟树下抽烟的时候更为流行，当然在那些口水之间有不少亵渎的气氛在悄悄蔓延，随着门口塘的污水流向了蔡家屋每一方田地。

骂奶奶还有一招，那就是站在自家门口的大石头上眺望，这一招简直是一绝。她一个人过活，唯一的女儿嫁到了她娘家那边去了，她自嘲算是还回去了，从此她与那边将不再相欠。她早上从不赖床，随便扒拉几口饭菜，田地里露水还没干透，她就站在石头上面瞄准，像是一位放哨的战士。如果被哪个毛头小子真的不小心瞄到了，那对不起，她定会快马加鞭地赶过去，就在你猫着身子正准备动作一番的时候，她同样也猫着身子跟在你的身后，不同的是，她猫得更低，在你猫着身子的身后伸出一只猫着身子人的手，或者叫利爪，因为一旦被逮到，你就像瘟鸡一样。看呐，那老鹰前一秒钟还在空中盘旋，母鸡"咯咯"地叫唤尽力地展开翅膀护着它的孩子，它脖子上的毛发高高耸起，一副迎接战斗的姿态。然而，下一秒钟，它们中间的某个成员便被一双利爪牢牢抓住，并且毫无挣扎的迹象。对，就像那样的，任你双脚怎么蹦跶都无济于事，据说曾经有一个娃子因为气急败坏而咬了骂奶奶一口，骂奶奶反手就给了他一耳刮子，直到现在，那个娃子还时常耳鸣呢。多数时候你是不会蹦跶的，因为你不单单面临着骂奶奶对你的推搡和拖曳，还要面临全队乃至于全村人对你的大张挞伐，此时此刻的你早已吓破了狗胆。

王达就是那只"瘟鸡"。在讲述王达这只"瘟鸡"的遭遇之前，我们必须提一下这只小"瘟鸡"的妈妈：刘带弟。蔡家屋另一位"英雄母亲"。

因为不满"带弟"这种有着赤裸寓意的字眼，同时使得自己的存在看起来纯属附庸而擅自将名字更改成"刘宏递"。因为父亲的墓碑上依然镌刻着"带弟",每逢祭祀,她就再也没有靠近坟前,只是呆呆地站在距离坟墓十米开外的地方烧香磕头。

刘宏递的娘家在刘家屋。刘家屋和蔡家屋同属尼姑村,两队相距不过二三里地,刘家屋的一些水田在蔡家屋屋场附近,蔡家屋的一些旱地也分布于刘家屋屋场旁边,阡陌纵横。在刘宏递嫁过来前,蔡家屋不少女眷已经零星地听说过刘家屋刘宏递"离经叛道"的事迹,她们当中大多数人在一个人独处的时候都暗暗佩服过刘宏递的某些行径,但这仅仅是少数时候,大多时他们谈起刘宏递这个女人都会因为愤怒或者害怕而随之色变,甚至发展到带有一丝酸味和心虚的嗤之以鼻的程度。而自打刘宏递嫁到蔡家屋之后,他们才真正开始直接或间接地领略到刘宏递的厉害。相比之下,刘宏递在刘家屋待字闺中的时候就已经与蔡家屋一半以上的媳妇们吵过架的事,也没有被任何一个蔡家屋的媳妇提起过。

却说蔡家屋与刘家屋两个屋场几乎是沿山而建,刘家屋地势高,蔡家屋地势低,蔡刘两队的祖先共同挖了一条河沟,名叫庵河。所谓"前人栽树,后人乘凉",这是一件功在当代、利在千秋的大功德。因刘家屋在上游,他们负责开挖河沟上半部分以及日后庵河水源的保护,蔡家屋负责开挖河沟下半部分和后期河沟的疏通。

每年阴历六月中下旬,蔡刘两队的村民都会在庵河旁边的一块沙地里举行盛大的纪念仪式,纪念他们的祖先,纪念庵河上下两部分接通的日子,同时感恩大自然的馈赠。那一天,他们会邀请村里比较有威望的人来主持仪式,也只有在那一天,在率真的笑容里,在热气腾腾的食物前,人们才真正看到平日被家长里短淹没的庵河的儿女们竟也饱含"笃行纯孝,慎终思远"的一面。一年一度,这个几乎召集了尼姑村三分之一的村民争相前来的盛典,从阴历六月十五日月圆之夜开始筹划,在接下来短短三五天的时间里,杀猪宰羊后的热气洗涤了人们一年三百六十五日的沉疴痼疾。

当桑叶逐渐飘落的时候，阳收阴敛，这里的人们也逐渐安静下来，人们守着保存在自己仓库里的五谷杂粮。

但逢涝季，两队的人都出工出力，挖土筑坝，修缮河堤，这都不在话下。当旱季来临的时候，河流在大多数情况下会变得逼仄，这一点从远远地便可望见河道里的大部分石头探出的大脑袋便可以知晓。一些河蚌也纷纷前来声援：傍晚时分，厄僻之处便可以寻到张着大嘴露出舌头的河蚌们在说着刚下山的火红色日头的闲话。这时候，上游也绝无拦堵河水的情况，人们坚守着最原始的淳朴的道德底线，百十年来，两队一直相安无事。

庵河的尽头便是大名鼎鼎的泊湖。这一古称"雷池"的湖泊跨宿松、望江、太湖3县边境，为长江流域的大湖之一，以盛产银鱼而闻名天下。北宋黄庭坚"号橹下沧江，避风大雷口。天与水模糊，不复知地厚。"描绘的即宝地。关于泊湖，现代诗人雷子亦有诗云：

> 泊湖水
>
> 抚摸着风在颤抖
>
> 深冬的枯草
>
> 吮吸风雨
>
> 贪婪还是迷恋？
>
> 放肆无欲
>
> 认水作干娘
>
> 隔江千古愁
>
> 立崎群贤
>
> 争分自
>
> 凉雨不信
>
> 风偏任性

五世流离衰不似

信也罢

佛禅悠悠

　　在庵河长达数十千米的河道两岸铺有大大小小成千上万块的石砧，由于河水清澈，人们在石砧上淘米搦粉、洗菜涤衣，享受大自然的馈赠和祖上的功德。蔡家屋和刘家屋段也有不少石砧，只不过由于河流到了蔡家屋段已经比刘家屋段要宽出不少，相比之下，蔡家屋段的石砧凸显得大而平，洗起东西来人的心情会很舒畅。水面宽阔，大大小小的衣服在水里边可以尽情地翻滚、放肆地嬉戏玩耍。因为算得上几乎是河流的源头，刘家屋段河水要狭窄很多，水流也比较湍急，刚嫁过去的新媳妇因为缺少经验，洗衣服的时候常常会被水冲走刷子、小件衣服什么的，对此，下游的人们都已司空见惯。比如某个新媳妇的内衬不小心漂到了下游蔡家屋河段被人给拾了，远远地看着那个新媳妇红着脸扭扭捏捏地跑过来，而这边的人们到底还要问个清楚："你是不是掉了什么东西？是什么东西？什么颜色？什么式样的？"

　　穷人的孩子早当家，从小目睹父母亲忙忙碌碌的背影的刘宏递很早便学会了浆洗衣物、家什。

　　宽大的石砧人人都喜欢用，但也要讲究先来后到，后来的就得用窄小的石砧，人多的时候甚至还要排队。农村的杂活多，刘宏递又喜赖床，刘妈妈一般上地里干完一圈活回来喊她起身去洗衣服，即便是这样，大多数时候她还是磨磨蹭蹭、披头散发地来到河边。在那里排队洗衣服的大部分是一些嫁过来不久的、起得晚一些的新媳妇或者家里早饭已烧好、牲口已喂妥、手边的家务活已忙利索的当家妇女们。

　　那些新媳妇们一看到刘宏递就像海洋里的鱼群遇见了虎鲸，纷纷侧目而视，有的干脆背过身去，更不消说上前跟她打招呼，生怕落下什么话柄。而已经在大石砧上洗衣服的妇女们都是匆匆忙忙收尾，胆大一点的便说："大妹子，我这就要快好了，你来我这里吧。"语气中充满了巴结和防范的味道。驻足后的刘宏递站在河边纹丝不动，也不说话，却偏着脑袋，盯着最大的那块石砧，直到把那块石砧上的人脸上的毛细血管盯得异常充盈，接近爆裂为止。当然，也有不识时务的，看不过她这种盛气凌人的德行，偶尔也会上前与刘宏递争论。于是，不少人便尝到了苦头：两片像刀子的小嘴，喋喋不休，那些个新媳妇哪是她的对手，无论身材高大还是矮小，不出三回合就全部败下阵来，直捣鼓得你脑仁疼。时间久了，一些话就会源源不断地传到刘妈妈耳朵里。刘妈妈是全队里公认的最为贤惠的媳妇，队里大事小事都离不了她，有时候，隔壁队上有什么红白喜事甚至都会前来请她，一些甚至连男人们都搞不定的不公平的事也会请她出来主持公道。若要是真有哪些不明事理的刁钻的人欺负她，无论明里暗里她都尽量选择避开，不去争论，她自己有安慰自己的一套说辞，有自己的处世哲学。她总是暗示自己：这都忍气吞声了大半辈子了，黄土都埋到半腰了，还没活明白吗？

可就是这样一位活菩萨，她的女儿刘宏递却又是另一番模样。队里人一开始慑于刘妈妈的威信，轻易不敢言语什么，可什么事儿也经不住时间的煎熬。刘妈妈其实也是了解她女儿的，她从出生就没大号过一声，被别人拿捏在手心里搓揉惯了，有时候想上前争辩几句，话还没到嘴里，就感觉到两耳根火辣辣的。女儿却不一样，出生那阵子整整哭了三天三夜，哭得昏天暗地，直到把嗓子哭哑了还哼哼唧唧的。用刘宏递大姨的话说，刘宏递表姊妹七八个，加起来都没宏递一个人哭得多。似乎是一方面她自己太懦弱，一辈子被人欺负，碰到讲理的人人家知道你是大度不计较，遇到不讲理的对方便常常得寸进尺。另一方面，她觉得女儿还小，以后的日子还长着哩，她也是有意识地放任自己的女儿，什么都由着她，不得不说她的很多委屈这些年通过她女儿得到了一定程度上的抖落。她就这样，很矛盾，矛盾了大半辈子，她看到女儿这么强势，眼睛里偶尔也会散发出一种异样的光芒，那种光芒有欣喜、担忧、疼爱、赞许，甚至是憎恨，只是一般人轻易发现不了而已。她暗暗想，是不是自己心里憋久了，那些瘀滞得难以外放的气血都流淌到了自己孩子身上？只是后来闲话的人多了起来，她便开始旁敲侧击，时常用言语点点刘宏递。比如在厨房里趁自己的女儿在灶台口塞火的时候有一句没一句地像是自言自语般地说一说。刘宏递一开始不在意，久了她便敏感起来，她知道是队上的人在背后戳她的脊梁骨。她多么聪明？只是她对这一切都置若罔闻，依然我行我素。

直到有一次傍晚，刘妈妈在厨房里哭，一边哭还一边像之前很多次一样自说自话，神神道道的，她知道妈妈是故意做给她看的，她们是母女，心连着心呢。刘宏递最见不得别人哭，她自己不喜欢哭，也最见不得别人哭，尤其是当着她的面哭。此时她心里烦透了，从她妈妈的自言自语里她意识到妈妈又在外边受风言风语的气了，而这罪魁祸首一定是她。她决定从明天起不再去与她们争那些石头，绕过那块是非之地。第二天，她想绕过那一段河水直接从另一条较宽敞些的大道去更加宽阔的下游，但她实在憋不住年轻的那股傲气，于是她毅然决然地径直走上前去。刹那间，人群中立刻停止了嬉戏。她在河岸上站了一会儿，和以前一样盯着那块最大的石砧，同时，也让那些大小不一的石砧盯着她。他们像亲人一样，彼此恋恋不舍地就此别过。她转过身，从此再也没人在那里见她出现过，旁边疯长的狗牙根一簇簇地像往常一样无动于衷地在风中摇曳、打闹。

不在上游出现的刘宏递出现在了几十米外的蔡家屋的石砧上。

庵河上游的媳妇、女儿们一般不到蔡家屋的石砧上洗衣服，一来因为要走一段满是野草的河岸费时费力，弄不好搞一身露水或者是"老鼠愁"，二来一个队里一半的话都是从这些个石砧上生出来的，一生出来不久便学会了奔跑，很快就会在队上男女老少耳朵里生根发芽，她们犯不上冒被添油加醋损失名声的风险。一个队一个故事，别的队的故事到了这队，对方队里的人会感到极端不适，那些话传出来定不是什么好话，有的甚至不堪入耳。但偶尔也会有几个媳妇、女儿们到下游来洗洗东西，一般情况下大家都心照不宣，一直以来也都相安无事。

刘宏递第一天来便闹出了幺蛾子。

世间事无巧不成书，却说那天早上，刘宏递去的时候正好有一块石砧在那儿空着。眼瞅着其他石砧上都在打闹嬉笑，刘宏递的到来并没有引起她们一丝一毫的注意，中间她们有的人瞥了她一眼，但也很快便重新加入刚刚那些话题之中，等到刘宏递端着大木盆快要靠近那块石砧的时候，有人跳了出来："这个位置上有人。"

"这个位置有人？人在哪？"刘宏递故意装作很惊讶，随即语气里便有了挑衅的味道，与此同时，她睁大了惺忪的眼睛。

"她马上就来，哎，来了。"

"志俊妈，我来了，那位置没给人占吧？"说时迟，那时快，估计也是远远望到了这一幕，声音像"丹唇未启笑先闻"的王熙凤一样和着脚步就来了。

"哎，城城妈，没占没占，这不空着吗？"蔡志俊妈妈像没人似的喊答道。

"哎，这是？"蔡城城妈妈抢先把她们家红色的塑料桶搁在那块空石砧上，同时肥大的屁股笨重地挪到石砧靠岸的那一头。她的尾巴骨差不到一公分就要碰到那块石砧了。

"我是刘家屋的刘宏递，刚刚你没来，这个位置我占了。"刘宏递并没有被对方看似强壮的身躯和霸道的行为吓唬到。

"啥子？这个位置你占了？你去打听打听我'裂水刘'的名号，我在这块石砧上洗了十几年的衣服了，我从洗我家城城的开裆裤到现在的初中校服这么多年来，还没人敢跟我说这块石头她占了！你再回去问问你爷爷，去问问这块石砧的由来，这是我公公蔡志国早年从灵璧县北部磐石云山北平畴间弄来的灵璧石，你一个黄毛丫头，说话也不怕磕着下巴，你说占了就占了？"蔡城城妈妈一口气说完了上面的话，自打嫁到蔡家屋以来，她逢人便夸那块青褐色的石砧是他们家公公弄来的灵璧石，好像那块石头也姓"蔡"一样。

旁边向来不嫌事大的蔡家屋的媳妇、女儿们开始哄笑、应和。

有的说："是的，城城他奶奶年轻的时候将一身傲气的灵璧石硬是磨平了棱角，心甘情愿地在这块浅滩上安了家。"

有的说："是啊，是啊，城城妈还没怀城城的时候就在这里洗东西了，如今城城的妹妹都有四岁了。"

明眼人一眼就能看出来，大伙儿在等着看一场好戏哩。

城城妈一方面仗着自己人多，另一方面她根本不知道刘宏递的深浅。就算是之前那些星星点点的耳闻，此时也因为过分陶醉于自己的三寸不烂之舌和旁边人的应和声中早已将之抛之脑后。再加上平日一家人在队上横行霸道欺软怕硬久了，处处感觉高人一头，处处要压人一头。

初秋，庵河水流淌得很慢，仿佛在静静地等待着什么。它总是那样，一脸无欲无求的样子。

"你讲这个石砧是你家什么公公的就是你家公公的？这个石砧是你家的你怎么不搬回家？你怎么不讲整个庵河都是你家的？你怎么不说你这块石头是从庵河底下挖出来的一块石头？还灵璧石，你怎么不说是灵山石？我跟你们说，你们下游要不是我们上游放水下来，莫说是洗衣服洗菜，屁都别想洗。赶紧将你那骚红的塑料桶给我拿开！一群骚鸡。"刘宏递双手开始叉着腰，她的这些不堪的言辞和不羁的行为与她这个年纪大相径庭，如果不是亲耳听到亲眼所见，没人会相信这位一脸细小白色绒毛红嘴白牙的女孩子家家会如此出言不逊。

刘宏递一连串像钢炮似的浑话不仅仅针对城城妈一个人，还波及了在场所有的"观众"，一时间空气都安静了很多，平静的水面上倒映出几张瞬间绯红的面庞。城城妈一下子被憋得说不上话来，脸上红一阵白一阵的，志俊妈也一下子愣住了，小小年纪小小个子如此泼辣，那还得了！还真把自己当王熙凤了？

"大妹子，你这说的什么话！嘴里怎么不干不净的？不就是块石头吗？来，你来姐这儿，等姐洗完剩下这半桶，姐把位子让给你，也不知是谁家丫头，一点教养都没有！"志俊妈手上的棒槌捶打得她身下那块石砧上的衣物"啪啪"直响，细小的肥皂水显得有些浑浊，很快被河水冲淡。

"谁要你的石砧？你想给我我还不要呢，我今个儿偏要在那块石砧上洗了！"说完，刘宏递一个快步上前，一脚将那只大红色的塑料桶踢进水里。

那只可怜的塑料桶极不适应地在水里晃荡着、晃荡着，好像在尝试着立起身来，里面被肥皂水泡好的衣服中有几件被甩到水中，城城妈的特大号胸罩无辜地浮在水面上……

城城妈愣住了，她很快像疯了一样冲了上去，她的塑料桶受了侮辱，她的胸衣受了侮辱，她本人更是受到了侮辱。可她毕竟是仗势欺人，外强中干，先前是因为长久的放肆习惯行为突然被打断的不适应，刚刚是因为愤怒给了她扑上去的勇气。可她哪是刘宏递的对手，人家可正是上树掏鸟、下河摸鱼的年纪呢。等到她连扑几下都扑个空的时候，她便像泄了气的皮球，一屁股坐在石砧上"哇哇"大哭了起来。她的右边脸颊还被刘宏递给挠了一道口子，一些细小的血珠子从毛细血管末端渗了出来。旁边的人忙了手脚，有的给她拾掇衣服，有的劝她消消气，却无一人敢站出来跟刘宏递理论。

所谓"冤家路窄"，刘宏递后来还偏偏嫁到了蔡家屋。嫁到蔡家屋后，那块石砧就变成了她的专属石砧，再无一人敢抢，人们宁愿站在岸边唠唠家常多等一会儿。那块石砧上也仿佛篆刻着"刘宏递"三个字，就算是那块石砧空着也没有人敢上前放个脚盆或者塑料桶。百年之后，如果人们愿意研究这位普通的农村妇女，人们也许会对刘宏递的孙女或者孙媳妇说："这块石头呀，是你的奶奶从灵璧县弄来的灵璧石。"她当初放下"搬回家"这样的豪言壮语在她身上得到了应验，她的这一事迹很快在蔡家屋甚至是整个尼姑村的那些媳妇、女儿们中间传开，同时她的另一些事迹也进一步充实了那些传说。

第三章

俗语说，强中自有强中手，用诈还逢识诈人。这样一个彪悍跋扈的女人，碰到了蔡家屋一半的男人都不敢正眼瞧的骂奶奶，那也只有选择依头顺尾的份。

在农村，几乎家家户户都能实现蔬菜自给自足，一些人家还会择些好的背到镇上农贸市场去卖，旺季的时候成捆的包心菜、成筐的洋芋都锉成了牲口吃食。但这并没有完全解放一些野孩子们的手脚，王达兄弟便是这些野孩子中的代表。他们可以算得上顽劣，偷摘人家的瓜果蔬菜对他们而言并不完全是为了果腹或者尝鲜。那一回，偏偏刘宏递的小儿子王达不偷隔壁蔡李氏家的黄瓜，也不偷紧挨着骂奶奶家菜园边上她四姊家的萝卜，好像骂奶奶家的蔬菜分外香甜一样，像别具魅力一样，真是活见鬼，刘宏递心里暗暗叫苦！那注定是蔡家屋一场浩劫，一场世纪之战。

被生拉硬拽到门口塘塘坝上的王达，神情像一只凉透了的死鸡，全身上下连抖也不抖一下。他耷拉着脑袋，全无往日那种"公子"派头，任凭骂奶奶推搡、撕扯。这也许是他平生头一次感到深深的绝望。

坏事天生具有无胫而行的本领，刘宏递在王达被当场捉住时就已经得到消息，在等骂奶奶又骂完一刻钟人们陆续放下手中的农活换套衣服扮演看客纷纷"落座"之后，她终于姗姗来迟。从这些年的较量后的平均成绩来看，此刻的刘宏递知道她必须让那个老婆子先消消气，要利用时间压压她的火力。

此时的刘宏递右手拿着扫把，细心的人会发现她跑起来左脚有点轻微的跛，手中的扫把在她别样的小跑节奏下看起来有些呐喊助威的意味。那是她偶然一次上树掏鸟窝时摔下来落下的后遗症，在出嫁的那段时间里，蔡家屋竟没一人发现她生理上的这一缺陷。当然，如果不是特别急或者是非要小跑，她几乎和正常人没什么两样。

她几乎是冲上前去，有些做作，她唯独不看骂奶奶的眼睛，她知道这时候与她的眼神哪怕有一丝的交锋那都是一场灾难。说时迟，那时快，只见她迅速上去扯住王达的耳朵，扫把像雨点般扫在王达的大腿、小腿和屁股上，同时一小部分扫把也不识趣地打在了骂奶奶的大腿、小腿和屁股上。她边打边将自己的孩子往家的方向撕扯，嘴里还骂道："你个死尸投胎，张家不偷李家不抢的，你非要到你骂奶奶家地里去讨吃的！家里菜园里会缺你半根黄瓜？你要吃可以跟你骂奶奶说，你骂奶奶会不给吗？你以后要是渴了憋不住你就抬起'塞罗跛'快点跑到河沟喝些河水，干脆一头扎进河里淹死算了。"刘宏递真是厉害的角色，一席话绵里藏针，软硬兼施，说得骂奶奶差点儿就中了圈套，差点儿就没了火气。

王达直到现在才开始获得一丁点儿勇气哭出声来，好比久病羸弱之人喝了一口参汤，他开始借助扫把的威力毫无节奏地有一声没一声地抽泣。骂奶奶一看这架势，孩子哭母亲号的，好像没她什么事，顿时就又来气了，她腾出右手来，使劲推了刘宏递一把。别看刘宏递嘴硬，可真要用身子去对抗骂奶奶可就处于劣势了。被骂奶奶这么一推，再加上她出门之前就已经做好了肢体冲突的心理准备，她料到会有这么一出，无论骂奶奶骂出来的话有多难听，她都不会搭理她，同时，她也绝对不会先出手。果然不出她所料，在众目睽睽之下，她在表演快接近尾声的时候，骂奶奶这位资深的演员还是将这场演出推向了另一个小高潮。骂奶奶这一推就推出问题来了，王达妈妈顺势异常夸张地坐在了地上的一大坨牛粪上。用屁股坐牛粪这出戏在刚刚那出戏上演的时候就已经在刘宏递的大脑里预演了近百次了。她早就查看了附近的有利条件，她一出场就已经早早地瞄准了这一演出道具，她一直在思考怎么将这款道具用到极致，发挥它最好的舞台效果。就在刚刚，她终于找到了灵感，她想，这简直是最理想的道具了！同时，她非常感谢骂奶奶的配合，她是全世界最好的助攻选手，她就是诸葛亮草船借箭里的东风。她原本想过另外一种情形：一旦开战，她便会顺手抓起那坨牛粪作为武器。没想到先让自己的屁股沾了光！女子本弱，为母则刚，也许是护子心切，也许是想到骂奶奶孑然一身没人护短，平时也少有亲房串门，王达妈妈一下子来了气，像充满了气的气球，她膨胀了，她一骨碌爬起来，屁股对着骂奶奶一顿蹭。

那场面让在场所有斯文的观众都不忍直视，那味道让现场少数已经脱离了土地的人们简直不忍直闻。如果说骂奶奶是杨贵妃的那种"肥"，王达妈妈刘宏递便是赵飞燕的那种"瘦"，刘宏递如果不是自己身经百战训练出来的那股斗劲，几次险些被甩出好几步远。这是一场实力不相当的战争，她知道自己撑不了多久了，她那原本不算木纳的儿子还沉浸在先前的惶恐和观看当下的热闹之中。就在她即将体力不支的时候，她一低头，顾不上披头散发的窘境，竟然在骂奶奶那垂垂老矣的奶子上咬了一口，隔着汗衫和内衣，人们感受到了一阵撕裂的剧痛。他们感觉到实实在在的痛楚，感觉到自己胸前正被剜去一块。刘宏递原本机灵的儿子见状，好像得到了某种灵感，他"腾"的一下翻身起来，一把抱住骂奶奶的大腿猛地咬住不放，眼泪和鼻涕也揩了骂奶奶一腿，骂奶奶顿时被这突如其来的疼痛折腾得死去活来。咬人是王达和他哥王峰与别的小孩发生冲突时最常用的伎俩，在他们学会手握砖头在别人必然回家的路上候着之前。

那一仗，蔡家屋除了那些不嫌事多的男人，还有不少媳妇偷偷地在自家窗户前目睹。她们内心颤抖不已，与此同时，她们不少人幸灾乐祸，骑在她们头上作威作福的一老一少终于还是干上了，她们有的嘴里嘀嘀咕咕，口水四溅，一部分溅到了铁窗前镶的窗纱上，很不雅观。蔡家屋这些人可与考文垂市的市民不一样，谁也无法保证他们不会躲在窗户后面偷看戈黛娃夫人的裸体。仿佛是久旱逢甘霖，蔡家屋的大半妇女真切地体会到了一次"鹬蚌相争"后渔翁"得利"的快感。

骂奶奶除了骂人，还有一项特殊的本领：哭丧。

如今，骂奶奶嫁到蔡家屋快三十年整了，但即便是如此，周边村庄有老人去世，都少不了请她去哭一回。她天生一副好嗓子，这一点得益于她那不到中年就匆匆过世了的爹。她爹在世的时候哭丧的名气就已经远近闻名。

前面提过骂奶奶叫原本有个好听的名字，唐嫣润。"嫣"者，美好。那时候她们一大家子还住在城里，他爹听到自己生了个女儿后，激动得手舞足蹈，他是全然没有那些重男轻女的观念的。一天晚上，他放下手中的书，嘴里自言自语道："试想在圆月朦胧之夜，海棠是这样的妩媚而嫣润；枝头的好鸟为什么却双栖而各梦呢？"对啊，那就取名叫"嫣润"吧，多温柔的字眼，多好的寓意呀。于是，那一出自朱自清的《温州的踪迹》的名句日后便常常挂在老头子嘴上，他常常为此洋洋自得。

关于哭丧，虽然她爹并没有正经教过她，但内行的人都看得出来她哭丧的水平跟她爹相比可以说是青出于蓝而远胜于蓝。

她嫁到蔡家屋后，家族里的长辈嫌她抛头露脸不好看，嫌她成天扯着嗓子，更何况长期出入丧事现场光是想起来就很晦气，仿佛她从那里头出来，身上便会附着什么东西一样。队里别人家传出来的大多是黄梅戏，什么《打猪草》《天仙配》《女驸马》之类的，而从她家传出来的都是些《父母恩情难得报》与《送亡灵归西》之类的挽歌。

骂奶奶一般带头不到一刻钟即停，停下后就径直走出祠堂，从不拖泥带水，再见她时她兴许已在门口塘洗猪菜了。她的作用是穿针引线，就好像药引子，一旦"君""臣""佐""使"各就各位，尽数扮演好自己该扮演的角色后，她也就可以退场了。她是多么清醒的一个人啊！但是，末了，又能看到她眼睛红肿。

蔡伯华在一边端着遗像，显得有些木讷、呆板，一副置身事外的模样。

凌晨5：08，吉时。蔡伯华突然一声大喊："时间到！"顿时，"八大神仙"抬着冰棺，并同时发出号叫"哦吼……哦吼……"在祠堂内绕了一圈，出发了。

颤抖，人们听到了颤抖。

他终于还是哭了。

蔡奂英像一只没有方向的小鹿，随着老会首指引和人群推搡，茫然无助地来到村道上。此时，灵车早已在路中间静静地候着。一排刚种下去不久的柏树耷拉着沉重的脑袋，通通背过身去。蔡奂英虽然早已是两个孩子的爹，但最近一次经历这种事还是在十四年前，而那时候他还没到十八岁，那是他娘去世的日子。不同的是，当时跪在棺前的是他和他哥哥蔡国庆两个人。他哥哥大他四岁，那时候已然成家，在外面的世界已经闯荡了七八年了。在他的内心深处，哥哥和已经出嫁了的大姐一直是他们一家人的靠山，他也早已将哥哥当作第二个父亲，将姐姐当作第二个母亲了。虽然他们兄弟俩早早地便分了家，但在这些事情上，哥哥蔡国庆从来都不含糊，他总是尽可能地扮演好作为长兄应该扮演的角色，承担自己应尽的一份义务。

殡仪馆的工作人员熟练地打开后车厢，后车厢四面密封，没有窗户，一方玻璃嵌在驾驶室和后车厢之间的缝隙里，不消用手去动摇它，眼见着隔断的力度不容商量。他们熟练地拉出铁担架，四个人抬着被子的四角，往里一送，手法娴熟，面无表情，像是向里面扔一只死猪。人群中顿时爆发出惊天的吼声，他们知道此时他们该停下脚步了，是时候该往回走了。蔡奂英一家人挤在后车厢里，他们相互簇拥着，这时候他们才感觉到，原来，初秋的早晨，很冷。然而，他们身体上没有丝毫不适，蔡奂英心里更是惆怅万千。

火葬场的哭声很多，有的大男人哭成了婴儿，毫不顾忌别人异样的眼光。蔡伯华看到有的人好像在发笑，这种表情让他觉得莫名的愤怒。

在火化前的那一刻，有人掀开了盖在忙神爷脸上的被子，这几乎是他去世之后第一次完全和外面的空气接触。他面色黧黑，肌肉已经完全塌陷，颧骨高出，嘴还未完全合上。里面的白砂糖已经完全变成了黑色。

和其他所有悲伤家庭的家属一样，蔡奂英他们一家没有让进去，但此时的蔡奂英能清楚地感觉到那个炉门距离他不到五米，那种熊熊烈火的烧灼感好像是在身边，好像正在他的内心燃烧，令他痛苦万分。他好像感受到了双重的苦楚，他仿佛感受到了他的哥哥蔡国庆在身后深深地叹息。在那一刻，他仿佛听到了他老父亲过去几十年的声音合集，那些声音由远及近，仿佛是年少时他赤脚在冰上行走时背后撵上来的父亲的责骂声……

蔡伯华此时此刻作为嫡长孙正端着遗像，笔直地站在一旁，像是一个旁观者，两目呆滞，无神。

大伙回到家已经是十一点多了，几乎所有人都累瘫了，蔡伯华的小堂妹更是趴在条凳上不愿意起来。叶莲子却还要和虹妈她们一起张罗最后一顿午饭，吃完这顿，一切将全部结束，忙神爷的二孙女蔡港菊和长孙蔡伯华回学校读书，回来参加葬礼的侄儿们返程回去继续打工，侄媳妇们有的回裁缝厂，有的回工地食堂，有的继续背着手动喷雾器心里算计着今年的收成。在这座瓦房的前面将会有很长时间内不会有人喊："爷爷，开门！"这四个字了。

这顿饭尤其丰盛，大家吃得也尤其兴奋。

朱自清说，热闹是他们的，我什么也没有。是的，悲伤仅仅存在于以蔡奂英为首的与忙神爷最为相关的知人事的那几个人，其他的人，就像非洲草原上过河的角马，它们的同伴有一个被鳄鱼吞食，角马群里会有一时的轻微骚动，但很快又恢复了原本的秩序，继续走向远方。在这个世界上，任何一个人的离开，都会引起或大或小的骚动，水面的涟漪取决于这块石头的质量和大小，而无论那一幕有多么波澜壮阔，它终究会被时间抹得干干净净。

蔡伯华在厨房里用锅铲铲了一大碗瘦肉，大快朵颐，他饿坏了。蔡港菊的眼睛还是湿的，她什么也吃不下。蔡港菊四周岁的妹妹蔡港兰正在尝试着自己吃一小块鲢鱼，她是那么小心翼翼，显得无从下手，像刚学会捕老鼠的小猫儿。

"兰伢，我来帮你吧。"蔡港菊的大脑里突然意识到那句"穷人的孩子早当家"怕是到她们这一层人之后将要改写了。她比港兰大了不到五岁，在港兰出生的时候，她已经学会用小手帮她妈妈叶莲子择菜了，有时候港兰的尿片也都是她从客厅拿到房间里的火桶里烘上的。

当人群最喧嚣的时候，有一个人，她进了蔡奂英家的院子，粉红色的毛衣，黑色的超短裙，在这个刚刚经历过肃穆和喧嚣两重天的家庭里出现。不消讲这种场合，即便是在平日里，在整个蔡家屋，整个尼姑村，这种穿着也是不常见的。她来找人，起先她以为会引来一阵骚动，她无数次诅咒的老头子终于死了，她用她一贯标新立异的穿着和特有的怪异行为来宣示主权：老头子，你终于死了！而我，我还活着。她来找另一个老头，借故说几句话。她故意大声喊着那老头的名字："彪子，你是真彪啊，猪圈里那头肉猪的脚被踩跛了都没人管。"她的声音是那么的洪亮，细心的人如果仔细听，会发现这句话在接近尾声的时候有一丝嘶哑，像是嘴里有一小勺糖稀没有完全融化一样。但是人群中并没有反馈她想要看到的反应，有几个人听到了声响抬了抬头，但一见是她，便很快又将头低了下去，或者和旁边的人拉家常。大家继续吃喝，有的刻意回避这种场景，找旁边的人继续着闲话，她自认为的大声在这里瞬间被淹没了。手里端着木制托盘的蔡奂英冷冷地看着这一切，直直地站在一旁，脸上的法令纹深深地凹陷下去，像是两条壕沟，在壕沟的里面源源不断地冒着浓烈的气儿。他知道，今天和七年前不一样，现在，他宁可把耳光抽向自己的脸。

那是七年前，蔡奂英的哥哥蔡国庆和嫂子刚刚离婚还不到一年，蔡国庆拖着一双儿女艰难地来到他家门口，一如多年前的搬离。从这个大家分出去的时候蔡国庆一无所有，现如今，除了多了两个拖油瓶，蔡国庆依然一无所有。蔡伯华的奶奶在他出生后不久就因血癌去世了，用他叔叔蔡奂英的话说，他那时候顶着个大脑袋，家里人都担心它随时随地会掉下来。此时的忙神爷一个人住在旁边的披屋，自己生火做饭，灶台后面隔一条芦苇做的帘子，帘子后面就是那张木床。多年前，蔡国庆和蔡奂英分家的时候，蔡伯华的奶奶已经瘫痪在床，蔡奂英还没有讨老婆，忙神爷他们都住在一块。可现在不一样了，蔡奂英有了妻子叶莲子，窠箩里还躺着熟睡的蔡港菊，忙神爷那张床怕是不够宽吧？

蔡国庆左手拉着蔡伯华，右手拉着蔡伯华的妹妹蔡港惠，他不知道该朝他弟弟蔡奂英那边的正屋走，还是走向忙神爷的披屋。倘若是刚分家那会，他回来还可以勉强说是回家，可现在除了那间放不下长木梯子的披屋，他实在是没有勇气往其他地方迈出一步了，哪怕是一小步都不行。这个近三十岁的男人木木地站在那里，心里五味杂陈，他的儿子抬头望了望他，他的女儿在她的左手边咳嗽不止。他突然意识到，这次投奔的决定也许是一个致命的错误。他的脸一下子红透了。

蔡奂英正坐在女儿睡的窠箩旁边的马凳上择豆角，他知道他们来了，他望了叶莲子一眼，缓缓地站起身来，但当看到他的侄儿怀里抱着的那块油腻腻的毯子的时候，又缓缓地坐了下去。这时候，他们的老父亲忙神爷背上驮着一粪箕红薯藤跟跟跄跄地从岭上走了下来，红薯藤的另一端在地上拖着，它们的颜色和那床毯子十分接近。

蔡国庆出门不到半年，朱雪妫来他们家闹了不下十次。在他们离婚之前，她便经常来闹，弄得年老的忙神爷一直叫苦不迭，她甚至用锄头把那可怜的老头用来生火的锅给豁了个大口子，老头子只能忍气吞声，上午锅被砸坏，下午一个人跑到街上又背回来一口再安上。家族里其他人又不便管这些事儿，外人更是爱莫能助。

那时候蔡伯华九岁，蔡港惠五岁，两个无依无靠的小孩正是需要母爱的时候。他们不知道他们的妈妈为什么要来闹，他们也不关心这一点，他们仇视他们的爷爷忙神爷，同时也仇视他们的叔叔蔡奂英一家，他们甚至仇视墙上挂着的生前与他们几无谋面的奶奶。虽然这一大家子给了他们饭吃，但他们绝不是“有奶便是娘”的人，他们只有一个共同的娘，那就是朱雪妫。那次，他们又大吵大闹，蔡奂英一气之下打了他妈妈一巴掌，他和妹妹上前去帮忙，四个人扭成一团，蔡港惠又哭又喊，他们的叔叔只是将他们推到了一边，始终没有下手碰一下这对“白眼狼”。

第四章

蔡声华出生的时候，蔡伯华已经到了可以扒着这个粉嫩得满脸褶皱的小弟弟的箩筐勾着脑袋往里探望的年纪了。在蔡家屋，蔡声华的妈妈宋梅和蔡伯华的妈妈朱雪妩关系最亲密，在蔡伯华的孩提时代，尤其是阴雨天，宋梅常常贴着泥墙缓缓地就溜到了蔡伯华家。

两个小家庭的房子是全队最矮小的，也是全队为数不多的土砖房，巧的是，两家靠西边的墙体都是后来新砌的，这也是两家唯一一面下雨天不用太担心被冲刷、倒塌的墙了。

当初，宋梅家那面用灰砂砖砌成的墙在蔡家屋算是独树一帜了，她们家的房子日后因久无人住几乎全部倒塌，而唯独这面墙依旧屹立不倒，它最后的坚守似乎在寻求某种程度上的体面，似乎在向世人证明自己从前的主人非凡的预见性。起先有一阵宋梅一家还和蔡声华的婆婆一起生活，那位老太太常常坐在一把绑了布条儿的竹椅上，呆呆地望着屋外，这一幕也是蔡家屋不少小孩害怕的。

朱雪妩家新砌的那面墙由红砖构成，在她们的卧室和猪圈之间，当然，这是几年之后的事了，那些年她们谁也不知道这都存在了几十年的老房子某一天会当着她们的面岌岌可危，就像他们都想象不到十几年后，她们两家房子的那些砖块悉数被人家抬回家垫了猪圈、牛棚一样。

宋梅家在西边，朱雪妩家在东边，在两间小矮房的正中间是蔡家祠堂，祠堂的两侧分布着蔡家屋二房人家的四间猪圈和一间牛棚。这一排房屋屋檐都连成一体，几乎没有高低之分。在这一排房子屋檐下，一年到头大部分时日都是坑坑洼洼的牛蹄和猪蹄印，当然，也有人的鞋印，其中最多的就是宋梅的布鞋印。她个子矮小，常常一副弱不禁风的样子。

因为长年累月与中草药为伴，身上常有一股她自以为是的中草药的清香味儿，她的脸色蜡黄蜡黄的。一到下雨，屋檐下淅淅沥沥，根本没法下脚，这时候，她们俩便会心照不宣地端个马凳儿远远地传话，你一言我一语。那时候，这些消失在潮湿空气里的互诉衷肠成了她们生命中最美好的画面和日后记忆中最珍贵的点点滴滴。

没有人记得蔡声华的生日，他只知道从小他就喜欢跟在蔡伯华的屁股后面，蔡伯华也像对待自己的亲弟弟一样对待他，他们几乎形影不离。而纵使是关于这一点，在日后的相当长一段时间里，蔡声华都不自信。

后来，蔡伯华开始上小学了，蔡声华便一个人自顾自地玩了很长一段时日，没日没夜地，浑浑噩噩地，没有时间和空间概念，就像猪圈里的猪一样。他几乎每天都在队里的唯一一棵超过百年的槐树下眺望，直到远远地望见蔡伯华背着书包向他兴冲冲地飞奔过来。在蔡声华眼里，他哥哥蔡伯华书包里的文具盒和书本碰撞的声音是那么的美妙！通常，接到蔡伯华后，兄弟俩手牵手一齐向蔡伯华家走去，他们俩就像宋刚和李光头一样相亲相爱。有时候，蔡声华会在蔡伯华家吃晚饭，他们的妈妈在厨房灶台后面说着悄悄话，他们无忧无虑，那时候蔡声华感觉蔡伯华家的饭菜美味极了。窗外，偶尔几只灰椋鸟"啁啾"着向云端飞去。

在蔡声华快到五岁的时候，宋梅走了。

宋梅走的时候毫无征兆，她甚至连一件贴身的衣服都没有带走。没有人知道她是什么时候走的，也没有人知道她去了哪里，更没有人知道她为什么走。人们只知道，那天下午，蔡声华一觉醒来，懵懵懂懂地来到蔡伯华家找他的雪妨伯母，脸上满是泪痕，看起来这孩子已经哭了好大一会儿了。他说自己是从门缝里钻出来的，两扇木质门中间为了方便母鸡回鸡窝下蛋的门缝现在倒派上了用场。他稀疏的头发和小脸上都是灰白的石灰，双手的中指和食指指甲盖鲜血淋淋。

朱雪妨把他抱在怀里，她一声不吭，呆呆地看着墙角的某个地方。

他就这样迷迷糊糊地又睡着了。

他做了一个梦，梦见她妈妈宋梅抱着一个小孩在前面走，他在她后边跟着，跟着跟着，宋梅加快了脚步，眼看他就快要跟不上了，他在后面大喊大叫："妈妈——"

"声华——"

这是蔡伯华的声音。

蔡家屋的人们以为宋梅一定是出了事，他们找遍了蔡家屋的田地和山地，找遍了蔡家屋附近所有的河沟和池塘，但终究没有找到。

不到一年后，蔡伯华的妈妈朱雪妍也走了。人们开始闲言碎语，原来这些年她两个一直都心怀鬼胎地密谋着离开，怪不得宋梅经常鬼鬼祟祟地跑到朱雪妍家，而且一待就是大半天。一些老年人开始很庆幸自己家儿媳妇们没有跟这两个人走得太近。

宋梅走后，蔡声华经常在大槐树下等着蔡伯华放学。

大槐树是慈爱的，她把所有蔡声华能够够得着的部分脱得精光，用身体最柔软的部位贴着蔡声华的脸，他们之间积攒了很多很多的秘密。作为馈赠，蔡声华也在大槐树上流下了很多鼻涕、眼泪。

后来，蔡伯华上了三年级，他已经很久没有来大槐树下了。他认为他已经是大孩子了，不能像刚上学那会儿那么幼稚，而且他也不再住在那个矮房子里，也就不用经过那棵大槐树。

慢慢地，蔡声华也不再像以前那样傻傻地在大槐树下候着，他开始过起了游魂般的生活，他常常被他爷爷撵着打，他的脸上、身上挂满了新旧伤痕。他的皮肤有些像隔夜的烤熟了剥了皮的红薯，他的背上甚至结起了一些茧子。离开了蔡伯华的蔡声华还常常无缘无故地被那些大孩子暴揍，他们可真是无法无天，他们知道蔡声华没有大人替他出头，因此动不动就对蔡声华拳打脚踢。挨了打的蔡声华依然习惯性地跑到大槐树下，抱抱她，和她说说话，趁没人的时候，他也会哭上一顿。他只有这一个朋友了，她是那么温柔，无论他怎么对她，她都默默地陪着他，他觉得她的肌肤有点软绵绵的、暖暖的。他常常闭上眼睛，用鼻子和嘴巴紧紧地贴着她，他幻想着睁开眼睛一扭头，妈妈宋梅就站在他的身后轻轻地摩挲着他的脑袋。或者最起码站在他们家门口的大青石上呼喊着他的名字："声华——"

蔡声华有一次去蔡伯华爷爷家找他，那天下午蔡伯华不在家，他穿过一片松树和毛竹混合林，在蔡伯华爷爷家的油菜地里找到了他。他正在埋头割着油菜，天哪，那些油菜秆又粗又大，有的看起来比蔡伯华的胳膊还要粗出许多哩。

"伯华哥，你在割油菜吗?"蔡声华说话的时候鼻孔里发出"嗡嗡"的声音。

"声华，你来了? 你来帮我不?"蔡伯华又惊又喜，他这个弟弟有一段时间没来找他了，他甚至有那么一会差点都忘了他还有这么一个弟弟。他仿佛像看到救星一样脱口而出。

"算了吧，你还是早点回去吧，你爷爷知道了待会儿又要打你。"蔡伯华很快意识到刚刚说的话有些不切实际。

蔡声华喜欢流鼻涕的毛病谁也不知道是从哪一天开始的，队里的人只知道他到哪里都是鼻涕挂在嘴上，好像里面的鼻涕无穷无尽一样。他的两个鼻孔常年都是黑褐色的，里面的浓鼻涕常常会随着呼吸冒着泡淌了出来，他自己猛地一吸，那些鼻涕便会像听话的孩子那样乖乖地跑了回去，只留下空洞的两个黑鼻孔，但没一会儿，那些鼻涕又会慢慢地将鼻孔堵得严严实实，如此周而复始。他自己好像享受这种吸鼻涕的感觉。蔡伯华有时候看到这一幕会出神，他甚至想上去帮他这个弟弟用力地擤擤，最好能一次性弄干净。

"伯华哥，你哭了? 有人打你了吗?"蔡声华在田埂上待了一会，似乎觉得没有趣，刚刚信手扯下的一片香樟树叶被他捏得粉碎。

"我没有，刚刚被油菜秆子戳了一下眼睛。"

"那，伯华哥，我回去了，回去晚了我爷爷又该打我了。"

"嗯，你不要走门口塘坝上，你妈以前不让你走塘坝上，你别忘了你妈跟你说过的话。"

蔡声华"哦"了一声，转身低下头，他用右手拨开垂在头上的竹丫，开始往回走。他想起了他妈妈刚走那会儿，他们家的鸡还能回家下蛋，一有蛋他便会喊蔡伯华去他们家煮着吃。他自己不会生火，但蔡伯华会，兄弟俩就这样在布满了铁锈的大锅内煮着鸡蛋，有时候鸡蛋会开裂，开裂后的白煮蛋和街上买的茶叶蛋的颜色简直一模一样。蔡声华不喜欢吃蛋黄，于是，蔡伯华吃蛋黄，他吃蛋白，他觉得那些鸡蛋的味道是世界上最美的味道。

蔡伯华低下头，他不去看蔡声华的背影，他知道蔡声华已经走了，在他眼中他这个弟弟还是太小，什么都不知道。他的眼泪开始"刷刷"地往下流，他的清鼻涕也流了出来。他觉得自己的后脑勺和脖子被太阳晒得火辣辣地疼，他一摸，竟然发现自己脖子上缺了一块皮肉，上面已经渗出了鲜血。他朝地上吐了一口痰，他有时候恨不得一脚把爷爷踹到粪坑里去。

蔡伯华读五年级的时候，蔡声华便辍学随他舅舅出去打工了，那一年，蔡伯华十一岁出头，蔡声华还不到九岁。

人生一世，草木一秋。如今，一晃十几年过去了，曾经的那些回忆依然不堪回首，蔡声华已经蹿到了一米七三，队里那棵槐树也彻底老了，之前那一块裸露的地方已经发黑，树皮也不知道被谁家的捣蛋鬼全部撕了去。蔡声华后来知道了她妈妈的去处，只不过母子俩再也不曾见过面。宋梅已经是另外三个孩子的母亲了，那种从前的悲伤多数不容商量地留给了蔡声华，随着时间的推移只会愈加繁重，直至蔡声华老去。

第五章

　　蔡声华最初对自己真实年龄的求证欲望并非来源于对过生日的期望，或者说期望有谁来给他过生日。二十多年来，在他的记忆里，几乎没有人给他过过生日。在他的内心深处，也并不觉得生日有什么特殊含义，十几年来，吃一点好的是他最实在的追求。

　　六年前，2009 年，那是第六次全国人口普查的前一年，他听人说东莞要对外来人口搞一次摸查，传言要清理他这样的"黑户"了。在这之前的十来年里，他一直追随他的二舅走南闯北，几乎很少听说身份证。没有过过生日的蔡声华也对其他节日没有感觉，他在外面常常看见人们逢年过节总会特别地准备一些吃的喝的，在他眼里，一年四季 365 天哪一天都一样。如果真要说对什么节日有什么特殊的记忆，那也是痛苦的。五岁那年，因为少有的开心，在除夕那天夜晚，他尝试着去撒了一次娇。他并没有什么特别的目标，也许是某种气氛触动了他藏了很久的童真。是外面黑夜断断续续的爆竹声？还是源源不断飘过来的他爱闻的硝磷味？还是木门外嘻嘻哈哈的打闹声？他已经记不起来了。他只知道爸爸喊了他一声："该起床了！"他没有立刻起来，没有应着那声音迅速作出他父亲急躁情绪需要的反应，他的屁股在松松垮垮的秋裤假意的保护下，重重地挨了四五巴掌，他一声也没有哭，他的眼神里除了不解，剩下的大部分是厌恶、绝望。

　　自打外出打工以来，他只回去过两次。一次是爷爷蔡和祥去世，他本极不愿意回来，可队里带话的人说，他不回去，没人端遗像，他拗不过，便回来了。他头一次感受到：即便是他万般想远走高飞，即便是他想逃离他最不想见的某个人或者某几个人，或者某种环境，那也几乎是不可能的。无论他走到哪里，那片他发誓再也不想踏进一步的烂土地，那片充斥着他无数次无助、呐喊和悲怆的烂土地，总会有一根坚硬的、无影的线，将他的四肢牢牢绑住，在它需要的时候，只需轻轻地将细线的一头箍敛一小下，他就必须回来，再次面对他曾经日夜面对的梦魇，在他饱受摧残、四分五裂的心脏上猛烈地再次中伤。另一次是他儿时的偶像蔡伯华去世，他硬是磨着他舅舅央求老板给他放了半个月的假，直到亲手抔上一把黄土压棺。他在他伯华哥坟前栽了两棵柏树，在他的内心，栽上柏树，是对逝者最大的崇敬。而这一次是第三次，他没有买票，和前几次一样。

那天他回到家，准确地说他没有家，他觉得自己仿佛几个世纪都没有回来了。尤其是伯华哥去世以后，他觉得这个地方与他蔡声华再无半点瓜葛。但他总要回到蔡家屋，那回到蔡家屋就得找个人，一个能够安排他食宿的地儿，这个人就是他现在的奶奶。

蔡声华的亲奶奶死得早，20 世纪 80 年代中期，二房年富力壮的鳏夫蔡和祥带着他全部的家当来到三房一户同样是单身的女人家里。严格来讲，他这算入赘，既是入赘，就要经过三房当家人的同意。于是，三房的加上忙神爷七八个青中年男性坐在了一起，共同担当起了那位寡老太太的"家庭"角色。

那天，他们来到女人家里，大部分人都穿上了整齐的衣服，他们个个正襟危坐，如履薄冰，好像他们不是来为"家庭"做主，反倒是来受审似的。他们几乎没有说一个字，扭扭捏捏的，连大气也不敢出，那般模样像一群未出阁的姑娘。直到香喷喷的饭菜端上来时，他们才如释重负，脸上开始有了少许客气的笑容。这顿饭实在丰盛，他们中间有几个人一年都吃不到那么多肉，在他们无辜的小脸上，蔡和祥知道，这件事算是十拿九稳了。征得"家庭"代表们的同意，就是征得了整个三房人的同意，日后也不用再看队里任何人的脸色。

20世纪八九十年代，蔡声华的大爷爷在村里当干部，不可一世。倚仗在大队部当干部的哥哥，蔡和祥做了村里唯一的电工，同样不可一世。当了电工的蔡和祥目无一切，他不喜欢人们再叫他蔡和祥或者"和祥"，他让队里的年轻人称他为"祥叔"。因为他年龄偏大一点，村里的那些年轻干部都管他叫"祥叔"，在他心中，干部都叫他"祥叔"了，队里的人就更应该这么称呼他。于是，队里的人也都叫他"祥叔"。不同的是，村里的干部叫他一声"祥叔"，他嘴里小声应着，脚下却跑得很快，什么线路烧坏、接触不良的问题经他的手很快就能得到解决，假使得不到解决，他也会递上一支烟，赔笑，佝偻着身子给对方点烟，作出他业务范围之内的解释，那语气让对方听起来好像这些问题全是他蔡和祥一人的责任；相反，队上的人叫他"祥叔"，他便迈不动脚，只见他双手靠在背上，双耳像患了间歇性耳聋一样，眼睛朝向那棵槐树上的鸟窝，像是听见鸟在叫他一样。他俨然一副大干部家司机的派头。队上的人常说莫去招惹蛇，如果非要打也一定要下狠手将其打死，否则，蛇会回来报复，因为它怨气未消。一些人在背地里指指点点，说蔡和祥就是蔡家屋的一条野蛇，尾巴细长而又笔直，它在外面受了气，回来把气撒在无辜的大伙儿身上。那个时候，蔡和祥在蔡家屋很是得意，用蔡伯华他上大学的四堂叔的话讲，这种得意"近乎猖狂"。

蔡和祥来到这个新家几乎没有受到什么阻力，在三房绝大多数人眼里，只要不涉及他们自己的直接利益，旁人要做什么事，他们一般都会睁一只眼闭一只眼，何况这种事当事人都没讲什么，谁愿意出头？心里有看法也只能回家嘟囔嘟囔。再者说，蔡和祥来到他们三房，三房以后在蔡家屋就有了新的发言人，这是明眼人都能看得出来的，何乐而不为？可实际情况是，蔡和祥来到三房以后三房的人并没有得到什么实惠，队里的一切大小事儿还是二房的人说了算。譬如说，年底队里分鱼他们甚至将蔡和祥家的单独划出来，借以堵住蔡和祥的嘴。蔡和祥是何等的精明？他从来都是揣着明白装糊涂，在他内心，就三房那几个人心里的小九九他早就了如指掌。在他内心，孰轻孰重，他门儿清。

后来，这个老太太自然就变成了蔡声华的奶奶。

这些年来，在蔡声华内心深处，无论这个奶奶对他怎么样，他都当亲奶奶看待。毕竟，他从没见过他的亲奶奶，没见过的人或者见过没了印象的人他认为就不存在，他甚至已经连自己的亲妈长什么样子都忘了个干净。蔡声华最喜欢叫的也是"奶奶"，他后来在有一本叫作《看见》的书里偶然看到过这么一句话："这些孩子他们都叫'奶奶'，在没来得及叫'妈妈'之前。"他感觉他就是"这些孩子"中的一分子。

蔡声华回到蔡家屋的时候，看到自家的房子不知道什么时候已经倒下了，只剩下一堵用灰不溜秋的砖块砌成的颓垣在爬山虎的诱导下勉强向世人诉说着这里的曾经。是的，他自己已经忘了曾经在里面住过的大部分的场景，他依稀能想起有限的比如箩篓、竹床、蒲扇曾经摆放的位置……

他思忖着：上上次回到蔡家屋的时候房子还是好的，他还从他奶奶那里拿了钥匙进去坐了一会儿。那是他第一次感到物是人非，而这种感觉等到上一次他再回来时瞬时达到了顶峰。直到他栽完了那两棵柏树，西边的月亮开始升起，一对老鸹在不远处提醒他是时候该离开时，那种感觉才得以全部释放。他"扑通"一下跪在蔡伯华坟前，用随身带的小刀在其中一棵柏树上刻下"鸿飞冥冥，伯华哥算终有归处；高鸶远翔，声华弟恐再无归期"二十四字，他无肠可断，如果真要说在这个世上他还有亲人，那一定是他伯华哥，那是他全部记忆里仅存的一束亮光。他起不来啊！起不来啊！

他很决然地下狠心：走了，走了走了，走了！

再走一段路，大概十几米的距离，就到了他奶奶家。

蔡和祥在去世之前经常流鼻血，他几乎没正经住过院。这个娴熟的电工把"讳疾忌医"诠释到了极致，他压根不相信医生，他甚至不愿意多吃一颗药。直到他体内的血全部流干，直到他双眼冒金星，脑袋几乎快要插到了自己裤裆里的时候，他知道他该走了。有一天，他拄着拐杖来到他曾经住过的地方。他静静地坐在门口的大青石上，喘着粗气，大门旁一排有些风化了的青砖也喘着粗气。他快要走了，他非常想念他的大孙子。他自责，还从没有人令他这么自责过，他那可怜的大孙子还没上完二年级就出去打工了，他开始觉得他的孙子拖着鼻涕的样子是那么的可爱，他从没有亲手为他撸过一次鼻涕，那孩子怎么老是拖着鼻涕？他怕是有鼻炎吧？我竟也没带他去看过一次医生！他不能在这里久坐了，他不知道是太阳太耀眼，还是开始有风从他脖子一个劲儿地往衣服里钻。他趔趔趄趄地站了起来，喘着更大的粗气，他使出自己全部的力气用拐杖狠狠地敲了几下那块大青石，发泄着最后的不甘。他依稀记得，当年从岳西山里几乎赤裸着肩膀扛回来这块大青石时候的意气风发。很多年前，他的父亲也是拄着拐杖，在去世前的某一天，趔趔趄趄地走到大青石前，狠狠地敲了它一下，然后又缓缓地走进了家门。这一幕是多么相像啊？他仿佛听到祠堂里响起的哀乐就在昨天。他紧闭着双唇，他固执地不让自己的气息从口中扑出来，就像固执地不去看医生一样。他蔡和祥曾经不可一世，在今天，他依然不可一世。然后，他倔强地不再回头去望那间仿佛还存在着的房子，哪怕是一眼。

后来的一个凌晨，蔡和祥走了，谁也不知道他去世的具体时辰。人们发现他的时候，他全身冰冷、僵硬，手上握着那根拐棍，斜着的脑袋像是在请求造物主赐予一口水喝。他在蔡家屋祠堂头尾待了三天就匆匆下了葬，就像他的疾病也没有折腾他多久一样。

蔡声华在他奶奶院子前等了半个小时，他就那样干等着，他内心只有一个目标，那就是从他奶奶这里拿了户口本，然后匆匆离开，他不想让任何一个人看见他,他甚至不想去隔壁,他害怕他们大呼小叫故作惊讶的模样。"声华回来了?"这种打招呼听起来好像是欢迎一位荣归故里的乡亲,但很快对方的眼神就会下垂,然后催促同样有着惊奇表情的孩子们去做作业,末了等他一转身,竹制连枷拍打菜种的声音很快从他身后袭来。

他起身到自小熟谙的田地里找了一会儿,没人。

他鬼使神差地走到那棵大槐树下,趁四下无人,他先是抱了一下老槐树,继而他背靠着那棵树,他发现那棵树依旧很暖,只是她好像有点承受不住自己的体重,树干有一些细微的抖动,他内心又燃起了那种感觉。他很快逃离那里,他答应过自己,不允许再有这种感觉!队里有的人家开始生火烧饭,他甚至能闻到一些夹生饭粘在铁锅上发出的"滋滋"声,哦,此时他才想起来他中午还没吃饭。狗开始有一声无一声地叫的时候,他的奶奶回来了,她的脚步很轻。

他奶奶先发现他,她站在那里愣了一下,然后试探性地问了一句:"是声华吗?"

"奶奶。"蔡声华小跑过去接下奶奶手里的菜篮,从脚底板涌上来一丝和刚刚依靠槐树时的麻麻的感觉,有一股血液涌了上来,直冲脑壳。

"你怎么不到地里去找我?我在薅草,天气预报讲明天有大日头。"

"我去了,没找到侬。"

蔡声华不喜欢别人拽着他的手,他甚至不喜欢与任何一个人亲近。但,他奶奶算是一个例外。

他今年二十出头了,按理正值血气方刚的年纪,但他从没想要找个女人。人,一旦习惯了某种生活,便不再会鼓起勇气来改变当前。他也从没想过要去主动亲近任何一个陌生的女人。之所以如此,还有另一个更重要的原因,这是一个几乎没有人知道的秘密。

那件事发生在十几年前。

那天下午，蔡声华、蔡伯华和王峰、王达两兄弟四人相约到门口塘旁的竹林里捕鸟，他们四人中属王峰年纪最大，那时候，他已经是一名初中生了。从他嘴里蹦出来的各种新鲜事其余三人甚至闻所未闻，其中最著名的当是"痞子"的故事。

初三的痞子在他们上学期的时候最兴和初二的痞子打架。因为知道他们就要离开学校了，但在还没完全离开之前，他们不允许初二的痞子在自己面前耀武扬威，他们要维护属于自己的尊严，要体面地离开。他们几乎能打成一个平手，初二的痞子因为有初一痞子的加入偶然在力量的对比上更胜一筹。而等到了学年的下学期，因为初三的痞子很多都已经被一年一度的会考像筛螺蛳一样筛去了大半，绝大多数都提前辍学回家了，这种人数上断崖式的被动锐减让剩下的残余势力惶惶不可终日。那时候不单单是那些痞子，不少成绩差的学生在会考结束后也都选择离开学校，自此他们开始外出打工，一些孩子因为没人管教，便开始继续干"老本行"而成为真正的街头"痞子"。而这时候初二的痞子会发现初一的某些痞子有些刺头儿，他们在收拾初三残局的同时会抽出一部分力量来整顿初一过于冒头的"典型"。初一痞子中间有的人成长得特别快，因此很快便成为全校痞子中的"精英"，而初二那批人一旦上了初三便很快成了瘪三，以此类推，日复一日，年复一年。在蔡声华他们眼里，从王峰口若悬河的描述和傲然的表情可以猜测出他一准是那个耀眼的痞子头目。

王峰一边跟他们添油加醋地炫耀，一边顺着毛竹"刺溜"地滑了下来，将手中的鸟窝一个一个递给他们。一下午他们掏了八个鸟窝，其中三个鸟窝里有鸟蛋。有一个里面虽没有蛋，却藏了一窝白嫩嫩的蜈蚣。包括王峰在内，他们都惊呆了，他们从没有见过白色的蜈蚣，尤其是一整窝乳白色的蜈蚣。就好像他们不知道乌鸦还有白的、刚出生的老鼠是粉红色的一样。王达将那个有蜈蚣的鸟窝倒扣在地上，用棍子将它捣了个稀巴烂，几只幼小的慌不择路的小蜈蚣更是被踏入泥土，其他几个人都拍手叫好。他们将鸟蛋数了数，总共有十三个。其中有两个稍大一点的，王峰将它们装在了自己的兜里。一个大的鸟蛋就抵得上四五个小的，那些小的可真不起眼，有的和黄豆差不多大。这么小的鸟蛋竟然能孵出那么大的鸟来，蔡声华感觉很神奇。王峰将剩下的九个鸟蛋均分给他们三个，蔡伯华没有接。

那时候在蔡声华眼中，蔡伯华是个奇怪的人，他喜欢跟大家玩，但又刻意保持着跟他们的距离，就连他这个弟弟也不例外，他几次都差点儿上前问个究竟。

那个年代大家很少有小零食吃，但是旱地里黄瓜、萝卜、红薯在他们眼中那是应有尽有，在他们一帮孩子眼里，是取之不尽用之不竭的。但凡能生吃的，除了骂奶奶家的他们不常光顾，队里几乎所有人家的他们都尽量照顾到，一视同仁。看呐，他们抓住萝卜叶儿，将那些刚扒出来的新鲜萝卜在河水里轻轻地一摆，粘在上面的泥巴很快便消融在河水里，随着波浪消失得无影无踪。拿着萝卜菜帮子，把萝卜蒂咬掉，往嘴里一塞，不知道有多甜呢。蔡伯华就那样，他倒也参与大家的各种游戏，但他总是缩手缩脚的，放不开。蔡声华因此得了六只小的鸟蛋。他们把鸟蛋揣在兜里，跳出了竹林，这时候天上的太阳重新晒得他们的头皮发痒。按照他们以往的经验，此时蔡声华的爷爷还没回家，于是他们四个便大摇大摆地走进了蔡声华家的院子。

蔡声华的爷爷家对蔡家屋的孩童来说，是蔡家屋绝无仅有的神秘地方，同时也是禁地。他们对那里既好奇又害怕。蔡家屋很多成年人都惧怕蔡和祥，那些媳妇们平时串门也绝不会到蔡和祥家去，更别说是小孩了。从蔡和祥家经常会传出蔡声华鬼哭狼嚎的声音，那声音听起来让人感觉头皮发麻，瘆得慌，每当这个时候，王峰他们知道，蔡声华一准又是挨打了，而且绝对是虐打，因为蔡声华连一句完整的话都讲不利索，哭起来总是断断续续的，如若不是打得太重，他的声音断不会传出墙外来。蔡伯华他们每次经过蔡和祥家门口都绕道而行，像是躲避里面的一只巨大的狼狗。

王峰喜欢倒腾人家的东西，有时候还喜欢往家里顺，对于他这个习惯，他们简直怕得要死，尤其是蔡声华，他可不敢挪动家里任何一件东西的位置。紧贴在王峰后边的蔡声华很着急，王峰挪一件，他就只能跟在后面一件一件地还原。他甚至想在某些东西上面重新撒上一层细细的灰尘。

"声华，你知道你爷爷的碟子放在哪里吗？就是用这种盒子装的，上面有舞女，二黑爷爷家也有，上次我在二黑家看到过。"王峰手里拿着一个扁平的装 VCD 的黑色盒子，上面连一张贴画都没有。他像是发现了宝贝，又像是有目的地寻找一样。

"什么事？我……我……我不……不知道啊，王峰哥，你……你别翻东西了，这都是我爷爷……爷爷的，我爷爷的东西放……放在哪儿他……他……都有记号的。"蔡声华扯了扯王峰的衣角，几乎是哀求道，他简直吓坏了。紧张的气氛让本来口吃的他说出这句话极为费力，而此时的王峰早就走到另一个角落了。

不过，蔡声华的脑子里很快便回忆起了一件事，那件事跟眼前这一幕相关。那是另一个无人知道的秘密。

事情是这样的：蔡声华奶奶的房间在东边，他爷爷蔡和祥的房间在西边，平时他奶奶的房间总是开着，什么顶针、线团、袜子各种杂七杂八的东西堆得满地都是，他爷爷的房间却正好相反，没人知道里面有什么，因为房门终日关闭，就算开着，门帘也是垂了下来，偶尔从门缝或者门帘的缝隙往里一瞥，除了一组皮面的沙发，里面空荡荡的，看起来倒也很干净。他们家有两台电视机，两台 VCD，客厅里一套，蔡和祥房间里一套。各种流行音乐常常从门缝里断断续续地哼唱，有时候声音会很大，连蔡伯华在家里都能听得到。

蔡声华家厕所在院子门外，处于靠东稍高的一个坡上，那次他上完茅厕，他竟然不小心望到了爷爷房间里窗户上印着一对裸体男女，画面虽不清晰，但足可以分辨。那是从电视机里通过窗户玻璃折射到他眼里的。他感到身体内一阵燥热，目不转睛，双腿迈不动路，就这样他足足站了七八分钟。在这七八分钟里，他面前经过了两个人、五只鸡、来回奔跑的一群猪崽，他双腿发麻。

直到被第三个过路人打断。从此，他便多了一个跑厕所的习惯，他尝到了甜头，坚信那些刺激的画面会再次在窗户上出现。遗憾的是，那次情景却再也没有出现过。好奇害死猫，后来有一次，他终于实在忍不住，便溜到他爷爷房间，他赤着脚，双手抱在胸前，他尽可能不去碰任何东西，单用双眼观察，忽而蹲下身去，忽而踮脚，终于在床前的踏板下发现了一个铁盒子。铁盒子开口处光亮耀眼，上面有一把锁，锁和锁孔同样光亮耀眼。他小心翼翼地捧着这个盒子，感觉很有些分量，如果他未卜先知的话，他会发现，这比后来蔡和祥的骨灰盒还要厚实。他内心无比紧张，仿佛爷爷的咳痰声音就在窗外，他感觉如芒刺背。他轻轻地放下盒子，像一个战士一样趴在地上慢慢后退，用自己的肚皮将脚印擦得干干净净。他退出房门，心中有了下一步完整的计划，无人知晓。他尽可能地装作若无其事的样子，不一会儿，蔡和祥的那辆因为火花塞出了毛病而冒着浓浓黑烟的摩托车发出令人难受刺耳的"咚咚"声音，由远及近。蔡声华由于过度紧张，过度专注，双眼一度金光闪闪，他一屁股瘫坐在竹椅上，心脏猛烈地跳动着。他屁股底下那张据说产自浙江余姚陆家埠的有些陈旧的竹椅，气喘吁吁地望着另一张用绳索吊在半空中的——一张由队里某位年轻人送的崭新的且发出淡淡清香的竹椅，心中愤愤不平。

"侬……侬……就莫跟我废话啦，我早就知道你爷爷有那种碟子，我上次上街看到你爷爷在音像店里买过，一次买了十几张呢，那个音像店的老板从后屋里掏出一个黑色袋子，我知道里面装的是那种碟子。我们初中旁边两家音像店里老板都有，那种碟子一般不摆出来，也不卖给陌生人，怕别人举报。我在我同学家看过，很刺激的，我才懒得看，我是想让大家都过过瘾，不碍事的。"王峰皮肤黝黑，他故意学蔡声华说话那种期期艾艾的语气，他说话的时候牙齿雪白，头发披到肩上，象征着他在学校里的霸主地位。在蔡伯华眼里，王峰和后来的蔡叔华一样，他们都有一个共同的特点，那就是都爱广交朋友，狐朋狗友常常往家里带，这可能是他们俩成为霸主的主要因素吧。而他蔡伯华就不一样，他天生自负，有着极强的自尊心，如果不是生长在这里，他才不屑于与他们为伍。他常常想着与世隔绝，常常惦记着他那本《马克思》里描绘的青年马克思与小伙伴们玩的各种益智的游戏，比如讲故事。他最大的目标就是将来有一天沿着合九铁路一直往北走，直到铁路的尽头。

说到打架，王峰有一个绝招，那就是咬人，这一特点在打架的时候很大程度上弥补了他个子不足这一先天劣势，他常常在被别人压在身下的时候冷不丁地给对方来上一口，热乎乎的，带着唾沫的，闻起来臭臭的，被咬的孩子常常会猝不及防，最终捂着肚子败下阵来。因而每逢近战，他便像格里高利临时将砍刀瞬间换到左手一样，同样使出他的绝招。不仅如此，他还炫耀他的另一阴招，好比哪天干架吃了亏，他便偷偷地打听别人的寝室，晚上尾随在那个人身后，偷偷地上前闷上一砖头，打哪是哪，那些人常常被打得抱头鼠窜。久而久之，大家再也不敢一个人出寝室打水，见了王峰也就像见了瘟神。

"王峰哥，我真的不知道，再说了，就算我……我……知道我也没有房门的钥匙呀。"蔡声华被他这么一激，说话反而利索了不少。

"呐，还说不知道。王达，你……你……去外面，爬……爬到声华他们家栗子树上，一旦有情报，你就学……学狗……狗叫，就像骂奶奶骂人那样，学各种狗叫，撕破喉咙叫。"王峰模仿蔡声华结结巴巴的模样让伫立在一旁的蔡伯华忍俊不禁，他几次笑得直不起腰。

王达有些不愿意，虽然平时那么多小伙伴就数他偷摘人家果蔬最多，连骂奶奶家地的黄瓜他都敢摸。在蔡家屋，爬树这种事，他王达敢称第二，没人敢称第一，前一秒还看他在地上，转眼间他就在树丫上吊着。就算是他哥哥王峰，跟他比起来也是小巫见大巫。

"我不去，我要是被逮到了，和祥爷爷会给我'板栗'吃的。"王达尝试着说出自己并不真实的想法。

"那这样，你自己找一棵树，或者站到声华家厕所上面那个坡上，远远地望见他爷爷的摩托从大队部大门出来，你就开始叫。"王峰开始用商量的语气对他弟弟说话，这一点倒出乎蔡伯华的意料，要知道王达在家里常常被他哥哥打得嗷嗷叫的。

王达知道自己拗不过他哥哥王峰，再这样僵下去他恐怕要吃现亏，这才慢慢吞吞地走了出去，很快，传来院子铁门"哐当"的一声巨响。

就这样，他们多了一层保险，一场惊心动魄的战斗打响了。

这实在够惊心动魄的，刺激，无比刺激。蔡声华已经差不多忘了他们是怎样拿到钥匙的，他只知道他们打开铁盒子之后都惊呆了，盒子里碟子五颜六色，闪闪发光，光芒照耀下的黑暗房间犹如白昼。碟子上林林总总的图片同样也五颜六色，各种人种应有尽有。将来某一天的蔡声华，万万想不到自己性启蒙教育竟会来自这里。碟子上的内容夸张，有的甚至不堪入目，他只觉两眼迅速膨胀着，脸颊发烫。蔡声华自己也没想到他的计划这么快就实施了，还是当着大家的面实施的。他们张开双腿弓着腰，小心翼翼地将其中一张碟子放入 VCD 里。他们按下"入仓"键后在兴奋、紧张、好奇和满足的氛围下足足度过了十几分钟……

就在他们死死地沉浸在其中的时候，忽然，一阵亮光扑了进来，一个高大的身影盖在了电视机上，盖在了 VCD 上，盖在了蔡声华、王峰、蔡伯华他们三人身上，盖满了整个房间的一切，也盖满了那只盒子。王峰条件反射地"腾"的一下站起来撒腿就跑，蔡伯华也慌不择路地转身走了出去。此时，外面传来嘶哑而又费力的"狗叫"声……

北方有一句话叫作"不怕贼偷就怕贼惦记"，蔡声华就是那个贼。

和蔡声华有些类似，王峰兄弟二人和蔡叔华他们都在初中没读完就外出打工了。他们中间比如王峰兄弟是因为没有考上高中而被迫中止学业，有的是因为家庭原因而辍学，比如蔡声华，而蔡叔华却是因为意外而不得不退学，似乎外出打工就注定是他们那个时代农民孩子共同的宿命。他们也许终其一生也不会被世人所熟知，假使说这倒也没有什么，善良的读者们，我们再看看他们有着清澈眼神的孩子们，你们是否在他们的后辈身上看到了他们的影子？

第六章

蔡声华在打工之余偶尔会买些书来看，他其实并不比目不识丁的父亲好到哪里去，书上的字多数需要连蒙带猜，但他依然坚持着。因为这个另类的爱好他常常还被周围的大部分人讥笑。他的床铺上有一本《新华字典》，那是偶然一次在小摊上买的，虽然买的时候书壳已经快要掉了，摆出一副离群索居的姿态，前面的几页也掉了，但不影响他使用。他通过这本字典学到了很多知识。以至于后来有些工友们还误认为他起码有初中文凭呢。他在看一些书的时候，有很多的困惑，比如余华在《十八岁出门远行》里描述了一个车主被一群人打劫，最后只剩下一把破椅子，然而他却还能笑得出声来，蔡声华对这一点始终无法理解。和他为什么被周围的人讥笑一样无法理解。这令他十分苦恼，逐渐地，在这种情绪的影响下，他学会了抽烟。

外出打工之后，蔡声华猫在一些网吧的角落里看过无数次三级片，却再也没有昂首挺胸过，他总感觉后面有一双眼睛死死地盯着他。

他也终于没找过女人，当然也没有女人来找他。

被别人摸头这种事，蔡声华不习惯。就算是他的奶奶，这种行为也只有过两次，这次算第三次。有一次，他从二黑家那只叫作"二黑"的狗嘴里抢夺下来一只野鸡，那只野鸡足足有三斤多重，它的肚子像是刚刚吞噬了一头山羊的蟒蛇肚子一样鼓鼓的，他将那只野鸡抱在怀里，三五根长长的羽毛拖在地上。那天晚上，一家人吃了一顿好的，他奶奶给他夹了一个鸡腿，顺手摸了他一下。蔡和祥从来没摸过蔡声华的头，用蔡声华自己的话讲，他在他爷爷面前就像一条狗，甚至连狗都不如。从蔡声华知道疼痛并且能够被记忆开始，他就经历了无数次的鞭挞，经历了无数次的噩梦。他常常想，假使他身上长满了像那只野鸡一样的羽毛，那些羽毛也一定凌乱不堪。

一个人成年后的性格与他童年的经历息息相关，原生家庭的原罪往往伴随着一个人的一生，直至他离世。蔡和祥早年家庭并不幸福，这就导致了成年后的他性格乖张，甚至扭曲。

在蔡和祥家里有两种"刑具"，一种是陈旧的，一种是新鲜的。陈旧的"刑具"是由毛竹丫子晒干而成的，新鲜的毛竹丫子撇下来后用麻绳捆成一捆，立在大门旁边阴干，要用的时候从里面抽取一根；新鲜的"刑具"材料就不固定了，有时候是毛竹丫，有时候是其他灌木条，具体选哪种材料要看当时的场景。比如在池塘边有可能是纤细难以拿捏的柳树条，在屋场中间有可能是某个孩童手里拿着的磨滑溜皮的"武器"，在山上有可能就是粗壮冒油的油松枝丫，不一而足。而那些新鲜的"刑具"大多数不像陈旧的"刑具"那样受待见，他们被使完后多半逃脱不了被蔡和祥随手扔在院子里的某个角落里最终一同被塞进灶膛里的厄运。陈旧的"刑具"打在身上声音小，受力面积也小，但对皮肉的破坏性大，挨打者的伤口深，需要恢复的时间长；各种新鲜的"刑具"打在身上声音大，受力面积也大，总体来说，伤害性小很多。多数情况下，蔡声华是否挨打都取决于蔡和祥的心情而不是蔡声华惹出来的事情的大小。一个孩子，他们在成长的过程中会犯很多的错误，有一些错误成年人因为接受不了，会用一些相对比较暴力的语言或干脆通过责打来纠正，另一些错误，我们会通过相对温和的方法来帮助他们及时更改，比如教导、引导、商量等。如今，我们的家长，往往会说："孩子嘛，总免不了会犯各种各样的错嘛。"而在蔡和祥的酱色脑壳里，没有"一些"和"另一些"之分，统统都使用暴力，假使有一些好搬弄口舌的人来家告状的话，那更是变本加厉。更过分的是，很多时候，蔡声华自己都不知道到底做错了什么。在蔡家屋屋场中间，孩童们都在一起嬉戏，肆意地释放自己的童年。而这时候，突然一切都戛然而止，孩子们的笑声没有了，嘶喊声没有了，很快那些不知名的枝丫劈头盖脸地打在年幼的蔡声华的头上、脸上、赤裸的后背上……

每当这个时候，蔡声华从不号叫，从不。

当一个人发现激烈的反抗或者有过激的反应会带来更大灾难的时候，他的反抗开始变得超出本能，超出生物对外来刺激的防御本能。那就是另一种状态了，在极度恐慌和麻木之后。无力反抗，那些枝丫打在蔡声华身上就像打在猪皮上一样，发出很沉闷的声音。在春风里，在夕阳下，在秋高气爽的季节，在诗人眼里，被妈妈追逐俨然是农村和街头小巷里唯美的景象，而那些被追逐的对象在日后回忆起这些点点滴滴也会哑然失笑。而就算是最浪漫的诗人，看到像小猫儿一样瑟瑟发抖的蔡声华时，也会感觉分外的愤怒和不解。每一次被鞭挞，除非实在受不了，蔡声华都是啜泣。直到他的爷爷打累了，他才开始抬起头望着天上，嘴里"哇哇""呜呜"地哭，他不像其他小孩在受到欺负的时候会哭着喊"妈妈"，他根本连哭都不会，而且，他没有妈妈。他每一次望着虚无的天空，每一次都好像在等待外星人来拯救他。有些时候他也跑，跑的结果往往是在人家茅厕里住一晚上。无休止的责打让这个少年内心变得扭曲，在很多人看来，他甚至有些呆板，再加上他本来就结结巴巴，久而久之，不被外人待见也在情理之中。他冥想过、怀疑过、对比过，直到未来的某一天，他从书本上遇见阿廖沙的外祖父卡希林，他才开始有了某种程度上的释然，原来，古今中外，被鞭笞者的命运都有共同之处。同时，他的内心涌动出一股对书籍的敬畏和感激，我们可以这样说：是高尔基们的那些文字引起了他足够的共情，也在一定程度上拯救了这位小小人的灵魂。

"奶奶，我回家办身份证，舅舅说拿户口本到派出所办。"

"哎呀，你的户口本不在我这里。"

蔡声华的奶奶给他碗里夹了一块肉。蔡声华已经很久没吃家里的土猪肉了，时间过得可真快啊。

天全黑下来的时候，蔡声华睡在温暖的被褥上，双眼皮像注满了水似的，怎么睁都睁不开，他太困了，但是他又执意不愿睡着，庞大的噩梦群萦绕在这个年轻人的脑际良久不愿离去。十几年前，他何曾睡过这么温暖的床？就是放在现在，他又何曾睡过这么温暖的床？他躺在床上，闻着淡淡的阳光的味道，他舍不得这么快睡去，舍不得把时间白白浪费在毫无知觉的状态中，就好比嘴里含着一块肥美的红烧肉而舍不得吃。于是，他硬撑着不让自己睡去，何况，他的肚皮还有些许撑胀哩。他开始回想起以前来，儿时的那些场景历历在目。他并没有坐在高头大马的轿子里荣归故里，但这又有什么？他此时此刻不正躺在温和的床上吗？他爷爷的遗像挂在客厅的墙上，旁边的摆钟几十年如一日地摆动着。这个场景使他感到分外满足。

当晚，蔡声华聆听了一晚上灶鸡子的叫声，不算太坏的梦做了好几个。

蔡声华头尾只请了四五天假，后天就要回东莞了，而今天，他却要去找他的父亲。他的表情和步伐开始显得不情不愿。在蔡声华内心，一个连自己亲生父亲去世都不回来奔丧的儿子不配做他的父亲！如果说蔡声华与他的爷爷没有感情，那么他跟他父亲可以说是形同陌路。他给蔡声华唯一的记忆是他曾像他爷爷蔡和祥一样暴打过自己。

记忆中，蔡伯华有一次语重心长地用兄长的口气跟他讲过这么一句话："声华，你妈妈有次去我家陪我妈聊天，说她要走，被我听到了。"

只是蔡声华没想到，蔡伯华的妈妈不久后也走了，这一点蔡声华觉得蔡伯华肯定自己也没料到，也许是他只听到了她们对话的前半段，也许是蔡伯华只说了他听到的所有话里的一半吧，无论如何，这都成了永久的谜。不过，后来蔡伯华的妈妈又回到了蔡家屋，蔡声华觉得这一切就像童话一样。

今天是蔡声华回来的第三天，他现在要去找他的父亲，他虽不情愿去，但没有选择。

乡下的村道修得很窄，如果有一辆大货车迎面开过来，路上的行人就要慌里慌张地站在旁边或高一点或低一点的泥土堆上。雨水最近很少光顾双墩镇，水泥路旁边的泥土被行人踩得结结实实的，就好像那些人不愿意走在水泥路上而专挑泥土路一样。脚踩在上面仔细听的话会发出"沙沙"的声音，旁边松树林里时不时有一只山雀"嘚啾"几声，在你面前低飞越过路面，在对面的树林里继续奔走相告着什么。在不咸不淡的日子里，这条村道上要等很久，才会有一辆车"嘟嘟"地经过，扬起不多的很快便消失得无影无踪的细小灰尘。一个人处在这种宁静的环境下，很容易陷入沉思或者回忆，蔡声华也不例外。

妈妈宋梅走了，从此杳无音信，等得到消息的时候，人家已经有了孩子，况且自己也慢慢长大了。爸爸倒是有消息，不过，他后来也是另外两个孩子的爸爸了，在宋梅走后短短的四五年里。蔡声华觉得他的两个孩子长得奇丑无比，其中那个稍大一些的女孩子更丑。他只见过他们一面，和三四年前的蔡家屋其他人一样。如果能碰到他们，并且是单独碰到的话，他想他一定会胖揍他们。他脑际划过一些令自己都有些莫名其妙的想法。比方说，此时的他已然是美国总统林肯，对长相奇特的人嗤之以鼻。

"哎，很烦，今天还要去找他们，去找我那个名义上的爸爸。"蔡声华双眉紧锁，他从奶奶家出来，手里拽着那位善良的老太太给他塞得皱巴巴的二十元钱。

"听人家说，我爸爸距离我们并不远，他没有像电视里表演得那样在外面发了横财，他依然是一个臭打工的，而且依然是一个十足的赌棍。他没有在队里盖新房子，他一直窝在他婆娘的娘家，他的儿女也都不跟他姓蔡，难道他不觉得这是耻辱？好在我对赌博不感兴趣，不过，我倒是很喜欢玩游戏。很多年前挨的不少揍都是因为在二黑或者王峰家看他们玩'超级玛丽''魂斗罗'和'红警'什么的游戏忘记了时间。那时候可真热闹，七八个小孩围成一圈，大家瞪大双眼紧紧地盯着小小的屏幕，谁都舍不得离开。有一次，二黑家的狗二黑还在屋里撒了一泡尿，看起来狗也很痴迷于游戏，哈哈。他们经常是两个人一起玩，一直玩到他们的爸爸妈妈或者爷爷奶奶来喊他们回家吃饭，而这时候我便会迅速地跑出去，我知道这个时间点对我来说可不是好兆头。当然，99％次我是在旁边看的，他们说我反应慢。其实我反应也挺快的，你看现在我不管是单机游戏，还是联机游戏都玩得挺好的。现在很多网络游戏，我一沾手就无法自拔，常常昼夜不分，我享受这份喧嚣的宁静。"蔡声华几乎是自言自语道。

这位身材颀长的后生还是很快找到了他的父亲蔡水生，至少比他自己想象中要快得多，当他有这种想法的时候，他的大脑里很快闪现一句话："请不要跟我说这是什么狗屁心有灵犀。"

"我来拿户口本。"蔡声华开门见山，他站在他爸爸家门口，在他身体右侧茶几上一个"百事可乐"易拉罐被拦腰剪开，里面横七竖八地塞满了烟头。

蔡水生皱了很深的眉头，叼着烟斜眼看着蔡声华。这种情景蔡声华见过几次，现在想来，在他们有限的相处时日里基本上都是这种场景。

习惯了，他们父子二人都习惯了。

"老子又不是来找你要钱的，你皱什么眉头？"蔡声华心想。

"你这杂种，都不叫老子，你爹死了？"在蔡声华看来，蔡水生或许是这么想的，但他终究没有说出口。

蔡声华要走的时候，蔡水生没有留儿子吃饭，在蔡声华眼里，他甚至连留他儿子吃饭的权利和勇气都没有。

他娘儿们自始至终在一旁吃着花生，一声不吭，一得空她的双手就慌忙插在格子布围裙的两个兜里，好像见不得光似的。看，她拿出一颗花生，轻轻一捏，右手大拇指和食指来回一捻，花生衣便掉落在地上，有的随风飘到一米外的树叶上，她再张开两瓣厚厚的嘴唇吹了吹，其中有一小片花生衣飞到一半又重新飞回来贴在她脸上的白粉上，像是一颗褐色的痣。倒是他们的儿子围着八仙桌无忧无虑地满屋子跑，全然不顾空气中弥漫的尴尬气氛。那个女人一把抓住他们那傻儿子后衣领，因为惯性，他们的儿子差点儿摔了一跤，她顺手将刚刚剥好的花生仁一股脑儿全部塞进了他们儿子缺了两颗门牙的嘴里。那咀嚼的模样简直和他娘一个模子倒出来的。

蔡声华一路上都在回忆刚刚那个场景，他的嘴角轻轻地向上扬了扬，他突然觉得一身轻松。

他在派出所办证大厅等了二十几分钟，其间他无聊地偶尔抬头望一望一男一女两名工作人员，他们边对着电脑敲敲打打，边小声交谈着什么，对他的到来完全视而不见。

又过了好大一会，一个工作人员吆喝他过去："刚刚是不是你说要办身份证？"

"嗯，同志，我带来了户口本。"蔡声华故意答非所问，算是对他们明知故问的一种回应。

女民警基本上没看他一眼，这让我们这位正值青春年华自我感觉长相帅气的少年多少有些失落。她招呼一个小警察带蔡声华去拍照，因为自己的衣服颜色太过鲜艳，他被要求换上一件领口很脏的卡其色衬衫。蔡声华有些老不情愿。他想，那么多人都穿着鲜艳的衣服进了派出所，然后无一例外都被要求换上这身土了吧唧的衣服，他们双墩镇所有年轻人身份证上的照片都清一色的卡其色衬衫，那多难看？再者说了，全双墩镇的年轻人应该是最具有活力的，都穿着这块抹布被外人见了还以为我们双墩镇年轻人都没有衣服穿，还以为我们双墩镇还停留在 20 世纪五六十年代，还以为我们的思想从来都一成不变。除此之外，他们还要求将第一粒扣子扣紧，这让习惯敞着衣领的蔡声华很不习惯，他胸前的那一块仿真玉佩也凑热闹似的拼命往外挤。拍完照片，蔡声华感觉自己的脖子很痒，他感觉那件卡其色衬衫领子上黑色污垢里面藏着千千万万个细菌。

那个女民警在蔡声华还没来得及穿好上衣的时候，就在大厅里大喊大叫："蔡声华，下个月二十五号以后来拿身份证。"

"哦，是阳历二十五，还是阴历二十五？"蔡声华脱口而出。在他拿到第一部二手手机之前，他完全不知道这个世界上还有"阳历"这一说法，更不知道"公历"就是阳历。他的舅舅，那个一直带他在左右的会一些占卜术的右眼有些失明的男人一辈子都拒绝承认"阳历年"的存在。

"什么阳历阴历，你身份证上是什么历就是什么历。"女民警显得有些不耐烦。

"同志，我没用过身份证，我今天专门来办身份证的，你忘啦……"蔡声华一边再次走进大厅，一边将上衣束进裤子里，用皮带紧紧地扎上。

"哦，阳历、阳历。"女民警没等他说完，她好像也意识到了这一点，声音也有些缓和。

"给寄吗？"蔡声华试探性地问了一句，但他很快便意识到自己简直是异想天开。

"谁给你寄？自己来拿，或者到村里去拿。"女民警又恢复了刚刚盛气凌人的姿态。

"哦……"蔡声华盘算着下个月二十五号那就是四十多天以后，这倒难住他了。

谁给我拿？对于蔡声华来说，这个问题与女民警那句"谁给你寄？"一样难以回答。

在这个世界上，总有一些问题在一些人看来轻而易举，但在另外一些人眼里，却比登天还难。

第七章

忙神爷胞弟兄四个,这个数量创造了蔡家屋"仁"字辈中亲兄弟人数之最,同时,他们懦弱的一生也到了无以复加的程度。而作为四兄弟中的老大"糯爹",却又是四兄弟中尤为窝囊的一个。单一个"糯"字,让人联想起来就是一个被人任意揉捏的对象。

四兄弟的住宅地分布在蔡家屋四周的犄角旮旯里,其中老大蔡仁兵、老三蔡仁石和老四蔡仁法三家在最偏僻,也是地势最低的被称作"瓷土凹"边。

这里原是一片荒山(注意,这真是一片荒山,和传说中蔡家屋是一块荒地是两回事儿),后来,来了一个外乡人,说是在表层土两三米以下是上等的瓷土,可以采挖出来卖到外乡去赚钱。于是,蔡家屋的先辈们全屋出动,出力的出力,出工的出工,直到后来那里落下了一个大窟窿。这便是"瓷土凹"名字的由来。

据说因为糯爹他爹娘只是别人家的长工,按理说不能分到土地,又一下生了四个儿子,没办法只能一起安在了"瓷土凹"旁边。老二蔡仁国家也没好到哪里去,虽然他家地势比较高,却是距离蔡家屋祠堂最远的一家。而那些二房的"大户"人家,普遍坐落在较祠堂略高的距离不太远的地方。终年不见阳光让三兄弟脸色晄白,也让他们的后代有一部分人脸色晄白,好比蒸熟了的糍粑。

蔡叔华出生的那天傍晚时分,糯爹正在和蔡仁法吵架。

四兄弟中属老大糯爹最矮,后面竟一个比一个高,一个比一个脸色红润,也一个比一个壮。一米五几的蔡仁兵在一米七几的蔡仁法面前就像一个小孩，他们吵架的姿势让人联想起来便有了几分滑稽。事情的起因是蔡仁兵傍晚准备去把自己家的牛关进牛棚里，他习惯性地把他们家那头据说是来自河南南阳的老黄牛拴在他老四家附近的一棵大樟树下。这种树是典型的四季青，一年四季都散发着一股清香，不仅如此，它还不惹蚊虫，把牛拴在下面一方面可以让它少遭受蚊虫骚扰，另一方面也给它散散味儿。这头黄牛来他们家已经有九个年头了，它不仅是家里的一头畜生，在他老伴去世以后，更是他最忠实的倾听者。正当他走到他四弟家附近的时候，远远地就看见有人拿着竹丫在对大黄牛动手动脚，起先蔡仁兵以为是小偷，迈着小步赶到的时候才发现动手动脚的竟是他四弟！

"是哪一个牵我家牛撒？"他故意这么发问，他的声音很细很尖，女里女气的。如果不是精明人，这细长的声音很容易被傍晚附近竹林里的斑鸠归巢叽叽喳喳的吵闹声掩盖。

只见蔡仁法正费力地一只手拉扯着拴在牛鼻子上的牛橛子，一只手中的竹丫正似打非打地像是在驱赶着，又像是在阻止着什么。他的鼻头沁出了一些淡黄色的汗珠，老黄牛的鼻头也沁出了一些汗珠，他歪着头，两腿迈开，那头牛也歪着头，四腿迈开，人和牲畜就这样僵持不下。除了自己喘出的粗气，他什么都没听到。突然看见糯爹跟跄着小跑到跟前，一副气势汹汹的样子，顿时，蔡仁法的气不打一处来。他指着蔡仁兵的鼻子，也就是他大哥糯爹的鼻子，大骂道："你看看你们家的牛，拴根绳子也不拴紧巴，家里缺了绳子可以到我家寻。你看看，看看我们家草垛上过冬的草还剩下多少？一个下午也不来个人，干脆赶明儿杀牛分我一半牛肉算了。"

蔡仁兵冷不丁被这么一顿奚落，脸上红一阵白一阵的，半晌没说话，自己刚要上前责问的话语被硬生生地塞了回去，再加上他四弟家草垛确实被啃了一个窟窿，他自知理亏，口不择言地说道："你们……你们现在过上好日子了，当初……要不……要不是我把这块地让给你们，队上人谁来了都不行，没有这块地，年年你们家哪有越冬的干草料？都……都开春了，远远地就看到你们家草垛上冒着青芽，我家大黑（因为这头黄牛毛发柔顺，皮肤有些光亮黝黑，糯爹和不少人都喜欢这么喊它）到……到今年来家是第十个年头，他的舌尖可舔过你们家一根草屑？赶春那会，你们家一用就是四五天，大黑累得直吐白……白唾沫，黄家庄药少都说过几次了，伤了它的精血就是伤……伤命。到头来，吃上你们家几口干草，你就拿上刑具像是要锁人一样。还杀牛肉分给你，你说这话也不怕折了舌根子。队里有谁家杀……杀牛的？这耕田的牛哪是说杀就杀的？来年你家可不要说我不让你驮我家犁头。"可怜老人家气急攻心，一时竟磕巴起来，几十年来的那点怨气仿佛一股脑儿地倾倒了出来。

"你别总是翻那些老皇历！你真要这么说，我们可以请队长前来说道说道，什么叫作你让了宅基地？爹那年走的时候我才多大？你和老二将那些家伙什分得精光，你不要以为我和三哥心里没数。三哥被你们撺到彭泽去驮树，一走就是七八年，回来不到一年就被你们唆使着过继给了二叔，过继有好日子没有你们心里没数？远的不提，就拿眼跟头这堆草来讲，哪一年你没有来扒？扒了也就扒了，我们兄弟打断骨头连着筋，这不算什么。哪有把头伸到人家胳肢窝里的？"蔡仁法到底是读过几年书的，说起话来一套一套的。不过，他刚说出"队长"二字，心里便"咯噔"一下，心想，可别被老大抓到了把柄话赶话，把话顺着往下再说了。一来这是自己家的小事，二来"请佛容易送佛难"，二房的蔡永彪可不是省油的灯，别的不说，就从他每年年终都假模假样地推脱说来年再也不沾"队长"二字的边，但实际上一连任五六年这一事实来讲，蔡家屋谁没有一些说辞？他要真的出面，末了，单一餐饭哪应付得了？还不得塞包烟？

兄弟俩你一言我一语，等到两个人回过神，才发现大黑的牛头早已整个埋进了那个窟窿里……

一路上糯爹嘴里都骂骂咧咧的，一想起从前，他心里总觉得有些委屈，他比他四弟整整大十六岁，虽然自己单薄，但怎么说长兄为父，小的时候，不知道为他们三个弟弟尤其是四弟仁法操了多少心，现在一个个成家了，有的甚至都做爷爷了，早就把这个大哥忘得一干二净了。平时路过他们家门口，就算是闻到了家里飘出来的饭菜香，也没见喊自己进去坐坐。

他正想着，一抬头竟快到了家门口。他刚把牛拴在牛棚里，还没来得及摘下枫树叶尖牙儿搓洗双手，就听到里屋有些嘈杂，灯光映出下午来的三五个妇人频繁进进出出的长长的影子。他推开虚掩着的大门，大门发出"吱——"的一声，声音不大，此时里屋少见的灯火通明让糯爹有些不适应，同时传来"嘤嘤"的哭声，他知道他的儿媳妇生了。他掏出一根"天柱山"香烟，点上吸了一口，他不着急进去，他知道，他蔡仁兵有孙子啦。

蔡叔华比蔡伯华小两个月整，俗话说"天干无露水，老来无人情"，虽然糯爹和忙神爷兄弟姊妹八个，但打蔡叔华记事起，除了蔡家屋的几个不怎么和气的爷爷，他的那些姑奶奶们也几乎没见踏上蔡家屋的土地。但偏偏蔡叔华和蔡伯华的感情却异常亲密。蔡叔华把蔡伯华叫哥，他甚至都不加上"伯华"两个字，他还有一个素未谋面同父异母的弟弟，倘若他的小妹妹没有那么早去世的话，他兄弟姊妹一共四个，这是后话。

糯爹一直活了八十七岁，据说这个年纪创了蔡家屋的历史纪录。关于糯爹的死，蔡家屋有两种说法，一种说法是无疾而终，还有一种说法说是吃糍粑噎死的。多数人倾向于后一种说法，黏黏糊糊的人对应黏黏糊糊的死法嘛。

那天中午，蔡叔华正在给老板家别墅上漆，听到一楼有人喊他，他约莫听了个大概，就丢下漆准备起身回家，转念一想还是算了，人死都死了，也不着急这一会儿。所以蔡叔华关于他爷爷糯爹过世的具体细节以及后来的什么事都来源于别人的口口相传。

在蔡叔华眼中，蔡伯华的妈妈也就是她的三堂婶娘很早就走了，他的伯华哥日子过得很苦，他总感觉他伯华哥和别人不一样，他的目光很深邃，性格很特别，说起话来头头是道。他觉得蔡伯华对他还不错，他们两个凑在一起，什么事都是蔡伯华拿主意。很多同龄人都认为伯华性格暴躁，在蔡叔华看来，他伯华哥不是暴躁，是人格分裂。

蔡伯华的妈妈朱雪妠走的时候，蔡叔华正由糯爹背着从蔡家屋上屋走到下屋，再由下屋荡到上屋，祖孙二人对这一切浑然不知。

这一背就是七八年。

蔡叔华总感觉双腿发软，但土地很硬，他出门基本上不怎么走路。蔡家屋的人有一句话很传神："叔华那伢子是他爷爷驮在背上一摇一摇长大的。"然而直到他爷爷去世，蔡叔华都没有悲伤过，他现在倒是挺悲伤，每到月底的时候，他总是盼望着工头能早点将生活费发到自己的手上。

回乡前的几个傍晚，望着落日西下，蔡叔华突然就想起儿时的伙伴二黑来。说起二黑，便不得不提山爷、夭爷以及蔡和祥他们多年来"主持"的腌臜事：逢农历"三月三"左右，他们便拉一帮庄稼汉"看夜"，（实际上无非是找个由头花公家的钱打平伙）。那晚，他们照例在蔡富家二楼平台上一本正经地将眼睛盯着江西垄……

他们谁也不知道，几十年来，一到阴历的三、九月，阴雨蒙蒙的季节，山爷总会捧着大把大把的"三九菇"——就是从江西垄那块所有人都觉得不可靠近的原始地带拾掇来的。他们谁也不知道，山爷一直渲染的那块神秘地带给他和他胞弟夭爷两家带来了多少实惠，那里简直是野兔、野鸡、黄鼠狼们的天堂，也是他们二人的天堂！他们二人常常出没于那座山，脸上洋溢着得意的笑容，他们获得的实惠越多就越需要让这块山变得更加神秘，更加让队里男女老少不敢靠近。他们总是借着自己的那一点看起来与众不同的本事偷偷地谋着私利。

"你小点声，祥叔，你帮着回忆回忆，当时是什么情景？莫急，你再看看，有孩子在哭，哪来的声音？？？"山爷吓了一跳，他真真切切听到了哭声。突然，山爷感觉有个脑袋在他和蔡和祥中间蹿了一下，他下意识地一把抓住。凑近一看，原来是蔡二黑！

"二黑，你这伢子怎么在这里？祥叔！蔡富叔，你家二黑什么时候钻进来的？"

那是1999年农历三月三，那一年蔡二黑九岁零四个月。

自打那以后，蔡家屋的大人们再也没聚在一块看过夜，甚至从此也少有关于夜的故事，山爷再也没提过那件事，二黑爷爷家二层留空的地方也加盖起了房间。

而这一切的改变都显得有些姗姗来迟，这种用一个人一生的前途换来的改变也让蔡家屋二房原本的一团和气变得岌岌可危。

据在场的王达的亲伯父王烈回忆，当时他们反应过来的时候都纷纷挪开身子，盯着那娃，娃脸色煞白，牙关紧闭，山爷像拎一只鸡一样把他拎起来时，只见他的双腿拖在地上，全身哆哆嗦嗦。

再后来，他开始变得喜怒无常，甚至常常残暴不仁，他时常拿着一根竹棍捶打他碰到的所有生物，尤其是毛发浓密的动物或者大叶植物，他甚至经常拿着竹棍劈头盖脸地捶打任何从他们家门前经过的人，尤其是年长的人。他不敢独处，日出之前或者阴雨天气他不敢出门，更不敢像以前一样跟随家人上田地里。不仅如此，家里还需要24小时专备一个人在家看守他。他甚至怕见到阳光，而一到正午过后，他又害怕进屋，他爸妈也不再外出打工，而就连距离他们家最远的"忙神爷"家，夜里也常常会听到他鬼哭狼嚎般的哀怨。自打那时候起，蔡二黑就成了灼烧山爷的一道烈火，成为了压垮山爷脊梁骨的巨石，也成了阻挡两家正常往来的一道鸿沟。

那些年里蔡二黑的家人带他四处求医，市里的精神病医院他已经住过四五次了，可每一次都因为他奶奶太心疼孙子而不得不半途而废，蔡二黑儿时放卡片的地方逐渐堆满了各种药瓶。当然，他们还跑遍了相邻几个镇里的"娘娘"的住处，甚至花上 193 块钱头天晚上跑到大别山深处一户"娘娘"家门口排队，因为人家一天只看五个人，说是人看多了就不灵验了。然而，无论大家怎么努力，蔡二黑的病情都没有根本上的好转。他依旧拿着他的棍棒四处拍打，他依旧在深夜里传出哀怨的声音。

如今，王峰都已年近三十了，蔡叔华也会常常去蔡伯华坟前和他说说话，当然，他们都希望这位儿时的伙伴能好起来。只是他们清楚那种希望越来越渺茫，他们大都已经有了自己的家庭和事业，谁都没有多余的时间来关注一个傻子。那种单纯的小伙伴关系也在十几年时光的磨损下逐渐支离破碎。这些年，蔡家屋逐渐有一些人家在镇里买了房，20 世纪 90 年代初时兴的老楼房除了几家有些孤寡老人居住外，其他的外墙都已布满了爬山虎和青苔。而蔡二黑爷爷家那栋房子，除了蔡二黑的小姑嫁给了大别山岳西县的一户人家外，还住着他们一家子。因为蔡二黑常常发疯打人毁物，白天已少有爷们和小孩聚集在他们家门口了。十六七年过去了，当初一起看夜的大老爷们大都已经步入了老年，人们已不再提当初那档子事，后来的小年轻也只知道有个疯疯癫癫的二黑哥或者二黑叔。蔡二黑的爸妈头发也全部花白，这些年他们家常常为大伙儿提供嫁女儿娶媳妇设宴的场地，为的就是想多积攒一点人气。蔡二黑的奶奶至死也没瞑目，他的爷爷还是几十年如一日地坚持早起，在屋前屋后打扫，他佝偻的背影在默默地告诉人们：他正企图留住这个家族的最后一丝尊严和体面。天黑下来的时候，蔡二黑家灯火倒也还算通明，但人们总感觉那栋房子距离蔡家屋越来越远，就好比一艘孤船，直到消失在远方，消失在江西垄。

第八章

蔡叔华对于"姆妈"这个名词十分陌生，他甚至分不清有与无的区别。糯爹对蔡叔华特别好，好到无与伦比的程度，人们甚至说蔡叔华骑在他爷爷头上拉屎撒尿他都毫不在意。糯爹喜欢骂人，也常常骂他这位自打出生就像考拉一样够在他脖子上的大孙子，但在蔡叔华心中，那根本算不得骂，最多算唠叨。蔡叔华丝毫不惧怕他，在他眼里，糯爹的骂声就像苍蝇"嗡嗡"的声音，他全然不在乎。糯爹一辈子也没有打过蔡叔华，搁别人家这是夸张的说法，到了糯爹这里，是真真切切地连手臂都没抬过蔡叔华的泥丸。

在蔡家屋田间地头，常常会有这样一个场景：一个上了年纪的不胖不瘦、脸色有些白皙的老头，他那不算太驼的背因为常年有个逐渐长大的双腿拖下来的大男孩儿盘踞于上，从稍远处看，像是一个下半身膨大的畸形男孩在艰难前行。每每被人碰见，大人们眼里满是不解和气愤，有的甚至当着糯爹的面说道："糯伯（叔），叔华自己长手脚做啥事？"

而这时候糯爹总是抬起脑袋，似乎在看对方，又好像不是在看对方，他多半时候总不言语，人们从他的眼神里却能找到那个多年来一成不变的答案：我家叔华没有妈啊！而小孩眼里则满是艳羡，心中不免有些落差，伯华尤是如此，莫说骑在忙神爷脖子上，就是背都近不了。

蔡叔华失去的母爱在糯爹这里得到了几乎有些过分的补偿。

糯爹活了八十多岁也没学会做饭，他常常将一锅米做成黏稠的粥，所以，蔡叔华后来也不会做饭，同时他还不会熬粥。不会做饭的糯爹歪打正着却活得很长。

后来，有段时间乡下流行的养生风气其中有一项就是呼吁人们多喝粥，说是喝粥养胃，队里人这时候才明白糯爹之所以长寿是因为他喝了一辈子的粥，他们惊叹道：原来糯爹才是大智慧！他们同时还发现喝了小半辈子粥的蔡叔华是蔡家屋"义"字辈里个子最高的。这让他们有些气愤，自己的小孩肉蛋从没缺过，到底还长不过一个喝粥的。

蔡伯华小时候有一次到蔡叔华家玩耍，看到蔡叔华家锅里满满的一大锅粥，粥还是热的，向外面冒着热气，中间一个泡泡破了，很快又在原来的位置冒出一个新的泡泡，如此周而复始。在灶膛内炭火的炙烤下，那些泡泡越来越小，直至逐渐消失。那锅粥的周围贴着一些肉块，贴锅的那一边已经完全烤煳了，散发出一股奇怪的味道。那味道不算好闻，但也不至于让人感到恶心。蔡伯华想起了有一次炒菜的时候手指不小心碰到铁锅里边发出"呲"的一声，同时闻到的一股味道，跟这次一模一样。他盯着那些像珠子一样饱满的油不停地往外"咕噜、咕噜"地冒着，底下的瘦肉开始慢慢缩小，他感觉很可惜，眼里尽是羡慕和不舍。看到蔡伯华盯着锅里看，头差点儿就够进去了，蔡叔华很不屑地说道："哥，你不会想吃那黑乎乎的'锅贴肉'吧？那有什么好吃的，都没放盐！还嚼不动，苦得很！"说完便随手抠一块塞进蔡伯华手里，蔡伯华感觉手心有点烫，同时他还感觉耳根有点烫。

不过，吃了那么多年的粥，也好，蔡叔华的脾胃相当强壮，从来没有胃痛过，哪怕后来上了初中经常性的暴饮暴食都没有关系。那段时日，他常暗暗想，如此可见早年养脾胃对一个人的一生有多么重要。

蔡叔华的父亲蔡平和他爷爷一样个子都不高，大概一米六不到，然而，蔡叔华却是个特例。他爷爷弟兄四个共有八个儿子六个孙子，孙子辈蔡伯华老大，他年龄排第二，个子排第一，不仅仅在这六个兄弟里排第一，甚至于在整个蔡家屋他的个儿也是排在前面的。

蔡平喜欢读书，尤其是有关法律方面的书，他最先研究民法，家里头有一本《中华人民共和国民法通则（注释本）》早已翻烂了。后来，蔡叔华出事后他开始研究起了刑法，那段时间他为了儿子蔡叔华的官司常常废寝忘食，夙夜不懈。遗憾的是，他从没有正规地上过学，否则，以他的勤奋劲儿，他完全可以做一名至少在双墩镇妇孺皆知的律师。他打小自己学习写毛笔字，同样也没专业的老师教过他。他从开始学写字即给自己和几个叔叔家写对联，一直到90年代末，队里不少人家一到年跟前，还都前来托他写几副对联。

蔡平和蔡叔华父子二人的关系一般，蔡平和糯爹一样，也喜欢骂蔡叔华，但同样也基本上没向儿子扬起过手。成家后的蔡叔华和他父亲的关系并没有缓和多少，有时候就像陌生人。蔡平不善于表达父爱，或许就像他的抠门一样，吝啬他的感情，还有可能与从小蔡声华就跟着爷爷生活有关。和村里大多数父子一样，多数年头他们父子二人都想不到长期相处，这一点也更加深了二人间的隔阂。不得不说，在中国的农村，父子之间的淡漠感情早已不是什么新鲜事。直至蔡叔华结婚生了孩子，蔡平再也没有能力外出打工时，他才慢慢意识到原来他还有这么一个儿子！

几乎很少给蔡叔华生活费的蔡平也很少在糯爹身上花钱，爷孙二人就靠糯爹一个人种些庄稼勉强糊口。这种情况一直持续到蔡叔华初二下学期辍学出外打工，不再伸手向他要钱为止。

几个叔伯兄弟中数蔡平的年纪最大。在蔡叔华八岁的时候，他们家来了一个小姑娘，看起来并不比蔡叔华大多少，但人们都说她已经二十多了，这个看起来有些羞赧的姑娘便是蔡叔华第一任后妈侯晓妹。蔡伯华有一次到蔡叔华家来玩耍，因为没见过这位堂伯母，一眼看起来又像是蔡叔华的表姐什么的，他竟上前去热情地喊了一声"姐姐"，被他大伯蔡平好一顿呵斥。如果说蔡叔华因为佩服蔡平钻研有关法律书籍的那股劲儿，开始朝父亲完全敞开也是唯一的一扇门，那么，在蔡叔华心中，五十出头的父亲能够找到这么如花似玉的姑娘这种非一般的能力就让他佩服得五体投地了，他开始逐渐向父亲敞开另一扇窗。在日后他自己娶妻生娃的时候，那扇窗户也像二十多年来一直未曾关闭的那扇门一样完全打开。没有人知道，在他们父子之间有着一扇常年不曾关闭的大门和一扇半遮半掩的窗户。十几年后，每当蔡叔华回忆起自己第一任后妈时，挂在嘴边最多的一句话是：唉，人比人呐，气死人。

侯晓妹来到蔡家屋后很少出门，和那些堂叔叔们家的儿媳妇之间也走得不算太近，蔡叔华每次叫她"阿姨"的时候她也是一副特别不情愿的样子。她在蔡平家基本上不怎么说话，但是蔡叔华看得出来，她不喜欢这里，最起码不喜欢他们爷孙俩。在中国南方的农村，妇女们端着一盆衣物到就近的河里浆洗常常被看作是一道亮丽的风景线。侯晓妹来到蔡家屋后不久即加入了这个浩浩荡荡的队伍之中，但是人们最难以接受的不是她总喜欢撩起裤管一脸嫌弃地踮起脚尖走路，而是从那些盆里桶里从没见过有蔡叔华和糯爹身上的一块布。

和大多数青壮年夫妇一样，到蔡家屋不久后，侯晓妹就跟随蔡平外出务工了，只有每逢春节的时候才回一次家。所以，蔡叔华几乎从不会想起蔡平，更不会想起侯晓妹，他于侯晓妹而言既没有累赘，也没有牵挂，侯晓妹对他来说也仅仅是名义上的母亲。无论是当着侯晓妹的面，还是在平日里漫长的想象中，蔡叔华从没有把"姆妈"一词和她联系起来过。

侯晓妹来蔡平家的第二个年头即给蔡叔华添了一个弟弟，取名吉吉。在蔡吉吉还没满三岁的那年腊月，蔡叔华的父亲蔡平只身一人返回蔡家屋，后来人们才知道，蔡吉吉的妈妈侯晓妹早在那年年中就跟人跑了，同时带走的还有她和蔡平的儿子蔡吉吉。一时间，各种谣言开始长出翅膀。

又过了一年半，也就是蔡叔华初中辍学在家的那年暑假，蔡平又带回来了一个女人。

那个女人扁平鼻子、短发、腮帮子肉嘟嘟的，笑起来像弥勒佛，人们说这个叫"后箐箐"的女人天生一脸福相，蔡平和蔡叔华他们一家人这下有福气了。也有人将蔡叔华的两任后妈进行比较，说是同样姓"hou"，两个"hou"一看就不一样，前一个刚来到蔡家屋那会儿他们从她的"狐狸眼"就能看出来根本没有踏踏实实和蔡平一起过日子的迹象。对于种种闲话和谣言，蔡平不置可否。

后箐箐来到蔡平家的第一件事就是将屋里前前后后里里外外来了个大清扫，把糯爹那些藏在床下面的瓶瓶罐罐都打扫了出来。其中有一盒胭脂人们说甚至是 20 世纪七八十年代的东西，人们在糯爹家门口那棵李子树下堆积如山的"垃圾"堆里拾到了不少宝贝，他们一边将蔡叔华一家人积攒了十几年甚至是几十年的旧物件往家里拖，一边对后箐箐赞不绝口。其中有一个人说："你看，糯爹这把烟筒，还是银的呢。"另一个人在心里嘀咕："糯爹积攒了大半辈子的宝贝被这姓后的一下全腾空了，她也真够败家的。"

那天下午，蔡家屋很多娘儿们因为自己没有及时到蔡平家看热闹而后悔不已，有人开始责怪那些前去看热闹的人也不知会大家一声，等到第二天，还有一小部分人跑到蔡平家找新媳妇聊天，眼睛四处张望。

后箐箐来到蔡平家第二年为蔡叔华添了一个妹妹，第四年又生了一个，还是女孩。等到第二个女儿出世，蔡叔华的四奶奶笑言："喜得头年弄的酸豆角多留了一荷叶坛子，这不，都派上用场了。"

蔡叔华有兄弟姐妹四个，这在尼姑村他们这代人里仅此一例。

正当蔡家屋所有人都对后箐箐赞叹不已和对蔡平一家老小自此过上令人眼馋的日子有些眼红的时候，突然有一天，人们发现后箐箐也走了。走时蔡平家竹竿上晾晒的衣服还没有完全干透，蔡叔华的小妹妹还在箩窠里睡着那天的第二顿觉，她的小嘴还向外努着，刚刚哭过的脸上还挂着一条淡淡的泪痕，她丝毫不知道自己已经没有下顿奶喝了。

人们谁也不知道那么贤惠的媳妇怎么突然就走了，也没有人敢上前去问一下。

于是，外面开始又传言糯爹家风水有问题，他们家不旺外姓女性。

在蔡叔华的大妹妹四岁的时候，有天晚上，天气并不是那么闷热，他的小妹妹突然开始发烧，等送到镇里医院的时候就不行了，再待蔡叔华从上海赶回家，蔡平家屋檐下已开始挂上白布。人们对那个无辜的小孩进行了简单的仪式和葬礼，没有请乐队，队里的锣鼓也没有从队长家取出来，除了亲房和家族几个长辈，蔡家屋也没有其他人到蔡平家吃饭。人们十分忌惮这件事，人们也重新想起后箐箐无端走的时候某个人的判断，原来蔡平家不是不旺外姓女性，而是根本不旺女性。

老人们又开始纷纷回忆起了蔡叔华的奶奶，那个比后箐箐还贤惠的传统女性，多少年前在一场车祸中丧生的情景，"简直惨不忍睹啊，蔡家屋那么好的媳妇！被一辆公交车撞了一下，头碰到一块棱角并不突出的石头上，比蚕豆大不了多少的一个口子，淌了一碗血，人就没了，真是奇了怪了。"老人们说。

现在，蔡家屋所有人都谣传蔡平家风水不好，他们一家人都克女性，蔡平家的女性要么离开那个屋，要么就要死于非命。谣言开始越传越厉害，人们开始把目标对准蔡叔华的大妹妹蔡潇，有传言开始说这个女孩长不大，从命理上讲，她后面会绝于江河湖海，这是她的宿命。人言可畏，人言猛于虎，各种不好听的话不绝于耳，各种异样的目光和指指点点纷至沓来，洒在焦头烂额的蔡平的脸上、背上和鞋帮子上。逐渐地，人们开始不限于蔡平家，他们说这个女孩留在蔡家屋就是一个祸害，会给蔡家屋带来灾难。一时间，各种不利于蔡平家的舆论达到了无以复加的程度。人们无理地提出解决方案：为了整个蔡家屋的风水，也是为了小孩她自己的前途，蔡平必须出面"治一治"，那就是用村里百十年来通用的做法：过继！将蔡潇过继给别人，而且不能是本家。

　　此时的蔡平处于四面楚歌的境地，他不知道如何抉择，他开始将目光投向自己的父亲糯爹，企图从他懦弱的眼神里得到一点什么启发或者说是决断。糯爹已经快八十岁了，在这种大事上，他几乎从没有拿过主意，队里的大小事情也从没有人征求过他的意见。他不再是原来那个爱唠叨的老头了，他将唠叨变成了自言自语，他也不敢上前去劝说他儿子，更不敢和队里任何一个人理论什么。更甚的是，在他可怜的、贫瘠的思维里，队里人讲的话是有依据的，他从根本上对种种传言深信不疑。

　　可怜的蔡潇在没有过完五岁生日的时候被送给了糯爹堂妹妹的外孙做了童养媳，也就是蔡叔华堂姑奶奶的外孙，算是蔡叔华远房表弟。蔡平亲自将女儿蔡潇送过去的时候，他的表妹夫在一旁抽着烟，并不言语什么。倒是他的表妹先说了这么一段话："蔡平哥，你和我家当家的素来和睦，你和我也相当于亲表兄妹关系，你又是老大，我们一直对你都很尊敬。这些年我们虽没怎么走动，但到底心里还是有的，这你心里肯定也是这么想的。但亲归亲，有些话我还得说在前面。你看，我们家郑带妮现在已经七岁半了，等过段时间很多事他就都懂了。这个点你把蔡潇送来你是不得已而为之，实话说，我们呢，也不是说那么的心甘情愿。但是呢，你也是走投无路，才出此下策。这些年我们家正好缺个女儿，我和他爸现在也不准备要了，将来呢，无论是做媳妇，还是做女儿，我们都当女儿看待。蔡潇这孩子现在还小，放在我们家你就放心，以后若是想来看看，一年可以来一次两次的，但有一点我们有言在先，你只能以远房表叔的身份来，否则我们断不能要这个小孩，我们也不缺小孩那点赡养费，逢年过节，我们还像从前没有成家一样该来往来往，该不来往不来往。至于我们俩百年之时，蔡潇还想到你坟头去磕头上香我们管不到，到时候她想归宗认祖我们也干涉不到。另外呢，我们还出两万块钱，算是这几年你们把孩子养这么大的辛苦钱。你若是同意这些，我们两家立个字据，双方签个字，孩子你安心地放在我们这里。你要是不同意你就带回去，我们也不伤和气，日后该怎么办还怎么办，就当什么都没发生……"

蔡平已经忘了那天下午是怎么回的蔡家屋，他表妹的一席话讲得他肝肠寸断，此时此刻他的感情极为复杂，他感觉他枉为人父，不配做人。同时，他又非常认同人们分析的关于他们家不旺女性的看法，倘若是万一他的大女儿将来也有个三长两短那他就不活了。在他内心深处，他还有另外一层想法：孩子到哪里都是过，在他跟前蔡潇还不一定过得有他表妹家好。他的小女儿多可爱呀，说没就没了，如果他早点发觉孩子有问题就不至于发生后来的事了。那谁知道呢？世事难料，人们往往在不好的事情发生之后即开始对从前自己没有足够的准备而追悔不已，可时间才不屑于跟你商量呢。

在蔡平心中，蔡潇这个孩子非常懂事，三四岁的时候就已经能帮很多忙了。

那晚，他木木地坐在灶膛口，心里乱得很：我到山里砍柴，她常常还在一边帮着拾柴火，从不要人操心。田里地里，我总将她带着一起，放在田埂上，她自己会"咿咿呀呀"讲很多话：

> 骑马骑马噔噔
> 一肩赶到乌村
> 乌村七（吃）碗面面
> 一肩赶到县县

多可爱呀，可是我一个鳏夫，我能给孩子什么？等到她再长大一点要上学了，我能养好她吗？她妈妈一去就再也没回来过，孩子嘴里不说，心里她能不想？冬天，小脸冻得通红，队里那些个小千金，爷爷奶奶驮在背上，爸爸妈妈手里捧着，她眼睛里没有羡慕？她是顾及我的感受，常常偏过头去，我几次看到那些人走远了，她又眼巴巴地朝那个方向望去。孩子嘴里从不说想她妈妈，她哪里是不想啊？不想能在梦里喊"妈妈"？不想能常常做梦哭醒？不想能哭醒后怎么哄都哄不了，直到哭着哭着自己就睡去了？她是懂事啊！她越是懂事我越是不能让她在家待着，我给不了孩子一个完整的家庭，可是别人可以给！孩子长大了自然能够明白我这个做父亲的苦衷。唉，她要是恨我就让她恨吧。在家里将来上学了又会像他哥一样，啥出息没有，将来到了裁缝厂，又是苦一辈子，也嫁不了一个好人家……

唉，不想了，这两万块钱我要给她留着，等到将来她出嫁了我再贴给她，我过些时日也要出门，挣些钱存在这张卡里，将来都给她，蔡平揣着那张回来时在镇上农村信用合作社办的折子，脑子里一片糨糊。

蔡叔华直到年底回来，才知道他妹妹被送人做了童养媳，已经送走大半年了，他竟然一点消息都没有收到。他本来对这个妹妹也没什么感情，但毕竟是自己的妹妹，对于他父亲蔡平这种莽撞的决定他一时半会儿还是接受不了，尤其是这么大的事他作为家里的长子竟然没有一个人通知他。

他用他那开始变声的沙哑声音和蔡平吵了一架，蔡平突然发现他这个不亲的儿子一下长大了，他憨憨地笑了。一看这阵势，蔡叔华也乐了，真是冤家，我这么骂你，你竟然还笑得出来。其实，他本不想吵这顿架，只是一方面他想告诉所有人，他蔡叔华长大了，可以独当一面了，自己的意见也要放在台面上说。另一方面，他还想让别人知道，糯爹家第三代不再是那种瘪三，任由别人捏来捏去，在那个年味渐浓的日子里，糯爹的耳朵已经开始听不太清他的孙子在那里手舞足蹈甚至摔桌子、马凳的声音了。

第九章

蔡叔华初二没读完就离开了荣毅初中，他那时候已经逐渐感觉读书没有一点劲头了。包括最喜欢他的班主任刘发群在内，多少老师对这种现象早已发现端倪，却又无一例外，都没有及时对这位双墩镇上的骄子思想上某种危险倾向给予足够的重视和较大力度的扭转。他们普遍认为，这样优秀的学生，大大的脑袋里除了应该装着知识，还应当装着相应的自控力。但是，当年的成绩那只能表明他仅仅可以接受少量的课程和小学的教育模式，上初中后，他开始感觉课太多了，相比之下他对"学生团"更感兴趣，也就是这种"团"给他带来了巨大的灾难，也彻底改变了他本就几近无人监管的一生。

那个年代，在双墩镇八个初中和两个高中里加起来大大小小共有十七个"学生团"，实质上是由学生自发组成，同时又有一些社会闲散人员间接操控或者直接参与的流氓团体。

在荣毅初中当时有一个学生们称之为"荣一B团"的"学生团"，按照所有"学生团"的惯例，凡是加入"团"的都要服从"团"老大的命令。蔡叔华当时学习成绩好，本来不应当成为被"荣一B团"吸收的对象，但愿意聚集在他身边的人实在太多了。那时候镇里的初中绝大多数学生都选择住校，学生们只有周末才回家一次，而蔡叔华周末回家的次数更是屈指可数，他就那样长年累月在学校住着，客观上也给他进入"学生团"提供了一定的条件，也给他的好人缘提供了更好的土壤。他常常声称学校比家里还好，学校就是他家。一个家里没什么人没有好吃好喝的家还能叫家吗？同学们常笑他，说他倒是一个以校为家的人。

蔡叔华小升初的时候在双墩镇名噪一时，几乎整个双墩镇都知道尼姑村小学有个叫蔡叔华的学生考了 299 分，同时他们还传言荣毅初中第一时间抛出橄榄枝将他作为重点培养对象，免除所有学杂费和住宿费，另外，还提供在食堂免费吃半年的餐券。前提条件是他的成绩不能跌出年级前五名。一时间，他成为双墩镇所有孩子家长眼中的别人家的小孩，他们都愿意让自家小孩和蔡叔华在一起，仿佛只消在一起，蔡叔华脑袋里的知识就能够源源不断地输入到他们自己家小孩的脑袋里一样。尤其是那些家在镇里和县城里的小孩，在蔡叔华看来，他们零花钱应有尽有，一周中的中间一天家里还常有父母或者爷爷奶奶专门过来用保温饭盒送菜送肉作为加餐。而在此之前，他蔡叔华甚至连保温饭盒都没听过。偏偏这些小孩因为大多上初中前已经提前补课，同时又生平第一次远离自己的小窝缺少家长的监督，很快变得懒散起来，因而在学校里的成绩大多不算冒尖。因此，蔡叔华和这部分同学各取所需，他教他们文化知识，他们把那些自己平时都吃腻了的肉蛋都送给了蔡叔华，这一下把蔡叔华那个 60 多斤的身体养到了 110 多斤！他们的爸妈更是不怎么管自己的小孩，谁会想到一个学习成绩这么好的孩子会带他们做坏事呢？他所做的一切都是有他的道理的，这就是他们的信仰，是他们共同的睁一只眼闭一只眼的哲学。

自然而然，优秀的蔡叔华在"团"里的地位显赫一时。那种居高临下的感觉让年少的蔡叔华忘乎所以，同时，因为被亲切地称为"叔哥"，这种既像叔又像哥的叫法常常让蔡叔华的肾上腺素直冲脑壳，他开始过着如梦如醉的日子，他享受有什么东西他们都优先奉送给自己的感觉。他们起初最过分的行为无外乎跟在那些老成员后面，躲在厕所里、小树林里抽抽烟，当然，有时候也翘课出去抽。这些烟大部分是"团"里的小喽啰们从家里带的，或者说从家里偷的，坦白说，在这之前有些烟的名字蔡叔华闻所未闻，更别谈抽了。那阵子，他抽过后来好多年都没有抽过的好烟，同时，也抽过后来好几年都没有抽过的量。伴随他终生的痛苦的阵发性咳嗽这一顽疾也由于此。

从名义上讲，蔡叔华在"团"里排第四，两个初三的分别排第一、第二，他们两人是上一届初三的老大钦点的接班人，具有不可撼动的地位。同时他们两个在初一的时候还参与了"荣一B团"的创建，算是"团"里元老级的人物了。排名第三的叫吴俊毅，因为有社会上的人给他撑腰而被认为最有可能成为下一届老大。除此之外，吴俊毅的堂哥吴海飞还是双墩镇另一个初中"学生团"的头头。看起来他天生具有做头头的范儿，中分发型，即便是戴着斯文的眼镜也丝毫遮掩不了眼镜片后冷峻的眼神，他很少像其他男生一样成天嘴里叽叽喳喳的，这一点让那些原本就崇拜《那小子真帅》里主人公智银圣的女孩子们痴迷不已。

那是一个周末，荣毅初中的大部分学生都已经回家了。附近镇上高中来了两个闲散"黄毛"，用蔡叔华后来的话说就是，一看就知道没有纪律没有组织的小混混！在"荣一B团"染了黄发的大有人在，有的甚至还染成了蓝色、绿色，仿佛染了头发才算是一个标准的混子。他们直接来到208宿舍，在里面正好碰到同样染了一头黄发的蔡叔华。此时的蔡叔华正背着寝室门在专心致志地玩着"魂斗罗"，他嘴里叼着一根"玉溪"，正自娱自乐地喊着："打！打！我打！"他屁股下的凳子随着他上半身的摇晃显得一脸的痛不欲生，发出"吱吱"声响。他甚至没有注意到背后有人进来，实际上，在那个闲散的午后如果不是有两个同样闲散的人的来到，暮色会直接赶过来提前洒下甘甜的露水。其中一个光头上前用他厚实的手掌拍了拍正战得酣畅淋漓的蔡叔华的脑袋说道："小屁儿，玩游戏呐？'强八'你可认识？"

蔡叔华一头柔顺的毛发顿时露出了几分不快，看起来龇牙咧嘴的，与此同时，他抬起右手顺势将那只手使劲一甩。嘴角向外一翻，发出"啧、啧"的两声，他将手上的游戏机扔在一旁床上的被褥上，凳子被他一脚踢出好几米远，发出比刚刚还要痛苦的声音。他转过身看到眼前的一幕：一个光头倚着门，双手交叉在胸前，双眼正像抽烟时迷离地看着自己，另一个光头正甩着自己的右手，他仿佛被刚刚那一记反击弄得猝不及防，上面一排牙齿正咬着下嘴唇。他注意到两个光头后面都留了一撮头发，两撮头发上全都染成了橘黄色，像是深秋某个下午日落时的一棵芦苇。

蔡叔华意识到来的准不是善茬，他心头闪过一丝悔意，试探性地问了一句："你们找'强八'有事吗？"他内心对这一对"黄毛"虽很是不屑，但为了防止吃现亏，也为了试图安抚刚刚"那只手"的情绪。

他想：你有什么资格找我们老大？虽然在蔡叔华内心深处也不在乎强八，据说他既不认识社会上的人，也不是特别能打，唯一的特长就是成天扯着一副公鸭嗓子四处摆臭架子。他蔡叔华初中都快过完三分之一了，也没发现这个被上一届相中的老大有什么过人之处。然而，无论他对强八有什么看法，在一致对外的时候他还是拎得很清的。

"妈的，这就是你的待客之道？""那只手"上来就是一巴掌。

在蔡叔华的内心，"先礼后兵"那一套早已根深蒂固，他也早就把自己当作"团"里不可一世的核心人物。他认为核心人物处理事情得按程序来，就得像电影里真正的黑社会一样，就像《上海滩》里的"发哥"一样，至少得像丁力一样。哪怕他是孤身一人！

被冷不丁的一个陌生人抽了一巴掌，让他的气焰一下子跌到了低谷，在荣毅初中，他已经很久没有受到如此"待遇"了。

蔡叔华强忍着疼痛，他的眼泪竟不争气地在眼眶里打转，可见我们的主人公还是缺少实战和折磨。他抬头踮起脚打开柜子，拿出拆开不久的"玉溪"，与此同时，他使劲眨了眨眼睛，刚成熟的眼泪又给匀了回去。蔡叔华给他们一人发了一根"玉溪"，心里一顿骂娘：他妈的那烟贵得很，平时不是因为像玩游戏和上厕所这种无聊的时候，他自己都舍不得抽！

"我们老大回去了。"蔡叔华强忍着疼痛，嘴角挤出一丁点儿笑容，赔笑道。

"你骗谁呢？强八爸妈都不在家，他爷爷又瞎又聋，一个妹妹还是跛子，你以为老子不知道？"说完，"那只手"把蔡叔华手上剩下的烟都抢了去。

事情发展得如此迅速，毫无逻辑可言！

蔡叔华他们平时都有一种惯性："好汉不吃眼前亏"，平时单着的时候从来不惹事，能躲就躲，他感觉再待下去可能要吃更大的亏了。他趁着给其中一个光头点烟的工夫，几乎是夺门而出，同时暗示自己这不是懦弱，他们可都是身强力壮，他注意到其中一个脑袋上除了一边头发剃光了，在他后脑勺竟然还文了身。蔡叔华在走廊的尽头厕所里找到了强八，他开始故作慌张："老大，有人来砸场子了，他们抢了我的'玉溪'。"

"谁这么猖？"强八一脚踢开房门，他的公鸭嗓子此时在蔡叔华眼里多少起到了一些安慰的作用。

"你就是'B团'的老大强八？"其中一个"黄毛"故意把"荣一"两个字省去问道。

"是又怎么了？"

"我们老大叫我过来警告你们，你们少嚣张，一个初中还搞什么'B团'！屎团还差不多！哈哈。"那个后脑勺文着身的慢悠悠地说道，同时将烟头轻轻一弹，烟头冒着火花一头撞向强八的裤子，在他发黄的白色喇叭裤上轻轻地吻了一口，留下了一小块黑色的印记。

强八是个典型的杠头，哪能受得了如此羞辱与挑衅，他二话没说上去就给了对方一巴掌，从巴掌的响度来判断这丝毫不亚于刚刚蔡叔华挨的那一巴掌，那个嘴里不干不净的黄毛的嘴唇立马红肿了起来，他捂着嘴，红红的眼睛眨巴眨巴。

说时迟，那时快，仿佛这一巴掌是拉响战斗的警报，五个人很快便扭成一团……

这场群殴以蔡叔华他们三个吃了一点亏而结束，毕竟在那两个"黄毛"面前，即便是他们老大都比对方羸弱得多。倒是闻声赶来的"瘌痢头头"很猛，又挠又咬，中间还拿镜子往对方身上砸去，其中的一小半玻璃砸在了强八身上，蔡叔华亲眼看见一些碎片轻轻地滑向他的内衣里，以至于这场混战结束后蔡叔华一直相信强八的后背已经血流如注。终究是蔡叔华他们的主场，"黄毛"们显得气虚，再加上战场面积有限，"瘌痢头头"又喊又叫、又挠又弹的，终于"黄毛"们被撵了出去。蔡叔华平生第一次深刻地体会到了草原上的狮子面对又臭又硬的鬣狗时的心情。蔡叔华他们乘胜追击，一直追下楼去，一直追到学校门口。

见他们不敢追出校门，"黄毛"们便站在校门外对着他们喊狠话："蔡叔华，你给老子等着。"见状，他们又装腔作势地追出去了一阵，"黄毛"们也很配合地跑了一阵。等蔡叔华他们再向前追一阵，他们不跑了，反过来追他们，如此反复了两三次。

回来的路上，蔡叔华心想，"黄毛"是怎么知道我名字的？为什么偏偏喊我名字而不是强八的名字？难道是因为我惊人的臂力让他们的筋骨剧痛，继而怀恨在心？他百思不得其解。他嘴里骂了一句："妈的"。到现在蔡叔华都没想明白，唯一的可能就是他让他们吃尽了苦头，让他们在成年之后想起这次灾难之时依旧后怕不已。想起来蔡叔华嘴角开始扬起了笑容，再回想起"瘌痢头头"那又喊又叫的场景，他竟然又笑出了声。

凡事有始有终，这件事远远没有就此结束，只能说暂告一段落。

就在"荣一B团"的成员们聚在学校的松树林里开完一场盛大的庆功宴时，就在蔡叔华主动提出吸纳"瘌痢头头"为"团"的成员时，正当"荣一B团"的所有人都渐渐淡忘这件事时，"黄毛"们来了。

那天，周四晚上，蔡叔华的右眼皮一直跳个不停，他感觉有什么事要发生。糯爹曾经跟他说过，"左眼皮跳财，右眼皮跳灾"，而根据不同时辰眼皮的跳动却又有不同的征兆。他心底"咯噔"一下，他开始有些坐立不安。

果然，第二节晚自习刚一下课，蔡叔华便看见窗子外面有几个光头在晃来晃去。

"不好，'光头党'的人来报复了。"蔡叔华内心叫苦不迭，前几天他们就得到消息，"黄毛"有可能是"光头党"的人，现在看来消息不假。只是他们谁都不会在意镇里的"光头党"会来找他们的麻烦，他们毕竟是经过中考后被筛选出来的正儿八经的高中生了，对于未来他们绝大多数开始有了新的考虑。

强八的教室在另一栋教学楼，假使单靠自己班里的这些细皮嫩肉的虾兵蟹将，呐喊助威还可以，真正干起来他们一准会一哄而散。在他看来，打架这种事还是农村的孩子冲在前面，城里的孩子往往外强中干，中看不中用。而平时因为蔡叔华的存在，"荣一B团"城里的孩子已远远超过半数。而这里面又几乎全集中在蔡叔华他们班。"兵"临城下，他开始意识到周密团建的重要性。蔡叔华开始急得像热锅上的蚂蚁，看来那两个该死的"黄毛"回去已经添油加醋地说了他"叔哥"不少坏话！蔡叔华让几个男同学站在窗户前故意朝窗外无意识地吐口水，他猫着腰，几乎是逃窜着出了教室门。

蔡叔华来到初三年级305班的时候，第三节晚自习的铃声匆匆来临，他感觉那声音要比自己的脚步快很多。此时响起来的正是预备铃声，如果在上一节课的这个点，蔡叔华一定和大部分同学一样涌进教室坐在位子上，比较安静地等着看堂的老师来临。而此时的蔡叔华却出现在初三的教室门口，他头一次感觉到，初三的教室要比其他年级的教室安静很多。

蔡叔华径直走到强八班级门口，喊了一声："报告！"

"进来！"

看堂的老师正是他们初三年级组组长，同时也是他们学校的教导主任侯耀林，他是出了名的厉害角色，令很多初三的学生闻风丧胆，有时候学校组织听课，一些年轻的老师因为他的存在在黑板上写的字一下子会回到二十年前。然而，阴差阳错的，这次他竟然连头也没有抬就用手势招呼蔡叔华进去了。这里真是安静啊，只有圆珠笔写字的"沙沙"声和一些因为过早患上咽炎的学生们从喉咙里发出"嗯嗯"声音。

蔡叔华进来的时候，除了后面几排，几乎没有一个同学昂头看他一眼，他拐进里边，到第六排又一次猫下身子用手做个喇叭："老大，'光头党'来了。"

第十章

　　尼姑村在千禧之年的时候总人口大概三千出头，计划生育在 20 世纪 90 年代初执行得最彻底，也最严格。大队部和每个队的头尾两三面墙上都用石灰写上了各种标语。有"积极应对人口老龄化，全面建设和谐大中华"这样从大局出发的；有"少生优生幸福一生，男孩女孩都是未来"这种大白话的；有"优生优育 把握幸福 品味人生"这种充满诗情画意的；有"要想富，少生孩子多养猪"这样为老百姓指引道路的；还有"计划生育，丈夫有责"这种让人看了忍俊不禁的。像切韭菜一样，尼姑村每对夫妻清一色两个小孩，而大部分人家在生二胎的时候都遭到了大队部的干部不同程度的围追堵截，同时不少家庭还被罚了款。当然，也有少数家庭一对夫妻只生一个的。在尼姑村，如果一个孩子是男孩那还好说，如果恰巧是女孩且这家女人已结扎了的话，那这家人在村里就抬不起头，难听些就是"绝户"，一些家庭主妇因此长年在外务工不着家。

　　与蔡家屋仅一河之隔的八里岗就有两对夫妻是这种情况。其中一家男主人读过高中，人又极为仗义，再加上家族里他这一辈人丁兴旺，因而于公于私，他都是八里岗不可或缺的人物。然而，偏偏他头胎是个女儿，自己又积极响应国家政策，被大队部的干部一劝说，竟主动带着自己的媳妇去镇里结了扎。一开始倒没觉得有什么，等到自己的孩子长大了些上了小学，看着别人家都是兄弟姊妹三三两两的，心里就不是个滋味。尤其是每逢红白喜事，这只有一个女儿的劣势就显现出来啦。有时候邻里间产生一些矛盾，一些难听的话就算你想回避也回避不了。再往后，整个人就显得蔫头耷脑的，感觉自己这辈子没有了奔头。而另一家夫妻二人也和这种情况类似，夫妻二人干脆一不做二不休，将家里能卖的都卖了，把门一关，到嘉兴投奔自己的小舅子去了。这一去，竟然快二十年都没有回来，自个家院子里的野树长得比墙外的树还要高。

如果不是因为这样不多见的组合家庭，像蔡叔华家这样四个孩子的情况是绝对不可能的，不仅尼姑村没有，就整个双墩镇也少见。

尼姑街的碾米厂里一开始只有一台碾米机，全村人都会来这里碾米，运气不好的时候还要排上一段时间的队。那些用扁担担着两稻箩稻谷的妇女们常常聚在一起谈天说地，因此，村里这唯一的碾米厂便成了尼姑村各队信息交换和传播的最佳地点。经过各个队里的妇女之口传出去的各种消息往往还没到队里就已失去本色，好事往往会往小里说，坏事往往会往大里说。相比之下，大队部那个挂着"妇女之家"的办公室就显得冷清得多。相比在办公室里正襟危坐，人们更愿意无拘无束地在碾米厂门口议论张家长李家短。

另外，尼姑村还有一个尼姑庙，这座庙刚开始建的时候不叫"尼姑庙"，早些年因为里面住着三个尼姑，人们称之为"尼姑庵"。往后又因这里常年招不到尼姑而更名为"尼姑庙"，更名之后很快便有和尚前来应聘，不到一个月又来了一个，这座尼姑庙一下就热闹了，逢初一、十五，一些在家的居士们赶庙的热情也随之高涨了起来。如果说碾米厂是真正的"妇女之家"，那么尼姑庙便成了很多中老年人闲下来聚会的最佳场所。尼姑村的人们在这两个地方释放自己多余的力气，交流各种逸闻趣事，这些事再经过村民们的加工，传到各个队里，便成了故事。沿着尼姑街有一些住户人家，住户里面的人常常在自家院子里向街上眺望，望各个队里来逛街逛庙的人们，遇上熟人，他们也会热切地打个招呼问声好。围墙里的人也望向那些上学的孩子们，孩子们也常常朝里望，望他们那些放学后很快就能吃上大米饭的同学们。

表面上看来，如今的尼姑街与十多年前并没有多大改变，除了沿街两旁逐渐落起了两三层的小楼以外。当然，当初某位朝街上张望的姑娘已经出嫁了。如果你缓些脚步，仔细对比，你会发现，人变少了，好像在某一瞬间，凭空消失了一样。

尼姑街现在依然有四家商店，不同的是已不是原来那四家，原来那四家中有两家因经营不善而被迫关了门。一家因为常常赚小孩的黑心钱而在整个尼姑村臭名远扬；另一家因为竞争不过对门那家而被迫歇业。

赚黑心钱的那家商店名叫"王林商埠"，店主叫王林，直到倒闭后很多年一些人还都对他们家声讨不止，他们家店铺倒闭了没有人觉得遗憾，有人甚至扬言要举报到工商局，要报警将王林抓了去。有人说了，他们家开了十几年的店，尼姑村小学毕业了多少学生？这些年他该做了多少昧良心的事儿？但到底人们还是没有这么做。后来，王林家的在一个午夜突然去世了，他对外声称是患了癌症。人们对此议论纷纷，有人说是因为王林常年卖假耗子药遭到了报应。因为家里出了事，人们也不好再说什么。

另一家商店叫"王小林商店"，也是凑巧，两家店主都姓王，一个"林"，一个"小林"，只不过前者用的是男主人的名儿，后者用的是女主人的名儿。与"王小林商店"对门的那家商店没有名字，因为男主人小名叫"军旗"，人们习惯喊之为"军旗商店"或者"工兵商店"，当然也有喜戏谑者，干脆叫它"司令部"，叫女主人"司令夫人"或者"司令媳妇"。乡下人家买东西一是图方便，二是图便宜，开商店要是想不通这两点便不会有回头客。因为都是乡里乡亲的，平日里抬头不见低头见的，到谁家买东西不去谁家这都有讲究。开始那些年，见"王小林商店"和"司令部"两家店门对门，一些人平时到这家店里买完东西也要到对面那家逛一逛，嘴里说着"哎，你看看，上次说的叫批货批货，搞搞就忘，你们家有吧？""我就偏偏喜好你们家这个牌子的洋火，不惹潮"之类圆场的话。如果恰巧那家有自己可买可不买的小物件，也就顺手拿了，如果没有，给自己找个台阶下，同时也照顾了对方的情面。

"军旗"家"司令夫人"为人热情，她记性好，只要进过她们家店的人她一准都认识。即便头一回不认识，趁着平时店里闲散的人多，人家一转身后面便会议论"那是哪家哪家新媳妇，是哪家哪家表姐和表姐夫什么的。"完了，她立马多长一个心眼，待人家下次来的时候，她便像对待老熟人一样招呼人家，让人家暖心不已。总之，来尼姑街她们家店里的就没有长久的生人。因为一些贴心的话常常挂在嘴边，有些人原本只是看店里人多顺便来看看瞧瞧，本没有打算买东西的意思，被这么一热情招待，也就不好意思空手走出店门，总会捎点什么回去，因此店里越发顾客盈门。

而"王小林商店"的男主人看起来倒是老实巴交，有熟客去了，赶忙上前递上没有滤嘴的散烟，且不论买不买东西，拉上一些家长里短的，倒也是常态。但他媳妇王小林就差远了，好比现在有人进店门了，你若买点啥那还好说，你要不买东西她那一双眼睛会直勾勾地盯着你，盯得你内心发毛，好像你不是来买东西的，而是来偷东西的一样。

乡下人有个习惯，除了真正的农忙时日，平时一包盐的买卖都要聊上好大会儿工夫，远远超出一包盐的事，倒有些进出口贸易的架势。更有甚者，掏钱的时候，明明给了一块，趁店家正要找钱的空当儿，来一句："莫急，这里有五毛。"有时候那枚硬币店家可能已经丢进了钱盒子，只得又重新拿出一张纸币还给他，他便小心翼翼地将那张纸币叠在一摞纸币的最里面，像是专门来更换钞票的一样。等买卖结束了，自己买的东西腰里揣着，眼睛还要瞟一瞟，假使发现一根已经发蔫的葱蒜啥的，顺手拿了去，嘴里嘟囔："看看这些葱头蒜末的，也没人买，赶明儿你不得罢了扔邋遢堆里？"像这样的场景最常见，通常店家也都已习惯，也都充耳不闻，权当看不见，无论怎么说，开个商店兜里活泛些，比单纯种庄稼那还是要强出不少。

可这些在王小林这里却行不通，村里一些热心肠的人看不下去了，尤其是王小林本家，他们看对门生意兴隆，人群熙来攘往的，不免有些眼红。有让她们家男人吹枕边风的，也有当着王小林的面帮她出谋划策的。王小林自己也尝试着去学习，去改进，但所谓"江山易改，禀性难移"，刻鹄不成尚类鹜，画虎不成反类犬，时间长了，大伙都觉得生硬，像是有块小石渣在背上，横竖不舒服。再往后，王小林自己都觉得不好意思再开下去了，干脆关门大吉。

尼姑村下有一个组，叫朱屋组，又叫"朱家屋"或者"朱家湾"。朱家湾是尼姑村最大的一个组，20 世纪 90 年代末的时候人口达到峰值，436 人，这个数量是尼姑村余下二十几个组无法比拟的。朱家湾有两大特点：一是有钱人多。因为脑子活，敢闯敢干，又加上朱家湾从历史以来清一色都姓朱，一撇写不下两个"朱"字，这里的人们团结是出了名的。因此，百十年来，在整个尼姑村，朱家湾的人没人敢惹。人们互相帮衬，头脑稍微灵活一点的人都发了财。因他们深知自己文化知识有限，故而，无论是出门在外，或是在家固守田地都牢牢地捆绑在一起，绝不落单。而与之相反，朱家湾另一拨家庭却是以家里孩子会读书而出名。

人们都说朱家湾祖先埋的地方好，这里近乎年年都出"正规"大学生（诸位读者朋友，"正规"大学指的是本科类大学，老百姓不谈论一本二本，除了清华北大，其他的大学在他们心中的分量并无多大区别。如果是大专学校，老百姓一般不买账）。如果说会赚钱是因为他们抢先赚了第一桶金，继而先富带后富这个让附近几个组的人们眼红的话，朱家湾的第二个特点那就让所有人都心服口服、自愧不如了。在双墩镇，尤其在朱家湾，人们对家里有会读书的孩子的家庭非常敬畏，这些人家夫妻二人往往都在家务农，守着那一亩三分地，要么出去一个，隔三差五还要常回家看看，陪陪家人和孩子。他们深谙对孩子求学的投资可不计成本。而造成这种根深蒂固的思维和人们普遍对此敬畏不已的另一个重要原因就是朱家湾出了一位大官。他便是蔡伯华外公的侄子朱大发。

20 世纪 90 年代初，朱家湾出了第一个大学生，同时也是尼姑村的第一个大学生，这件事在整个双墩镇引起了巨大的轰动。十里八村的人们永远也忘不了那一天，朱大发考上了重点大学。这不仅是朱大发家的骄傲，也是朱家湾的骄傲，更是全镇人的骄傲！相比看不见摸不着的国际新闻，乡下的人们，似乎更加关心在他们身边发生的"大事件"。那天，镇上的高中整整放了三十挂"万鞭"，人们第一次体会到了考上大学的巨大荣耀。在全镇仅有的一条柏油路上，那些鞭炮被人们用新鲜竹竿挂着，在那辆 8 马力的手扶拖拉机车斗后面噼里啪啦，它们和坐在或者站在拖拉机车斗里的人们一样洋溢着火热的激情。拖拉机开得比平时更慢了，人们远远地跟在拖拉机后面，亦步亦趋，浓烟笼罩着他们，一些调皮的炮仗弹到了他们的脸上，他们伸出手摸了摸脸，竟丝毫不觉得疼痛，还说这是"沾了喜气"。他们的头发、脸色都熏黑了，远远望去，冒着细小的淡淡青烟，他们浑然不觉。

那天晚上，双墩镇无数家长在油灯下盯着自己的孩子两眼放光，他们憧憬着几年之后自己的孩子给家庭带来同样的无比荣光，那些在他们大脑中响起的鞭炮声造成万人空巷的情景简直和白天一模一样，甚至有过之而无不及。他们仿佛看见了在双墩镇的那条 105 国道上出现了成千上万个朱大发，那些朱大发个个意气风发，他们互相握着手，互相拥抱，一起走向光明的未来。

朱家湾的第一个大学生、也是之后十年内队里唯一一个重点大学的学生，果然没让整个双墩镇尤其是朱家湾的人们失望。毕业后的朱大发被分配到了县财政局，直到那时候，人们才知道朱大发当年到北京读的是财经大学，甚至有人传言说自己在北京中央财经大学见过朱大发在食堂吃饭。如果不是他对家乡有情有义，保底他还要在中央财经大学再读个六七年也说不准，所谓真金不怕火炼，这书读到头了就可以直接做教授了。无论那些传言是否属实，人们可以看得到，从此朱家湾有了第一个吃国家财政饭的人，尼姑村有了第一个吃国家财政饭的人。

朱大发的老母亲黄菊花没有因为儿子有了这么大的出息而沾沾自喜，她也并没有像人们猜测的那样搬到县城里，她依然保持着早起干农活的习惯，几十年如一日，她淳朴、善良，对朱家湾所有人都一视同仁。从前是那样，今天还是如此。甚至可以说，她较以前更加谦虚了，她甚至害怕见人。

队里的老太太们常常劝她："大发他妈，你家大发就缺你那点钱？他可是大干部，你这样待在村里知道的人还好，不知道的还以为你们家大发不孝顺。"

她儿子也劝她："姆妈，你就别下地了，山里那几块地你挑一两块距家近一点的，种点平时吃的就行了，你又有风湿病，还下冷水，不行咱家那几亩地一股脑儿给三哥种得了。"

黄菊花始终不为所动，自从她丈夫在儿子高考前一年辞世后，二十多年来，她便再也没有踏出朱家湾一步。

孩子小的时候立大志有出息了要带她住大房子享清福的一些话，她没有忘记过，她也从不期待孩子带自己出去风光，在她内心深处，一家人平平安安才是最大的福分，她相信她那过世的老头也和她的想法一样。她只有一个愿望，那就是儿子的小家能顺顺当当的，她想，他家大发可千万不能伸手不能僭越啊，她几次想说出口，但看到四十出头的朱大发早已两鬓银发时，她又咽了下去。她一方面对儿子的性格很了解，但另一方面，她更多的是担心，社会是多么地复杂啊！

那是很多年前，她家大发还在读初中，那一年秋季雨水多，家里收成不好，偏偏这时候大发他爹的断腿又灌了脓，就因为凑不齐去县城医院看病的路费，亲戚六眷她都跑遍了，结果呢？家家都是一口一个"难"字。她后来没办法，跑到村干部朱刘福家，她捉摸着他们家会宽裕一点，虽然不是一个组，但也算是本家吧。可还是吃了闭门羹，朱刘福不仅不给钱，还没有好脸色，钱没借到，还背回来一堆道理。

可现在呢？每年年终，村里往家里又是送粮又是送油的，镇里头也来人，一来一车，每年因为这档子事儿费的周折都够她喝一壶的。老太太原本和别人一样总盼着过年，这些年反而害怕起过年来。甚至一过立冬，这心哪，成天悬着。你不收礼吧，他们不走，你拗吧，他们有的是法子，不收人家粮油，人家主动上去揭你家旧对联，给你贴上新的，你能怎么办？有一年地里的红薯还没熟透，村里几个干部也真做得出来，卷起裤腿，驮着犁耙，把老人家那几分地刨了个底儿朝天，弄得老太太拎着一竹篮茶水在田埂上哭笑不得。后家屋那个放了八九年水牛的老鳏夫坐在不远处的枞树底下，眯着一对小眼睛看着那几个大腹便便的干部雪白的大腿，愣是抽了一下午黄烟，也把自己的烟袋掏了个底朝天。不知从什么时候开始，那些干部都一齐改了口，也不叫"老太太"和"老人家"了，左一个亲家母又一个亲家母地叫，好像喊自己亲娘一样。明眼人谁看不出来，他们哪是来看你这个干瘪的老太太啊？还不是自己儿子手上捏着点东西？后来，一到逢年过节，白天老太太干脆都把门一锁，索性到别人家避上几天。

你不伸手去拿，别人会主动塞给你，一回两回可以拒绝，八回十回呢？一旦心里那根弦绷了，后半辈子就不得安生，搞不好还会有牢狱之灾。她老太太都是黄土埋到脖子的人了，她倒无所谓，可她的儿子呢？年轻人脸皮薄，时间长了，人家不沾你了，你不也孤了不是？她又没办法去帮她儿子，她有心无力啊。几十年来，老太太没有害过任何一个人，就算是那些年日子过得清苦得喘不过气来的时候，她都没有占过人家一丁点儿便宜。她常常向菩萨祷告，希望菩萨一定要保佑她的儿子平安无事。

腹笥渊博的朱大发到底还是说服不了一辈子没读过几天书的老母亲，

他觉得自己的老母亲爱这片土地，她舍不得走。再说了，他们家屋背后山腰上还埋着他的老父亲呢。何况，自己将来某一天退休了，也还想回到这里来呢。往后朱大发便再也没提过这事。他和母亲约定，两周为一周期，他自己回来接母亲去县城过周末。不过，即便是这小小的愿望，他们二人都没得到满足。

朱家湾率先修了尼姑村第一条水泥路，从村大队部一直到朱家湾进组口，过了进组口，剩下的便是石砟路。人们开始议论纷纷，说是朱大发拨的款。但议论归议论，大伙儿更多的还是羡慕。俗话说，要致富，先修路。这条通往朱家湾的水泥路让朱家湾的人们出行更加方便，让朱家湾富上加富，同时，也让朱家湾的人们对朱大发更加感恩戴德，无论朱大发在修成这条路中间作出了多少努力，摆在他们面前的路是实实在在的，下雨天，人们再也不会深一脚浅一脚地走路了。自从修了这条路，朱家湾进组口再也没有人喊"朱家大屋来几个人，帮忙一下推下车子"了。

自从蔡叔华以全镇第一名的成绩考上荣毅初中后，朱家湾的"祖坟过劲"的说法又一次被人们推向了高潮。人们说了，蔡叔华是朱家湾的"菜秧"，要没有她妈妈朱善人的血脉，他能考上镇里第一名？人们开始断言，这孩子可能成为朱家湾走出去的第二个朱大发，将来说不定也能为政一方，到那时候就不是给朱家湾修一条路那么简单了，没准在朱家湾屋场中间修一个飞机场呢。

在尼姑村尤其是朱家湾，人们对知识的崇拜和对有读书人尤其是有会读书人家门第的敬畏，自朱大发始，经久不衰。

《周易·丰》有言："日中则昃，月盈则食，天地盈虚，与时消息，而况乎人乎！"

在朱家湾，人们一边羡慕那些有会读书的孩子的人家，而另一边，另一种娱乐也在悄悄兴起，且日渐成为朱家湾的一大特色，直至男女老少几乎到了疯狂的地步。

这种娱乐就是赌博！

人们已经无从知晓这种活动的始作俑者是谁了，人们也不关心到底是什么原因让这种活动就像朱大发考上大学那年放的鞭炮一样一触即发，且发展得如此迅速，势不可当。一到年终，家家吆五喝六，处处张灯"鏖战"。且在短短数年间让很多成年人沉溺于此，无心赚钱，让很多孩童无心读书，一些未出阁的姑娘也因为染指赌博而被周遭的人们指指点点。

蔡伯华共有四个舅舅，大舅舅朱成宇、二舅舅朱成伟、三舅舅朱成阳、最小的朱成么。除了老三因为没有手艺多数时候在家务农外，其他兄弟仨都是年头出门年尾归。当年味越来越浓的时候，在朱家湾，除了那些还有尚在求学的孩子的家庭门口没有停一辆四个轮子的小车外，甚至连一辆二手破旧桑塔纳都没有的就只剩蔡伯华的四个舅舅了。除却没有小车，他们四小家也只有老大朱成宇盖了楼房。在朱家湾，像日子过得这般紧巴巴的人家已经不多了。四兄弟除了老三稍微能管住自己的手脚外，其他三人尤其嗜好赌博。

老大朱成宇已经有了两个孙子，他几乎腾不出手来自己摸上一把，但他爱张罗，于是乎，老大朱成宇家便成了十里八村里最大的隐匿赌博点。专用于赌博的四方桌就有七个，而这个数量远远超过了尼姑街任何一家棋牌室。甚至连祠堂里放祖宗牌位的八仙桌也搬了过来，每当有人问起的时候，他们家还大放厥词："祖宗的牌位平时又不用，腊月二十四再放进去也不迟啊。"

第十一章

"三舅，你昨天到县里去了吗？"

蔡国庆和朱雪妩刚离婚那几年，每年正月，蔡伯华还突破重重阻力坚持要到他三舅家拜年。他有四个舅舅三个姨娘，其中有两个姨娘嫁在了尼姑村，几个兄弟姊妹家距离都不算太远。

每年，蔡伯华仅仅到三舅舅家拜年。当初朱雪妩还在朱家湾的时候就和几个兄弟的感情不和，直到结了婚，依然和几个嫂子、弟媳妇关系相处不好，有些年头甚至还大动干戈过，导致几个舅舅和舅妈都不是太待见朱雪妩一家人，自然也就不待见这个小外甥。外加上蔡国庆一家子在尼姑村又属于祖上力单的那一类，现世又势薄，穷得叮当响。现如今离了婚那就更不消说了。在这里面，蔡伯华的外婆扮演了一个不好的角色，老人家自打孩子们尚在家做儿做女的时候手心手背就分得很清，这也间接加深了兄弟姐妹之间的嫌隙，一丁点儿鸡毛蒜皮的事往往便会互相倾轧，甚至到了睚眦必报的程度。妯娌之间的关系甚至远比不上外人。

在几个舅舅、姨娘里头，蔡伯华最喜欢三舅。在他心中，三舅人虽木讷，不喜欢说话，但心地特别善良，就算是喜欢玩玩牌打打麻将也能及时收手，不像其他几个舅舅，一上桌就是昏天黑地的。当然，更重要的是，他有一个公认的好老婆。三舅妈阚莉莉人长得水灵漂亮，自打媒人介绍来之后夫妻二人没有怎么大吵过架，不但如此，十几年来，她也从没有和队里任何人红过脸。要知道，在世风日下的朱家湾，输红了眼昧良心的人日渐增多，举手投足之间猥琐下流的人也不在少数，能保持十几年如一日，该需要多大的定力和勇气？不仅大人如此，一双儿女也是常常在屋前屋后玩玩闹闹，从不惹是生非。这样和谐的家庭暗地里谁不稀罕哩？

"去了，我去的时候你大发舅舅正好不在家，说是搞什么接待去了，一年到头，从年头忙到年尾，年关都过了还捞不到休息，你小外婆到现在还猫在城里没回朱家湾呢。唉，真不容易。别人都以为他做了大官，清闲得很呢。换作我，我可不行，我吃不了那苦头，把一家人都撂在家里，出去给别人家干活。昨个儿我上午一口气跑了四五家，现在拜年都是将东西扔那儿就走，如今都有得吃了，一到年底肚子里都是油水。你不晓得，前些年可稀罕去你大发舅舅家了，一大早我们几个过去，有时候怀里还抱着，中午饭要吃到下午三四点钟，到了晚上，人也感觉不到饿。"

蔡伯华的四个舅舅每年雷打不动要去给那位当官的堂舅舅拜年，这在蔡伯华还在绕膝的年纪就印象深刻。以前听朱雪妩说过，别看几个舅舅平日里毛毛躁躁的，一到大发家，一个个都是一副垂手侍立的模样，像是要随时听候发落一样，近几年尤是如此。

"舅妈说你昨晚没有回来？"

"没，下午你表哥带我和你二舅几个去洗脚城了，啧啧，花了六百多块钱呢，脚都捏紫了，晚上和你几个老表，还有你二舅我们一家人'推饼子'……"朱成阳把"一家人"几个字眼说得比较重，同时勾着头示意蔡伯华小点儿声。

"怎么样？"蔡伯华也学着朱成阳的样子，勾着头，一副忍俊不禁的表情。

"你二舅昨晚手气不错，通吃，一万……"朱成阳用手势做了一个"八"字，他挑了挑眉毛，暗示蔡伯华不要出声。

"不是吧？一万八？都是现金？"蔡伯华瞪大眼睛，内心怦怦直跳。

"那是的，一万八那是少的，刚开始我在旁边'钓蛤蟆'都弄了四百六。你二舅前几年在外头给别人看场子，一夜单好处费就有 500 块，烟随便抽，车接车送不用做任何事，说白了就是放哨，有陌生人就招呼。你以为那算高的？他那是在外场，内场看场的工资更高，一夜两三千，一天一结。后来去了一伙人，也不知道怎么就混进去了枪，六七个人拿着钢枪硬是把整个场子一锅端了。桌上光现金就有一百六十多万元，现场还有四十六张银行卡，密码就写在银行卡背面，还有两根金条。啧啧，那场景。"三舅朱成阳说起传说故事就好像他亲临现场，只不过自己也未给自己配一个握枪的、蹲墙角的抑或在场内场外放哨的马仔角色。

"你二舅要不是二毛那阵子刚出世，他恰巧不在萧山，要不然也要被逮起来，你以为他跑得脱？一旦逮起来了不蹲个三五个月甭想出来。这还不算，家里头还要塞黑。"三舅朱成阳的语气中有一些庆幸的成分。

蔡伯华最情愿和他三舅交流，三舅家虽然是朱家湾最后那批没有车子的人家之一，但是他生性善良，为人仗义，说话也直来直去。个子虽不高，但一般的小伙子还都买他的账。朱家湾那些家长管不住的叛逆小孩只要一说送到朱成阳这里都吓破了胆。倘若说蔡伯华的大舅朱成宇家是赌棍们最喜欢聚集的地方，他三舅朱成阳家便是那些"看家婆子"最喜欢会聚的场所。

"昨晚'推饼子'输了六十。"朱成阳夹了一块鸡腿给他的老母亲，接着又翻了翻瓦钵里，把剩下的一只夹给了他外甥蔡伯华，一边有意无意地用余光瞟了瞟他老婆。

阚莉莉不吭声，哄着女儿朱香莲吃骨肉相连，同时嘴里骂儿子朱家家吃饭挑三拣四，明眼人一眼就能看出来她这是在点朱成阳，当着那么多人的面。

这个朱家湾唯一一个赌博不沾手的年轻女人正在努力地用她最大的忍耐和涵养与这一恶俗分庭抗礼，做着很多年后回过头来发现这一切都是徒劳的挣扎。她站在日薄西山的朱家湾的对立面，她尝试着喂一口乳汁给这位气若游丝的老人，期待她有朝一日能够回光返照一把，她明明知道这万不可行，但她似乎别无选择。她常常望着多少年前就已近全部荒芜和正在进一步荒芜的田地，她始终弄不清楚个中缘由。

朱成阳知道他妻子是在暗示他，只是当着众人的面给足了他面子。阚莉莉是一个传统的女人，但同时除了赌博外，她又能及时跟上农村人所谓的时代。在整个尼姑村，百余年来，她是第一个出嫁时除了嫁妆还陪嫁两箱书的女人。而这一点，即便是那些家里出了大学生的家庭主妇，也在极大的程度上表示不解。但同时她又秉承着"人前教子，人后教夫"的为人妻之道。为了朱成阳赌博的事，她不知道暗暗哭了多少回，也不知道回了多少次娘家，说了多少好话，依然无济于事。然而，她始终没有当面质问过朱成阳一回，更不消说指着他的鼻子骂了。阚莉莉在家是独生女，而且上过大专，能相中朱成阳也是因为看他人老实，朱成阳除了偶尔打打牌，其他方面无论是干农活，还是为人都没的说，这些在整个尼姑村都是有口碑的。她也不是太想管着他，她嫁到朱家湾之前她妈就说过，男人不能管得太紧，也不能管得太松，这个度需要在今后过日子里慢慢去琢磨，夫妻之间相处之道绝非一日之功。她只是想帮他刹刹车，她知晓自己的丈夫不比那兄弟几个，也远好于其他的壮劳力，但他人老实巴交，别人说什么就是什么，以前也不是没吃过亏。她心底害怕，但她又不能明说，别看他人老实，发起倔来就像一头倔驴一样，她生怕不小心戳到他的痛处，因而只能常常一个人到柴房生闷气。

阚莉莉刚嫁过来那些年是朱家湾年轻人公认的最漂亮的媳妇，现如今，瓜子脸变成了倒瓜子脸，头顶还秃了一块。她老公公弥留之际，朱成阳恰巧在外面打工，阚莉莉见那是他第一次出远门，还不到一个月，恐怕在外边连脚跟都没站稳，只是说老爷子老毛病又犯了，让他不要担心。眼瞅着其他三个儿子都不管不顾，阚莉莉更是端屎端尿，为了省陪护费，她在医院里晚上几乎都是蜷缩着躺在病床上的公公脚那头，公公一有个动静，她便起身招呼，病房里其他家属还以为蔡伯华的外公只有这么一个女儿呢。她给公公擦洗身子、吸痰，整整十七天，直到公公撒手人寰。所有这些她都默默地承担了下来，慢慢地，脸可不就变得倒过来了吗？朱成阳心里也明白这些道理，但有时候就是有点儿控制不住自己，嫌弃兜里有几个零花钱硌手。

朱雪妫一个人摸黑沿着尼姑街那条水泥路朝家的方向走去，她已经不记得这是第多少回走夜路了，她早已习惯了。

她想起十二年前，起早到蔡家屋黑水塘放水，她把她两岁的儿子放在木轿子里，轿子搁在塘坝上，自己下塘挖泥放水的情景。那时候她只要听到儿子“哼唧”一声，全身就有使不完的劲儿，更不知道什么叫害怕。但今晚，她依稀感觉头皮有些发麻，周围影影绰绰，松树林里风声连片。

回到家的时候，整十点，农村的夜已经熟透了，他们家的狗远远地迎了过来，这给她带来了一丝温暖。头好晕，哦，中午还没吃饭。她发现他们家的狗也很饿了，嘴里发出“呜呜”的声音。

“彪子，开门，你这死老头子，瘫尸。”

“来了来了。”七十多岁的蔡永彪穿着一身衹衣一骨碌爬起床，他顾不上脚上穿反了的拖鞋，匆忙拉开门闩，哆哆嗦嗦地折回身往房里走去，脚下的拖鞋发出“趿拉、趿拉”的声音。

“给你热了饭，在锅里，你自己盛，我先睡了。”蔡永彪边走边说。

“你睡个屁，烧水没有？”

“烧了烧了，水瓶在堂屋。”

“你不要这么搞嘛……路上那么多人，永新。”

赵永新的动作很粗鲁，没有任何商量的成分，在那片小树林里，她感到一阵恶心，同时又有一种满足，这种矛盾的感觉久违了。自从离婚后，五六年了，这是她朱雪妫第一次出门，也是她这辈子第一次出门。

她听信一个牌友的话，说义乌那边很能赚钱，尤其是那个。她知道在牌桌上讲"那个"就是赌博的意思，且是夹着老千的那种赌博，她欣然应允。那个牌友就是赵永新，那时候她刚满三十四岁，一脸麻子的赵永新四十七岁。她刚到义乌的第一个月，人生地不熟，如果不是赵永新隔三差五地来她租的房子接她，她就快闲坏了。而出去一般都有安排好的牌局。

赵永新，丹墩镇人。起先丹墩镇不叫丹墩镇，叫"单墩镇"。说是民国的时候双墩镇那时候不叫双墩镇，叫栗子巷，丹墩镇既不叫丹墩镇，也不叫单墩镇，而叫毛桃巷。据说叫"栗子巷"的地方当地人种栗子的水平高人一等，叫"毛桃巷"的地方当地人种毛桃的水平技高一筹。"巷"也就是"香"的意思，取"酒香不怕巷子深"的"香"和"巷"。后来，来了一任新县令，所谓"新官上任三把火"，这位大爷没有其他爱好，就喜欢四处散花，于是整个县掀起了一股种花、卖花的热潮，各种诸如牡丹花、玫瑰花、月季花，甚至菊花、栀子花等盛行一时。智慧又勤劳的栗子巷人和毛桃巷人你争我抢，不舍昼夜。很快在整个县脱颖而出，不久就引起了县令大人的注意。一日，县令屁股离了公堂，一时性起，题了"万花墩"几个字。人们在欢呼雀跃中竟忘了提醒县令大人这是两个镇了，又不能请县令大人再来一次，再题一次字。再者说这"万花墩"已经到了极致，后边无论是"百花墩""千花墩"还是"千千万万花墩"都显得俗气、单薄。时间一长，栗子巷和毛桃巷的人都说自己是"万花墩"，公说公有理婆说婆有理，吵得不可开交。这关系到当地人们的荣誉和子子孙孙千秋万代，可不是闹着玩儿。眼看矛盾就要激化，最后双方提出了一个折中的方案：县令大人这幅字，由双方轮流保存，各管一年，但双方都不得取名"万花墩"，而是一个"单墩"，一个"双墩"，具体由县令主簿主持，抓阄决定。抓阄那天，双方摩拳擦掌，栗子巷人派出一个16岁的未出阁的姑娘出战，说是柔中带刚，毛桃巷人派出一个 16 岁的小伙出战，说是阳必克阴。结果栗子巷人抓到了"双墩"，姑娘自然成了英雄，毛桃巷人抓到了"单墩"，不开心了。中国老百姓讲究好事成双，一个"单"字弄得毛桃巷人好不扫兴，就好像来时成双成对，抽到一个"单"字，回去就要孤身一人一样，这可不是什么好兆头。但中国人的契约精神又在不断地拍打他们的大脑，事实已定，不接受还不行。早知道抽的一个"单墩"，还不如"毛桃"好听呢。正在他们扫兴的时候，县令主簿讲话了，说是县令大人早有准备，早早地就知道抽到"单墩"的一方会有意见，无论是栗子巷，还是毛桃巷的人都一样。栗子巷的人因为抽到了"双墩"字样，正在兴头上，因此，一脸看热闹的表情等着主簿的后话，而毛桃巷的人此时就像抓住了一根救命稻草，一个个眼睛瞪得圆鼓鼓的，心都蹦到了喉咙里。

"县太爷说了，获得'双墩镇'的人们不要得意，要继续把花种好，改日县太爷还会微服私访，凡是有欺瞒情况的，这个名头是要摘除的。获得'单墩镇'的人也不要气馁，凡是有好就有坏，猪肉好吃，猪身上还长虱子呢。这个猪啊，猪是我自己举的例子，和县太爷无关。"说完，主簿喝了一口水。就这一刹那间，毛桃巷这边有 27 个男青年想上去朝他吐口水，有 33 个大妈想上前朝他泼泔水，如果不是他们的爹爹紧紧地抓住自己的儿子让他们不要冲动，如果不是他们的先生用他们强大的身躯挡住她们冲动的脚步，主簿当场就会毙命，并且消失在外面稀稀拉拉的雨声里。

"今天，我们有一个巷的人抓了'单墩'，我本人毫不沾亲带故，公正无私，我既不认识你们栗子巷人，又不认识你们毛桃巷人，我也没到你们栗子巷去喝一口热茶，也从没踏入过你们毛桃巷哪家媳妇的后门，除了上次陪县太爷例行公事外，我甚至都不知道你们这两个……"在主簿大人大概 20 多分钟的废话后，在栗子巷人的激情差不多消失殆尽后，在毛桃巷人的怒火由燃烧到熄灭之后，终于，正题揭开了帷幕："县太爷说了，抓到'单墩'的巷无论是哪一方，都由他亲自题字，并更改为'丹墩'，这个'丹'就是红的意思，象征着红红火火！来，揭牌！"一语让毛桃巷人对他主簿大人感激涕零。要说主簿就是主簿呢，这水准，这节奏，登峰造极啊，无以复加啊，啧啧。

栗子巷人看到这一幕，先前的喜悦顿时少了一大半，这种"不患寡患不均"的心理他们由来已久，可以没有饭吃，周围人都没有那倒没什么好说，但纵使每日大鱼大肉，看见别人吃鸡鸭的时候内心也会不适。他们中间有一些人甚至对刚刚获得的荣誉失去了兴趣，几个人脸上显得焦躁不安。这时候主簿又说了："栗子巷的人们也一样，县太爷同样也给你们题了字，都是县太爷的子民嘛，不会顾此失彼的。"主簿一番话让人们忘记了刚刚发生了什么，从此县里多了一位办事有门道的主簿，主簿后面还有一个更为精明的县太爷。人们奔走相告，那段时间大家都把喜悦用皱纹写在脸上。

如今，这段传说已经很少有人记得了，就算是我也要查阅资料才能还原故事的七成左右。这件事以后，那对 16 岁的青年男女成了双方的英雄。多年以后，人们知道这段故事的直接来源便是这对男女。而当年那位 16 岁的女孩子便是赵永新父亲的姑奶奶，那位 16 岁的男孩子便是他父亲的姑爷爷。

因为祖上积德，赵永新从小生活在丹墩镇上，活在巨大的荣誉里。人们都知道赵永新的爷爷赵得柱和父亲赵理来是镇上有名的人物，人们料想他们的后辈赵永新也一定会成为镇上有名的人物。赵永新也没让镇上的人们失望，从小高人一头的赵永新带着一群小伙伴迎着改革开放的春风摸遍了丹墩镇所有的角落。小镇上第一家电影院是他的，第一家百货商场是他的，第一家饭店是他的，很多东西都是他的。

后来，105 国道穿镇而过，在赵永新而立之前，车水马龙的镇里突然沉寂了。仿佛是一夜之间，车没了，电影院门口门可罗雀，人们也开始很少再来淘百货。用镇里外科医生蔡子民的一句话说就是："曾经让人眼红的大外科现在住的都是内科的病人。"但正值壮年的赵永新并没有察觉到这一点，他身边的狐朋狗友也没有注意到这一点。赵永新依旧在镇里呼风唤雨，他的朋友们对他前呼后拥的排场丝毫没有一丝不适，直到赵永新在某一天晚上输掉整整 186 万元之后。电影院转手了，饭店转手了，百货商场转手了，除此之外，还卖了他爹在镇上的两套房。赵永新看着手上 53 万的欠条，他环顾四周，猛然想起 11 岁那年他爹在那因为风湿性心脏病而去世的爷爷嘴里放的那块玉。

时间过去了十几年，镇里兴起了各种超市、书店、小吃店，甚至有传言肯德基和麦当劳要进驻丹墩，这十几年里赵永新再没回来过一次，镇里的年轻人开始将他从历史画册里抹去。游荡在各个城市的赵永新一方面感慨社会发展之快，另一方面悔恨自己从小没学个正当手艺。但感慨归感慨，悔恨归悔恨，无论他大脑想法怎么瞬息万变，他的大手大脚的毛病依旧伴随着他，他挥金如土的毛病依旧伴随着他，他吃喝嫖赌的毛病也没有丝毫的改变。除此之外，在那些前呼后拥的日子里，朋友们对他进行吹吹捧捧的"优点"依旧没忘。其中，最大的"优点"便是变着法儿地撒钱，各种无聊地、各种名目地撒钱，跟着赵哥，既能招摇过市，还能有钱花，何乐而不为？

那事发生在第二个月的月初，他们在经过一片杉树林的时候。他提出顺便到里边走走，她也意识到他可能有那方面的想法，但鬼使神差的她还是跟着他去了。那次之后，他们有过很多次，在双方的出租屋里、杉树林，甚至在赵永新的面包车上。她不知道这么做对不对，但她感到久违的满足，这种满足同时又带有一丝负罪感。就这样，半年过去了，她并没有赚到什么钱，到后来，她甚至揭不开锅，而那个四十多岁的男人却越加放肆，仗着自己在那一片熟。她开始有些害怕起来，当初出来的时候她是奔着钱来的，虽然永新这个人不错，但不至于，这些事全部加起来都不至于。她还是要回去，就算回去养猪也踏实一些。

"哎哟，水冷了。"她打了个哈欠，"秋天的水就是容易冷，那个死老头子睡死去算了。"

她爬上床，推了推彪子，回应她的是铺天盖地的鼾声。是夜，很冷，她的右腿有点发麻，她换了一个姿势，深深地叹了一口气。

"妈妈，救我……妈妈……"她做了一个噩梦，梦见儿子蔡伯华被人追赶，那些令人生厌的孩子，就是喜欢欺负伯华。梦中伯华很小，七八岁光景，穿个破胶鞋在前面拼命跑，两个年龄大的孩子在后面手里揣着石子紧追不舍。她的伯华不小心摔了一跤，在地上痛苦呻吟："妈妈……救我……妈妈……"她吓得睁开眼睛，枕边已然湿透了，她就是在这种半清醒的状态下，也有起来拿菜刀去把那两个孩子砍了的冲动。她开始逐渐意识到那只是一场噩梦，她的伯华已经十四岁了，或者说蔡伯华已经十四岁了，他们彼此已经三年多没说过话了，每次远远地看见自己朝着他的方向走过去，他就绕道走，实在避不开了，就把头扭过去。伯华怎么那么恨我？我可是他的亲娘啊，跟我说说话都不行吗？哪怕是一句都可以，哪怕是喊一声"妈"也可以啊。当初……

泪一夜没干，她的脸也一夜没挪动一下，将脸浸在泪水里，她心里好过一些。

第十二章

"什么？他们还敢来？吃了熊心豹子胆了？无法无天了？同志们，给老子抄家伙！狭路相逢勇者胜！杀出一条血路来！"这是蔡叔华想象中的热血沸腾的画面，老大带着大伙儿冲出教室，背后留下一脸的惊愕老师和一阵唏嘘同学们。

然而——

事情并不是蔡叔华想得那样。

"啊？他们来找你了？在你们教室门口？我靠！你们等着我，我一下课就来。"强八俯下身子，发出一股烟臭味的嘴巴都快和蔡叔华的嘴巴凑到一起了。

"这是什么狗屁话？啊？上次谁他妈的英勇无比？人家都骑在我们头上拉屎了，你还在这里伸舌头。"蔡叔华心想。

要不是在静静的教室里不好发作，不然他早就发飙了，还老大呢！一如当初他初入团时的预判，事实充分证明了"荣一 B 团"的老大就是一个怂包。然而，实际上，就算只有强八一个人在，蔡叔华也不会发作，他虽然无比狂躁，但那毕竟是内心的想法，他那时候只有一米五三的个儿，他那内心的高傲完全是平时他"翻手为云，覆手为雨"的错觉催化的结果，一旦离开了别人在一旁吆喝，那些狐假虎威的步伐他一步也迈不开。他开始感觉到自己其实和强八是一路货色，甚至远比不上强八。他蔡叔华一旦离开那些"小弟"，便立马变得什么也不是。多年以后，蔡叔华早已离开荣毅初中，这种感觉才真正变得刻骨铭心。此时，支撑他还能勉强走出教室的就是他唯一值得骄傲的，那就是他的臂力。从小学三年级开始，一到三伏天他便帮"糯爹"挑稻子、挑柴火，且年年如此。

一想到这个蔡叔华嘴里就骂骂咧咧，稻子还好说，无非是一次少挑一些，爷孙俩慢慢挑，总能弄到门口稻场上。然后，晒干，爷孙俩一前一后从猪圈里抬出打谷机，再费点力气脱粒，再铺开进行暴晒，尔后装袋，并无特别烦琐的程序可言。可柴火就不一样了，双墩镇隶属大别山区，这里山田相间，山里树种以五针松为主，当然也有少量马尾松，倘若是分到户的小片自护林的话，那树种往往会多一些。五针松是典型的亚热带针叶林树种，四季皆青，这里的人们世代享受着大自然无私的馈赠。五针松的松叶作为引火的材料受到人们的喜爱，干老的树枝树干烧起来有一股松香味，树脂的存在让饭菜更加香脆、甘甜。我们可怜的蔡叔华挑的就是这种五针松的枝丫，那些枝丫比蔡叔华还要长出许多，用尖担两头往捆绑好的松枝中间一插，粗头朝上，细头朝下，走在田埂上的姿态，和他矮小的祖先们一模一样。因为尖担两头用钢铁制成，且本身就要粗出扁担很多，对蔡叔华来说，单一个尖担背到山里就已经很不容易了。年轻人脸皮薄，又爱逞能，他是绝不会让队上的人瞧不起的。然而，他根本挑不清，枝丫在地上拖着，他的小脸憋得通红，遇到长辈的时候还假装憋着粗气，一边还要喊个"叔叔""阿婆"什么的，一边消受大家对他投来些许称赞的眼神和碎念。

"你看，叔华又在帮他爷爷挑柴了，啧啧，这孩子从小就懂事。"诸如此类甜蜜的言语多少年后一直在他耳际萦绕不休。

蔡叔华心里美得很，肩膀却痛得受不了，那种痛真是欲罢不能，他不像那些干农活的老手，中间还可以麻利地换个肩，如此反复。他不行，他只能要么选择卸下来歇一会儿，要么就硬撑着一直到家门口。毕竟平地上摩擦力小，大不了趁周围没人的时候拖着往回走。若是田埂两边都长了飞蓬草就不一样了。立秋以后，这种植物生长近乎疯狂，有的能长到一两米高，你往前走一步，它恨不得将你向后拉两步，有时候不小心就有可能被它缠住不能动弹，那种情形就像两个势均力敌的娃子在摔跤，摔累了互相抱着彼此不放，也不动弹，因为谁都知道，接下来拼的是耐力。

看呐，从盛谷山上下来，蔡叔华正挑着一担松树枝。那些松树枝是上周糯爹砍下来的，它们中间有一小部分发黄了，而大部分还是绿油油的，尤其是被压在下面的那部分，又湿又绿。松树枝的大部分水分还保留着，因此显得又笨又重。

从山里下来，还没走上田埂，蔡叔华便匆匆地停下来歇了一会，他打算装出从始发地未歇过一次的样子。毕竟山里没人，一旦到了田埂上，再想歇下来那可就现世报了。丢脸不说，若是从对面走来一位担大粪的或者另一位担柴火的，你笨拙的换肩技巧就彰显无余了。碰到相向而行都担担子的，乡下人避让是有技巧的，担子的一头往稻田里那么一送，身子向边上一歪，担子的另一头再往里一收，整个过程配合默契，丝毫不耽误工夫。当然也有一些干些诨事说些诨话的男人，遇到了队里的媳妇，故意不避让的，这时候便会耽搁一会。蔡叔华最害怕田埂的那一头来一个挑担子的，他朝那头望了望，在确定没有人过来的时候，深深地憋上一口气，挑起柴火，脚下不禁快了起来。就在他快走到一半的时候，田埂两旁的飞蓬草开始茂盛起来，他小心翼翼地侧着身子，让两头的柴火尽量少沾到两边的飞蓬草上。他尝试着倒回去一些，他决定以退为进，但仍然无济于事，肩膀两头的柴火已经彻底和地方搅和在一块了。他开始发起窘来，小脸憋得通红。他费力地进行最后一次挣扎，他用力向前一扯，这一扯便扯出事情来了。只听"刺溜"一声，很小的一声，尖担一头被绑着的那捆松树枝丫全部跌入坝下，失去平衡的尖担一头高高翘起，直指云霄，紧接着，另一头也一个"刺溜"，一头砸在稻田里，清澈见底的一洼水顿时变得浑浊不堪。就连蔡叔华自己也差点儿被带到田沟里。蔡叔华气愤地将尖担竖起，深深地插入泥土里，他向四周望了望，四周一片宁静，一阵风吹来，蔡叔华感到一丝凉意。

"妈的，怂货。"

蔡叔华从初三那栋楼转出来的路上，大脑飞速旋转："栽了，这次要'出师未捷身先死'了"。

他开始莫名地恐慌，他从没有这么恐慌过。他平日里在同学们跟前作威作福惯了，他心里清楚种种肆无忌惮是因为没什么后顾之忧。因为成绩好老师常常是以点代面，一味地纵容自己，不是没有同学到老师那里告状。就拿数学课代表侯筱来说吧，他有一次就因为实在看不下去了自己横行霸道而跟班主任告状。结果人家班主任说了，蔡叔华是喜欢玩，但是他数学从没跌过年级前十名。班主任和部分授课老师的一味姑息纵容让蔡叔华变本加厉，更加不可一世。半年过去了，他甚至敢公然在晚上带着那帮"兄弟"在男厕所外面抽烟！

蔡叔华开始恨起强八来，在他眼里，他简直就是"弱八"！他想，强八要是提着刀子直奔梁山，他蔡叔华"叔哥"不也跟着游水泊吗？如今强八往乌龟壳里缩头，我这边条件反射不也得往回缩吗？本来就是兄弟们掩护我出教室门的，这要是在路上碰到他们，死都没声音。骂归骂，事情还要做，蔡叔华仿佛听到了千万个兄弟嗷嗷待哺一般，他把脖子一伸，左右扭了扭。他想，妈的，伸头是一刀，缩头也是一刀，我是"叔哥"我怕谁？事实上，蔡叔华已经到了灯火通明的教室门口，他听到班里后面已经在窃窃私语了，他的到来扩大了窃窃私语的范围。

"报告！"他几乎没给老师反应的时间就跑进了教室。

他开始坐立不安起来，他此番出去搬救兵效果并不理想。但他不想让那些关切的眼光们看出来这一点。

"癞痢头头"传来了纸条："叔哥，老大怎么说?"字迹歪七扭八。

"老大说待会下自习大家不要走，他那边带人来，你跟兄弟们说一下。"蔡叔华开始祈祷"癞痢头头"千万不要看出来他歪歪扭扭的字是出于害怕和遮掩的心理。他蔡叔华一手好看的字那是整个年级有目共睹的，他会几种字体，一到元旦晚会或者学校要进行班级板报评选的时候，他就成为全校预订的抢手货。

教室后面开始一阵骚动，英语老师站了起来，来回在教室踱步，喉咙里发出干咳声。

"丁零……"

蔡叔华感觉这节课异常漫长同时又异常短暂，他甚至觉得这节课英语老师走得特别早，难道她隐约感觉到有事要发生？难道她被外面的光头的反光晃到了双眼？蔡叔华还感觉班里所有同学都比平时走得早，那些下课嘻嘻哈哈，还忙着收拾书本回寝室继续努力的女同学们今天也都不收拾了。那些等老师一转身就高谈阔论的男同学们今天也都变得默不作声了。他觉得班里几乎所有的同学都是踩着铃声奔向了自己的猪窝。

蔡叔华想起了半个月前学校来了几个小混混，全校二十多个青年男教师只跑出了三个，其中还有一个戴眼镜的，平时看起来斯斯文文的，那时候人们才真正对他刮目相看。最后在十几个男学生的帮助下逮到一个瘦小的混混，几个男学生中有四个"荣一B团"的兄弟，其中就包括蔡叔华自己，稍后几分钟警车才呼啸而至。

蔡叔华深深地体会到了什么叫"事不关己，高高挂起"。后来，蔡叔华将这些事跟他哥蔡伯华讲，蔡伯华深有同感，用蔡伯华的话说，他们就是一群契诃夫小说里的别里科夫们，高高的衣领除了可以用来遮挡风雨，还可以用来挡脸。

蔡叔华环顾教室，"荣一B团"的团员已经只剩下六个了，其中还有两个耷拉着脑袋，像是要被送向断头台一样。蔡叔华曾经不止一次和强八说过，在他们这个团里有很多人搞投机倒把，强八死不相信，蔡叔华不知道那些脓包平日里私下塞给了他多少支烟，或者多少包烟。总之，只要蔡叔华一提要裁员的事，强八就打哈哈，说什么顾全大局，把他们踢出团就相当于把他们送给敌对力量，还说要善于平衡，团里要有合理的结构，什么样的人都应该有云云。还有，"鸡鸡"，那更是一个脓包，想走却又不敢，蔡叔华最瞧不起的就是他这种，他连跑的勇气都没有，那乞求的眼神猥琐至极。但蔡叔华敢打包票，只要他一点头，"鸡鸡"就会像离弦的箭一般地射向他的猪窝，毫不拖泥带水。感谢他蔡叔华八辈祖宗，他蔡叔华不特赦他，他"鸡鸡"上有老下有小一大家子等着养活呢！可是，此时此刻的蔡叔华不能这么做，剩下的人寥寥无几，还一两个战战兢兢，虽然他自己也战战兢兢，但是至少他强撑着没表现出来。他们只是十一二岁的孩子啊。

"兄弟们，'光头党'来了，他们已经欺负到我们头上来了，你们看啊！他们骑在我们头上屙屎……"

"哈哈……""鸡鸡"的笑在蔡叔华看来就像他有一次踩到狗屎旁边的人笑得一样肆无忌惮。

"谁让你笑的？在你头上屙屎你还笑得出来？"蔡叔华懒得跟他啰唆，他开始继续做动员："我跟老大讲了，老大马上就来，干死他们。"不得不说蔡叔华是一个顾全大局的人，这时候他还要替强八那个怂货说话，强八恐怕早就回他的猪窝做黄粱美梦去了吧，蔡叔华心想。讲是这么讲，其实在蔡叔华内心深处他特别希望他们几个少年气势汹汹地走出教室门，然后一路平安，一路蜂拥着高歌走回寝室，倒水、洗脚、睡觉，或者直接到水龙头下冲个凉水澡，他保证哆嗦都不打一下。

前面几个程序都跟他预想得或者说跟大家希望得一模一样，他们气势汹汹，至少蔡叔华是气势汹汹，他们关了教室的灯，但他们没有那么顺利地走回寝室。

"老大，就是他，他就是蔡叔华。"

从初一和初二所在的教学楼到他们寝室楼途经一段无名路，接着便是"知青路"，接着便是那条刚修没几年的"朱大发路"，再是一段无名路。不错，这里的"朱大发路"便是用蔡伯华小外公家的儿子朱大发命名的。

而，此时此刻，向他走来的却是一群光头，伴随着刚刚那一声发现而发出的尖叫，蔡叔华感觉到"荣一B团"史无前例地显得如此鹤立鸡群，尤其是在六七个只有十一二岁的小孩因为惧怕而有意识地缩成一团后，这种感觉到了无以复加的程度。同时，蔡叔华第一次深深地体会到什么叫作"相形见绌"，在被十几个光着脑袋同时又高又壮的高中生团团围住后。蔡叔华从没有好好审视这个成语，却在那一刻感到刻骨铭心。而刚刚那个声音犹如晴天霹雳，当头棒喝，蔡叔华像是被浇灌了一盆冰水，他一个激灵，双腿不禁颤抖起来。

"你就是蔡叔华？"

说话的应该是"光头党"的老大，天哪，那声音是多么温柔啊！与强八相比简直是云泥之别，老大毕竟是老大，他并没有上来就给蔡叔华一拳，此时铃声大响，十分钟过去了。在他们斜上方寝室楼发出来的铃声给他的感觉不亚于于连第一次急迫地握住瑞那妇人那双纤纤玉手前那口大钟发出来的"每一下都敲在他心头"的"催命符"。

不过，另一方面，稍稍镇定下来的蔡叔华不由得暗暗庆幸，按照这种语气，应当还是有回旋的余地，他估计是没事了，无非是双方的老大坐下来和谈，但是他那高傲的头颅却不自觉地低了下去，像他挑柴火的时候那些被征服的飞蓬草。他试着再一次抬起头来，但终究是推舟于陆，徒劳而又无助。

"是——"蔡叔华身后有人用肘子顶了他一下，这仿佛给他注射了勇气，"是！"他重复了一次，这一次干脆多了，他的下巴也微微扬起。

"听说你们上次打了我的人？你们还有个组织，叫什么团？""光头党"的老大随手从后面提出了两个人，轻松的样子就像拎两只鹅。

"他们抢了我的烟"，"还有，我老大先动手的"这两句话中间歇了不到一秒。如果说前面一句话是做最后的陈述，后一句话便是赤裸裸的背叛，同时也再一次充分证明了"荣一B团"实乃乌合。

两只鹅被晾在了一边，慌慌张张地整理着他们的羽毛。

"有这回事吗?"依旧是温柔的声音。

"嗯，没有一盒。"其中一只鹅耷拉着脑袋。

"'叔哥'，是吧? 来，是不是他们两个抢了你的烟? 来，你给他们俩一人一耳刮子，算是赔偿你的烟。"蔡叔华看着两个高出自己许多的光头惴怯不前的模样，想起前几天那种嚣张，那种不可一世，他有一丝丝得意。然而，更多的却是愧疚和慌张，愧疚的是自己处理事情的节奏和"光头党"老大临危不乱的气度形成的强烈反差引来的心理上的不适，慌张是因为他已经意识到这件事情处理起来将会越来越棘手，至少对于他蔡叔华来说是这样。"光头党"的老大越是这样温柔，越是这样的处理方式，越是意味着接下来的腥风血雨将会上演得更加惨烈，而毫无疑问，损失最为惨重的将是蔡叔华他们这一边。《孙子兵法》有言："上兵伐谋"说的就是这个道理。"光头党"的老大这是在攻心，攻心之策，这在《三国志》里，也被奉为上策。蔡叔华此时非常感谢他的父亲蔡平，爱看书的蔡平让蔡叔华很早就接触了许多书籍，他开始回忆起了那些别的小孩在疯玩，而他的父亲在看着法律方面的书籍时，自己在一旁一边艰难地啃着儿童版的《三十六计》，一边有模有样地沉思的时光了。

"你们老大强八呢? 嗯?"声音还是那么温柔，听语气，强八在对方心里也有备案，蔡叔华开始彻底地后悔他跟错老大起来。

"我们老大有事去了。"谁没有事? 我蔡叔华还要去泡脚呢! 明天五点多就要起来晨读。我蔡叔华又一次替强八说话，又一次在大伙面前极力维护他强八"伟岸"的形象。

"这样，'叔哥'，麻烦你去把你们老大叫来，告诉他'光头党'的王法一请他过来聊一聊。"

这时候"鸡鸡"突然站了起来，他看起来像是围观的群众，一脸与在场所有人都不相干的样子，他用他可怜兮兮的眼神暗示蔡叔华：我"鸡鸡"可以效劳，我"鸡鸡"临危不惧，视死如归。

"鸡鸡，去叫老大来。"蔡叔华已经顾不上那么多了，他从三年级开始养成写日记的习惯，又常常因为没有新鲜的事情发生而无从下笔，如果此时此刻让他回去静静地写日记，他一定能写上几页纸的字。

"哦。"

"鸡鸡"如获大赦，他一路小跑着去了，背影像一个翩翩起舞的姑娘。

蔡叔华一干人大概等了足足十分钟，在这段不到两分半钟的路程里，他感觉等了十年，这气氛的紧张不言而喻，同时还带有一些诙谐，这哪是仇家上门？这分明是演戏啊。还不如被人打一顿回去睡觉！在这十分钟里，"荣一B团"这个不到十人的小队伍有所散开，蔡叔华宁愿自欺欺人地相信这十有八九是因为脚麻。而"光头党"那边在九分钟前就已不再站立，他们老大已看不到了，这令蔡叔华和他的团队如芒刺背，他们借助秋夜的凉意颤抖不已。蔡叔华在后来回忆起那个场景都竖起大拇指，他觉得那个男人才是真男人。遇事而冷静，剑拔弩张而沉得住气。倒是那两只鹅还呆立在原本他们团队的位置中间，叼着烟，一动不动。

"'光头党'在哪？"是强八的声音。

"谁说'光头党'来了？"伴随着强八公鸭般的嘶叫还有"特勒、特勒……"的拖鞋声、运动鞋的"塔塔塔……"声和其他乱七八糟的声音，这些声音几乎同时涌入两军原本对垒的间隙，蔡叔华他们的援军终于到了，听声音这阵势不下二十人！一时间，他们像打了鸡血一样，前一秒钟还颤抖不已的他们立刻变得精神抖擞起来。蔡叔华感到他绷紧的神经一下松垮了下来，他感觉一阵眩晕，差点一头栽倒在旁边的花坛里。

人群里开始参差不齐地、含着浓厚的火药味地呼喊"'光头党'呢？

'光头党'在哪里？'光头党'出来！"

刚刚在路中间潇洒的两只鹅也不知去向。

慢慢地，人群几近疯狂，先头穿着拖鞋的除了"癞癞头头"还勉强挤在队伍的前面外，其他的全部都在队伍后面骂娘。不少人因为被别人踩断了拖鞋帮子而推搡旁边的兄弟，一些人因为不巧蹲下而被别人跨过脑袋而歇斯底里地乱叫。

"光头党"似乎已经设计好了路线，他们正铺下天罗地网等着"荣一B团"的娃娃们进去呢。蔡叔华远远地看见他们全部蹲在那儿，等他们的队伍距离那里十米，不对，八米不到的时候，"哗啦"一下全站了起来。"荣一B团"的队伍来了个急刹车，先头部队已经停了下来，后面还没来得及反应，好几个都打着最原始最本能的趔趄，又是一阵骂娘声，有一批人的鞋帮子被踩掉了，又有一批人的娘在家里喷嚏连天。蔡叔华想起了赵忠祥主持的《动物世界》："这些鬣狗数量庞大，往往是狮群的两三倍甚至更多，但它们多数情况下不敢轻举妄动……"这种情形让他感到好笑，从身高和架势的对比来看，用鬣狗与狮子来形容再合适不过了。

"你们是不是'光头党'的？你们谁是老大？"

"我就是。"

"你就是强八？我是王法一。上次我的兄弟来你们学校闹事，我并不知情，我这里跟你赔不是了。刚刚你们的'叔哥'已经惩罚了他们两个。""光头强"的老大几乎没让强八插话，他同时用余光瞟了一眼蔡叔华，蔡叔华连连点头表示肯定，此时蔡叔华的大脑已经没有空隙来想多余的事儿了。

"但是——我这次来更主要是通知你们，请你们立刻解散'荣一B团'。一个初中，不要搞什么'团'不'团'的，如果你们将来考上高中对'团'还感兴趣的话，我们燕化'光头党'欢迎你们。至于具体还有什么原因，我不太想在这种场合下跟你解释。""光头党"老大又扫了蔡叔华一眼，好像一个独步天下的剑客在暗示一个天赋异禀的练武奇才。说这些话的时候，王法一示意其他所有人原地不动，依次排开，任由强八他们将自己围得水泄不通。

"他妈的，你说散就散啊？"强八就是强八，鸡头就是鸡头。蔡叔华想这些有失体面的话不单单刺痛了自己的耳膜，也深深地伤透了弟兄们的心，他开始变得文雅起来。

寂静，死一样的寂静。

突然空气中传来"啪！啪！啪！"三声，强八已经倒在地上呻吟了。紧接着抬腿就是一脚，第二脚正准备时，"瘌痢头头"一个跨步上去，紧抱着那只脚，一顿撕咬，好一条疯狗，老大大叫一声，同时一拳挥向"瘌痢头头"的太阳穴，只见他的右手胡乱地捂着脑袋，同时重重地摔在地上，像死了一样。蔡叔华的脑中突然闪现一个场景，去年也是这个时候，他和王达在"门口塘"撒尿，突然竹林里传来一阵枪响，他惊愕地抬眼望去，一只斑鸠从竹丫上跌落，几滴血洒在一些竹叶上，他剩下一半尿一股脑地滴在自己的牛仔裤上。

眼前的"瘌痢头头"就是那只斑鸠。

开战的信号发出，强八在人群还未来得及反应前迅速被边缘化。

光头们在路灯下熠熠闪光，他们的手脚多么灵活啊，多么粗壮啊。

战斗持续了四五分钟，这边被拽飞出去，一小部分又迅速围过来。此时的强八也不知道是被碾成了泥，还是已被踹飞，踹飞的人头太多，蔡叔华根本数不过来。那两只鹅尤其兴奋，左右开弓，其中上次那个抢蔡叔华手里烟的还踹了另一个光头裤裆一脚，搞得他蜷缩在地上哭爹喊娘。总之，短短数天，他们的战斗力让蔡叔华刮目相看。他开始后怕起来，也意识到原来在寝室里他们仨是占了空间的便宜。

"荣一 B 团"的队伍好一阵忙活，不知道谁一拳把蔡叔华的眼镜打了个稀巴烂，他一屁股坐在煤屑堆上喘着粗气，他没有参加这次战斗，现场没有一点儿空隙让他施展他强大的臂力。蔡叔华颤巍巍地透过破碎的眼镜片才发现，"光头党"他们还有三个人远远地站着一动不动，其中一个就是王法一。

真是造孽！

"啊！哎哟，动刀子！"一个光头倒下，与此同时，一个黑影撒腿就跑，是强八，强八动了刀子！

因为人群中出现了违背道上规矩的行为，霎时间扭在一块的不再扭了，拉扯衣服的也放下了手，抬起腿的也慢慢放了下来。王法一也快速跑了过来，手上的半截香烟划过夜空，形成一道美丽的人工流星雨……

强八的刀子提前结束了那场力量悬殊的战争，同时也结束了他的自由生活，与此同时，结束的还有"荣一B团"以及十六个人的学生生涯，其中就有蔡叔华。

那个秋天，蔡叔华拿着刚发下来没多久的课本，背负着开学对自己说的誓言，沿着"合九铁路"走向了北方。

第十三章

　　四年前的秋天常常阴雨绵绵，在蔡叔华背着他的课本左手抚摸着受伤得肿起来的眼眶，沿着铁路走向北方的同一个季节，某天下午，蔡伯华正拉着他妈妈的手，走在泥泞的煤渣路上，右脚踝继续淌着血，走得越久，淌得越多，有一些细小的血液沿着鞋帮轻轻向下滑去。

　　蔡伯华记得他成为少先队员的时候，他们的班主任老师跟他们讲过，红领巾是用革命先烈的鲜血染红的。他一直铭记于心，他把红领巾视为珍宝，且不曾洗过，因为他真的认为那抹红色是真真切切的血，他真的认为那些千千万万的红领巾是从战场上撤下来的沾有鲜血的布料裁剪而成的，虽然他不太确定用的是谁的血。但后来他知道了，这是一种比喻，确切讲还不能是一种比喻，大概是想用那种方法给予他们启蒙教育，红领巾上是没有血的。

　　但是，今天，他蔡伯华的鲜血却真的流了下来，并且染红了一小方土地，被染的土地并没有像想象中的那么鲜红，而是呈暗红色，或者褐色。他没有感觉到疼痛，因为他的内心已全部被极其期望跟妈妈在一起的这种欲望所占据。他反对法官那种判决，把他和妹妹港惠全部判给他爸爸蔡国庆，他爸爸经常到尼姑街赌博，并且喜欢向他和他的妹妹使用暴力。他非常憎恶他的爸爸，他想，如果可以，他宁愿不要爸爸。

　　事实上，若干年后，他才逐渐了解到，当时他们的爸爸几乎是净身出户，除了他兄妹俩，他几乎一无所有，一个拖着一双儿女的男人，没有文化，没有工作，在这个世界上，该有多无助？同时，他们的妈妈却提出不要他们，并且卷走了他们家所有的积蓄。这是一种莫大的反差和讽刺，对蔡伯华他们而言，对他们和他们的妈妈之间建立的良好信任与依赖而言。并且随着年龄的增长，这种反差和讽刺愈加强烈，当他某一天看到她的红毛衣和超短裙以及想起他满头银发的父亲却被关在大牢里的时候，这种讽刺达到了无以加复的程度。只不过，这些都在"多年以后"。

离婚后的那几年蔡国庆都是在尼姑街的棋牌室度过的，浑浑噩噩地，不分昼夜。那时候蔡伯华家里有一只鹅，那是他们家除了人和老鼠之外的唯一活着的动物。那是只母鹅，会下蛋，蔡国庆为了提醒自己和女儿注意捡鹅蛋，便在木门上用圆珠笔写上："明天鹅有蛋。"再后来，蔡国庆已经揭不开锅了，他干脆将鹅杀了，一手领着蔡伯华的妹妹蔡港惠，一手拎着还在滴血的鹅头，走向了他的老父亲蔡仁石，也就是忙神爷家。而那五个字却依然保留着。虽然它并没有给蔡伯华和妹妹带来多少只蛋，却成为他们以后生存下去的一种慰藉，蔡伯华每一次从学校回家，在打开木门之前，他都要细细地看着这五个字。仿佛他一推开门，还能看到他的灰白鹅向他伸长着脖子，向它的小主人讨食。蔡伯华没有赶上他们分食鹅肉，他想，他也不可能吃它的肉，即使他已经有好长时间没吃肉了。他抗拒，即使没有发言权，他也在内心抗拒，就像多年以后对忙神爷不打招呼就把屋檐下不远处的一棵李子树砍掉这种行为表示抗拒一样，不同的是，多年以后的那次，他充分利用了他基本成熟的言语。

没有鹅的蔡伯华依旧一如既往地细细品读着这五个字，就好像嘴里含着山楂片一样，每一天都看几遍，要知道，这逐渐消失的五个字对他而言，是多么地温暖啊。

蔡国庆和朱雪妈离婚的时候，蔡奂英刚结婚没多久，蔡伯华的堂妹蔡港菊那时候才四个月。蔡国庆名义上是把孩子带到他老爹这里来，其实队里谁不知道他老爹大部分时间和小儿子蔡奂英一个锅铲炒菜？他把蔡港惠送进这个门，就是把她送给他弟弟一家人照看，就是把一双儿女都送进了这个家门。蔡伯华到星期五下午才知道，他已被蔡国庆送到了他爷爷那里，他没有什么过激的反应，他已经麻木了，对于这种结局他早就想到了。

在那几间土房里，已经几个月没有怎么生火了。那些泡面袋子堆积如山。

蔡伯华兄妹的到来并没有受到欢迎，这也在预料之中，但同时也以一种沉默的方式被安置了下来。蔡国庆和朱雪奶结婚的八九年里，蔡仁石家的锅被朱雪奶用锄头挖破过三次，其中蔡仁石一个人在一边住的时候被挖破过两次，蔡仁石和小儿子蔡奂英在一块住的时候被挖破过一次。蔡奂英一小家和他的哥嫂之间常年战争让蔡仁石尤其为难，他心里叫苦不迭，后悔当初不该那么草率地答应这桩婚事。今天，还要他们接纳这两个孩子，在那个物资相对匮乏的年代，这实在太强人所难。可是，蔡伯华他们毕竟还是孩子。就这样，白天蔡伯华上学，蔡港惠在地上摸、爬、滚，或者坐在凳子上发呆，或者横躺在上面睡觉。晚上，兄妹俩在爷爷蔡仁石家胡乱地吃一些热的，尔后蔡伯华会拎上一瓶开水，牵着妹妹蔡港惠回自己家睡觉。无论风寒雨雪，无论节假日，那一年，蔡伯华八岁，港惠四岁。

若是白天，蔡伯华从蔡仁石家跑到自个儿家需要三分钟，如果走得慢的话需要十来分钟，而在黑夜里，当蔡伯华左手牵着蔡港惠，右手拎着一瓶开水的情况下，则需要整整一刻钟甚至半个多钟头，而每次回家，兄妹俩都需要在路上歇一两回，等到家的时候，有时候一瓶水被一路晃荡得只剩下小半瓶。

蔡伯华在读小学三年级的时候尼姑村小学共有五个年级，三百多人，其中一年级学生最多，常年有九十多人。20世纪90年代中期，尼姑村小学校长古田李已经发现生源有逐年减少的趋势，他想了一个绝妙的办法，那就是以"年龄小"和"基础不牢"为由让即将升二年级的学生留级，这一制度后来竟成为尼姑村小学的常态。这种做法固然有作为一名校长的考虑，我们不去求全责备之。但也会带来一些良好的效果：因为多读了一年，不少小孩在第二年的时候成绩突飞猛进，且有一些一直保留到中学，直至高考。蔡伯华的堂妹蔡港菊就是典型的例子，小升初之后的蔡港菊成绩一直保持年级前列，中考更是以全校第一的成绩考上县重点高中。当初以全镇第一名的好成绩考上荣毅初中的蔡叔华也是留级生。蔡伯华留级较其他小孩更加理所应当，因为他在整个班级个子最矮，黄皮寡瘦的，一副弱不禁风的样子。和蔡伯华一起留级的还有尼姑街上两户人家的女孩，一个是王升艳，她的伯父就是那个欺骗小孩的店主王林，另一个叫张春艳。这两位同学是小小的蔡伯华最稀罕的。王升艳的皮肤多白呀，她家距离尼姑村小学最近，却每天上学最迟，她几乎每天都迟到，老师也是每天都说，然而无济于事，最后连老师都不管了。她背着一个粉红色的书包，她睡眼惺忪的模样好像童话里的公主啊。人们不知道，孩童时代的蔡伯华听到的所有童话故事里的公主都是以王升艳为原型的。张春艳却不同，她每次回家都帮妈妈张宝华干活，同学们都知道张春艳没有爸爸，蔡伯华非常同情她，他常常注意张春艳一个人去上厕所，她用的卫生纸好粗糙呀，还不如不用呢，像男孩子大都用使完了的作业本擦屁股。张春艳虽然不像蔡伯华那样黄皮寡瘦，但是她并不比蔡伯华好多少，她的脸色常常很苍白，不像王升艳的那种牛奶白。尽管如此，在蔡伯华心中，张春艳也是非常好看的，如果她能够像王升艳那样可以每天睡得很晚，同时回家不用帮她妈妈干活的话，她的脸色也一定是奶白色的，蔡伯华心想。在整个一年级，蔡伯华最稀罕的两个女孩都留级了，此时的蔡伯华已经完全将班里其他已经升到二年级的同学忘得一干二净，他每天都精神抖擞地上学，他每天到教室的第一件事就是朝张春艳的位子上望去，而每天张春艳都会在那里小声地读课文，然后他很满足地坐在她身后斜后方自己的位子上坐下，同学们陆陆续续都来了，老师也来了，在同学们琅琅的读书声中，王升艳来了，除了老师，谁都不知道，还有一双眼睛一直盯着这位美丽的公主。

如今，他们已经三年级了。三年级的张春艳和王升艳在蔡伯华的内心天平已经发生了细微的变化。王升艳已经高出张春艳小半个头，她的脸色依然奶白奶白的，胸部已经开始微微隆起，已经是一个公认的标致的小女孩了，现在不单单蔡伯华一直盯着他看，班里不少男生都盯着她看，蔡伯华开始萌生一股股挥之不去的醋意。在他的内心深处，他一直关注了王升艳三年，王升艳就是在他的关注下慢慢长高的，王升艳的胸部也是在他的关注下慢慢发育的，她的一举一动都尽收他的眼底。如今，在蔡伯华的努力和呵护下，姣美的王升艳出现在众人面前，你们却来享受现成的果实，你们也太过分了。三年级的张春艳依旧像两年前一样，头发枯黄稀少，在蔡伯华同样的关注下，几乎丝毫没有什么变化，这让蔡伯华很是失望。就像种了两畦大蒜的农民，看到其中一畦又大又粗壮，而另一畦却又瘦又细的失望是一个道理。

因为家都在尼姑街，王升艳和张春艳两个人关系最好，下课的时候她们常常在一起窃窃私语，张春艳现在也能够大大方方地拿着她那粗糙的卫生纸和王升艳一起去上厕所了。那天中午，两个人又凑在一块，低着头嘀嘀咕咕，蔡伯华在背面竖起了耳朵。

"我哥哥跟我说，在去丰源初中的路上有一座坟，一般人不仔细看根本看不到的，藏在茅草里呢。你知道吗？之前那坟里经常会传出锣鼓声和奏乐的声音，就像道士观灯那样。"这是张春艳的声音。

蔡伯华瞪大双眼，心脏急骤跳动，他感觉他的双手手臂一阵缩紧，一股强烈的恐惧感笼罩在他周围，笼罩在他们三个的上方，他开始觉得整个教室只有他们三个，外面的天空开始黑暗起来。

"后来，有人找了一个厉害的人去治理，就没有那些声音了，但是仍旧能听到声音，你听，细微的声音——'沙沙、沙沙……'"

"那怎么还能听见声音呢？"除了王升艳，此时还有蔡伯华有同样的疑问。

"我哥说那个厉害的先生说了，阳间和阴间都是一样的，不能把事情做得太绝，要给自己留后路。"张春艳说话声被突然响起的铃声打断了，这让蔡伯华意犹未尽，这个不完整的故事勾起了他强烈的欲望。但是他又不敢再次上前追问张春艳，他不想让她们俩知道他一直在后面偷听这段离奇的故事，尤其是他不想给王升艳留下一个不好的印象。王升艳从一年级开始就一直很高冷，她一直穿着各种各样的高跟小皮鞋，除了早自习课，平时在班里走路都会发出很清脆的声音。不像他蔡伯华，一年四季都只有布鞋、胶鞋和他那些老表们穿小了的棉鞋，而这些鞋的鞋底都很薄，便愈加显得他的身材矮小。

所谓"好奇害死猫"，蔡伯华一直惦记着这个故事，一直惦记着她们俩那段聊天，并且随着初中的临近那段聊天在蔡伯华的大脑中也愈加清晰。终于有一天，蔡伯华他们上初中了。根据划片，尼姑村小学的学生都须到丰源初中上学，除了像蔡叔华那样优秀的学生被人抢夺之外，绝大多数学生都只能被动地服从分配。而去丰源初中就必须经过一条大道，而那次并没有出现具体地点的聊天也是蔡伯华最念念不忘的事。天地良心，没有人告诉过蔡伯华所有有关那个不完整的故事的发生地点，而当要经过那一段弯曲的大路的时候，蔡伯华却鬼使神差、无一例外地选择了穿越树林的另一条小路，纵使那条山间小路的坟墓更多，他也勇往直前。

蔡家屋和蔡伯华一起上初中的有七个孩子，五男二女，除了蔡叔华外，剩下六个人虽然被分了不同的班级，但几乎都是一起喊着去上学，等到星期五下午，再一起返回蔡家屋。蔡伯华之所以不惧怕走那段小路恰恰是因为小伙伴们都在。

那天下午，和往常并没有什么两样，大家边走边聊着学校里发生的趣闻。等走到那段即将入山路的路口，有人提议走一次大路，还说他们这么多人不用怕。天知道他们是哪里来的勇气！在刚上初中的时候，蔡伯华就已经添油加醋地把那个故事复述给他们听了，从他们的神情和后来的做法也可以看得出来他们内心一定很惧怕，同时也对这个故事深信不疑。

蔡伯华想拒绝，但他们就像着了魔一般，还没等蔡伯华陈述拒绝的理由，队伍已经走出好几丈远了。蔡伯华犹豫不决，他既不想跟随大部队走大路，又害怕一个人走小路，只好硬着头皮被动地跟着他们。

当一个很无助的人遇到一件只有他一个人相信能碰到的事，而其他所有的人都觉得他是主观臆断而疑神疑鬼的时候，那么悲剧就开始了。

蔡伯华他们一行六人大摇大摆地走在那条大路上，实际上，他们开始慢慢接近那座孤坟。他们高视阔步，内心却惶恐不已，自尊心让他们谁也不愿意提出返回去。蔡伯华远远地望着一座孤坟被周围的茅草团团围住，而像一个秃顶的男人一样露出坟头若隐若现。慢慢地走近之后，他发现坟头上呈暗灰色，周遭的松树已全被砍倒，好像故意露出来让别人注意到一样。他们不知道，这是人们让更多的太阳光洒进去而压制这座坟的阴气，在秋季萧瑟的景色之中，日落之前的这座坟周围的一切都显得阴气沉沉。蔡伯华一直盯着那座坟，他们六个人都盯着那座坟，他们都装作若无其事的样子，但他们刚刚还高谈阔论的声音已经消失不见了，蔡伯华感觉到那座坟同时也紧盯着他们，他感觉那座坟开始缓缓升起，正张开一张血盆大口在静静地等着他们六个人一步步走近，最终将他们全部吞噬。他感到一种前所未有的恐慌，他同时还感到一种濒死感，他被巨大的恐惧束缚着无法动弹。蔡伯华感觉到他们正走向死亡，但现在已经由不得他们了，他们像被灌了铅的双脚已全然不听使唤，正一步一步向那里迈去。两个女孩子走在大路的另一侧，四个男孩子几乎排成一排，蔡伯华走在中间的位置，王达因为胆子最大，他走在靠坟的那一侧。

越来越近了，越来越近了，你们听——

啊！！！

突然，蔡成林大叫一声，蔡伯华敢肯定他一准听到了什么，虽然事后他死也不承认。

那种声音在小树林里传播几秒后又迅速折返了回来形成了连绵不绝的回声，让在场所有的小孩都吓了一大跳，与此同时，蔡伯华也听到了从孤坟的背后或者是里面传来"沙沙、沙沙"的声音，然后是蔡水莲的尖叫声，她的声音是在听到蔡成林的叫声之后撒腿就往前奔的时候顺着一阵阴风传到蔡伯华耳朵里的，或许不是阴风，但此时的的确确开始起风了。他们说，如果一个人的视力出现了问题甚至是瞎了后，听力会变得尤其灵敏。蔡伯华想还有一种情况，那就是你特别关注某种声音的时候。他原本一直固执地认为他的反射弧很长，比他们几个都长，但那次他彻底否认了这种认知，在他看到蔡水莲撒腿向前奔跑，而他几乎同时像箭一样射向前去的事实面前。可万事万物有里就有外，有前就有后，蔡德那小子就没他们几个那么机灵了，他长得很胖，在他们几个人的书包随着他们的主人剧烈地抖动了十几米后，他才勉强反应过来，一时间竟不知所措，傻傻地待在那里，同时嘴里发出临近崩溃时的绝望之声，那种声音极具渗透力，在日后蔡伯华在黑夜里做的无数个噩梦中扮演着主要角色，以至于在他醒来的时候还不停地打着寒战，后背往往全部湿透。他们几个站在十几米外招呼他过来，但是事与愿违，一股暖流顺着他的裤管缓缓流下……

那次事件之后，蔡伯华被其他几个人的家属公开声讨过不下十次，他们都把这个"屎盆子"扣在了孤立无援的蔡伯华头上。所有的小孩也都统一口径地指认是蔡伯华带领他们走的那条大路。尤其是蔡德的父亲，那个一米五八的矮胖矮胖的中年男人竟公然跑到蔡伯华爷爷家给了蔡伯华一耳光。人们纷纷恶语相加，眼里透露恶色。对于大人们的做法和说法，蔡伯华没有去争辩，他甚至在被打了一记耳光之后眼里那汪泪水硬是生生地憋了回去。然而，小伙伴们的叛变让他幼小的心灵一时接受不了，他想起了他最尊敬的仁辅爷爷说的那句话："前徒倒戈，攻于后北，血流漂杵。"蔡伯华的内心在滴血，他那饱受世态炎凉之苦的内心再一次千疮百孔。

蔡伯华和妹妹来到自己家的老屋门口，他把水瓶放在门口并不平坦的石头上，踮起脚开了门，他的妹妹蔡港惠在一旁一声不吭。她不像蔡伯华，她很少说话，她的妈妈朱雪妫走的时候她才三岁多，直到最终他们离婚，对于周遭一切她一无所知。妈妈走了之后，她最依赖的就是哥哥蔡伯华，她常常在蔡伯华放学回来的时候，长久地抱着他的头又亲又啃，除此动作之外，再无他言。蔡伯华常常让她妹妹啃了一脸口水之后，把她轻轻地抱起来举过头顶，这时候的蔡港惠才发出"咯咯"的笑声。蔡伯华在写作业的时候，她就搬个小马凳儿静静地坐在旁边看着他，忽闪忽闪的大眼睛里写满了对蔡伯华的依赖和亲昵，好像怎么看都看不够。

蔡伯华推开门拉亮灯，回过身把妹妹抱过门槛，每当这个时候，蔡港惠便会自行小跑进房间，多么可爱的孩子啊！如果她有妈妈的话，常常抱她越过门槛的就不是他哥哥了，那样至少会有人提前打开房间里的灯，而不是在蔡伯华拴好大门之前她一个人在黑夜里等待，一声不吭。可怜她那么小，她恐怕还不知道她的妈妈已经不在了吧。

蔡伯华从缺了口的水缸里舀点儿冷水，掺上点热水，热水不能倒太多，太多了第二天晨起就没有热水洗脸了，虽然剩下的那点水到了第二天已经不是太热。蔡伯华让妹妹坐在他腿上，他自己坐在只剩下三只脚的凳子上，他用右脚点着地，这样就能保持平衡。就这样，他妹妹时而站在他的左脚上，时而又一屁股坐在他的左腿上，他们一起舒舒服服地泡着脚，他们暂时忘记了一切。

"妹妹，来，坐在哥哥腿上，把脚翘起来，哥哥要加热水啦。"蔡伯华右手拿起水瓶，做着要往脚盆里添水的样子，此时的蔡港惠常常会夸张地假装很害怕的样子踮起脚尖，她瘦削的屁股跟着慢慢地挪到他哥哥的腿上。蔡伯华很有分寸地向脚盆里滴了几滴热水，他感到左脚有一小股暖流直奔心田。他妹妹跳进水里，一些水珠溅到了盆外，她又开始笑了，或许是因为热水对流给了她温暖，或许是热水冲击洗脚盆的声音逗乐了她吧。蔡伯华觉得他妹妹笑的时候很好看，露出一对小酒窝，左边的大一些右边的小一些，长在他妹妹脸上正好。

冬天的时候，他们兄妹俩没有零食，他们也从不期待哪一天有人会给他们送上一点。他们的姑姑和姨娘，叔叔和舅舅，在蔡伯华记忆里这些最亲近的人也很久没有踏进那道石质门槛了。没有零食丝毫难不倒蔡伯华，他们有他们自己的宝贝。冬天了，外面水塘里结了很厚的冰，在门口塘的边上，甚至有孩童在上面踩来踩去。在蔡伯华的家里也有一个地方已经结了冰。那就是那口破缸里，被他们的妈妈用锄头挖破了一块，他们还要感激他们的妈妈哩。破缸里的冰不比水塘里的厚实，它们像薄饼一样薄，捏在手上也不冰手，你吃上一小口：听呐！"咯吱、咯吱"作响呢。若不是妈妈"积德"，他们可能还不能那么顺利地抠出冰块，像镜子一样晶莹剔透的冰块。蔡伯华和妹妹很喜欢吃冰，妹妹蔡港惠吃冰的时候喜欢露出白白的牙齿，也许是怕凉吧，她吃冰的时候总是笑，是的，那时候蔡港惠的牙齿虽只长了十颗，却很白，并且喜欢往她哥哥嘴里塞，边塞边笑嘻嘻地说："哥，你吃，你吃……"

"哥，你吃，你吃……"

第十四章

就这样，蔡叔华沿着合九铁路一直向北走去，漫无目的地。而这，是他内心同时也是蔡伯华内心由来已久期盼的事。

在走了几百米后，他发现肚子好饿，并且他的肩膀开始有些酸痛。铁路上走起来并不算轻松，因为两根枕木之间距离比较短，一步跨一格太小，跨两格他又够不着，这样尴尬的距离就好像专门设计用来防止他这样的失意少年在上面散步一样。

于是，蔡叔华又悻悻地折返了回来。

蔡叔华的大姑家距离荣毅初中不远，三里路的样子。他开始径直朝他大姑家方向走去。蔡叔华整个小学阶段有三分之一的时间都是在他大姑家度过的，他在大姑家度过了一段无忧无虑的日子。如果不是必须回家帮爷爷干农活，这个数字恐怕要多出一半。等到他上初中后，往返大姑家就更频繁了。因为是寄宿制，一般同学都一周回家一次，而蔡叔华会在每周三请一次假回大姑家稍做休整，顺便带上一瓶腌菜啥的。

蔡叔华并不喜欢吃腌菜，但是大家都吃，他不得不吃，更重要的是，除了少数县城和镇上的孩子，绝大多数的学生均吃不起食堂的菜。蔡叔华有时候看到那些老师一只手拿两只碗，一只碗装菜，一只碗装饭，装菜的那只碗里面时有带鱼或者是粉蒸肉，他眼馋得不行。他们打的饭也不一样，学生们的饭很硬，看起来有些发黄，吃出石子那是常有的事。一些学生特别聪明，他们将刚打来的饭用开水一泡，于是乎那些石子便都沉到了碗底，这时候上咸菜，既可以避开石子，吃起来还不噎喉咙。

蔡叔华偶尔星期天下午去学校的时候会从家里带一瓶咸菜到学校，

菜是他自己腌的，将菜子油在锅里烧红，然后大火爆炒，不一会儿，雪里蕻的香味就会飘满整个厨房。咸豇豆吃起来就没有那么可口了，豇豆里面喜欢藏盐，如果不提前泡上几个钟头有时候吃起来会齁得慌。由于他隔一阵子才回去一次，等到他到地头去摘的时候，很多豇豆都已经老了，里面的籽都圆鼓鼓的，这样腌制的豇豆吃起来跟树皮没有什么两样，通常吃着吃着还需将手伸到嘴里从牙缝里抠出菜筋来。但蔡叔华通常会有自己的办法，菜籽油是糯爹自己种的油菜籽到街上换来的，爷孙俩一年到头都吃不完，于是，蔡叔华偶尔会带上一瓶自己炒的豇豆籽，多浇上一些熟的菜籽油，这样即便是在夏天，往水桶里一丢，赶运的时候也能吃上三五餐。这道菜真是鲜美无比啊，但这样的好菜常常吃不到一天，因为会有同寝室的室友趁他不注意去偷来吃。对于这些，蔡叔华的原则是只要不吃个底朝天，他一概不追究。一些室友很聪明，他们挖上一勺子，然后将瓶里剩下的晃一晃，这样看起来会显得和原来的模样差不多。但经不住你一勺子我一勺子，往往到第二餐瓶子里剩下的就不多了。后来，蔡叔华干脆做一餐吃，他自己吃一半，另一半搁在寝室里，走出门前他会说一句，剩下的你们分了吧。他刚扭头，后面便传来急促的鞋底摩擦地板的声响。和很多同学一样，每到星期中间，蔡叔华便会迎来没有咸菜的日子，没有菜吃的日子他们便会到处闲逛，端着盛有白米饭的瓷碗，走一圈下来总能弄点胡椒酱什么的。时间久了，大家就会将自己计划的那点菜压在白米饭下边，猛一看，也是光溜溜的白米饭，你自然也不好意思用勺子去掭。再者说，常常这样做，脸上也挂不住。但又不能光吃白米饭，蔡叔华总是会想到法子，他从家里用纸包上一些白砂糖，分成几个小包，缺菜的时候在白米饭上撒上一小包，然后用开水一泡，半天下来倒也不觉得饿。因此一到过年别人盯着那些瓜子糖果，蔡叔华却喜欢到处物色白砂糖。当然，这种情况蔡叔华遇到的不多，用到白砂糖的时候也并不多。每到周三，蔡叔华的大姑会在早上给他准备好一瓶咸菜，有时候里面会有肉丁，要不就是油放得很重。星期五的中午，班里会有很多同学选择不吃午餐，一些是因为省钱或者零花钱已经花完了，哪怕是榨菜都吃不上，而另一些是因为自家带的咸菜已经吃完了。而蔡叔华却恰恰相反，星期五中午那顿饭是他吃得最丰盛的一次。因为咸菜一般都是菜籽油炒的，而那些油随着时间的推移会慢慢浸到瓶底，将剩下的菜和油一块倒在热腾腾的白米饭上，用勺子轻轻挖上小半勺，张开嘴，用上面的门牙一抔，或者将菜和油迅速与米饭拌匀，金黄色的米饭冒着油气就像那天中午老师碗里的粉蒸肉冒出来的一模一样。世界上还有比这个更美味的吗？啧啧，仿佛这个世界上除了他蔡叔华，谁也体会不到这个中佳肴。

和蔡叔华家三年前一样，他大姑家住的还是土砖房，除了地基可以找到石块以外，地面上再也找不到一块红砖或者水泥砖。三年前的暑假，因为断断续续的强降雨，糯爹房间阁楼上方横梁和外墙体接口处出现两处大的裂缝，眼看着就要倒了。蔡平急急忙忙从外地赶回来，买来几车红砖，搭起脚手架，三个人前前后后忙活了一个多月。自此，蔡叔华家的房子便不再是纯粹的土砖房了。红砖房上钉起画来要困难一些，需要找对砖与砖的缝隙，而这对于娴熟的瓦匠根本算不得什么，他们只消用手一摩挲，就晓得哪一处不是囫囵砖块砌成的，但蔡叔华还是在他能够得到的高度以下贴满了各种画、纸，"四大天王""小龙女""段誉"等当红影视人物都在上面。相比之下，土砖墙就要逊色得多，它虽不像红砖墙那样需要找准缝隙，钉子也好钉很多，但每一锤下去都会掉许多土砖灰，等到哪天那些画被风吹了下来，墙体便会出现一个个窟窿，很是难看。

蔡叔华家房屋呈"一字形"，共三间，厅房在中间，两侧分别被隔成两间小房，西边前半部分是蔡平的房间，后边是厨房，东边前半部分是糯爹爷孙俩的房间，后边是蔡叔华的叔叔蔡青的房间。

相比之下，蔡叔华大姑家就显得很拥挤了，客厅被一分为二，前半部分放着一张四方桌，后半部分与厨房相通，厨房前面即一间小小的卧室，卧室上面还有阁楼，半夜里，一些老鼠总会发出"吱吱"互相撕咬的声响，直至天亮才消停。卧室里有两张床，一张是蔡叔华的姑父和姑妈的，另一张便是蔡叔华的表弟王二讷和表妹王二毛的。蔡叔华的到来使得那张本不算大的小床显得分外为难，一晚上都在"吱吱呀呀"地抱怨。蔡叔华侧着睡在最外边，中间睡着王二讷，王二毛背对着王二讷睡在最里面，可能是因为中间太热，一晚上王二讷翻来覆去，结果就是一通被子抢夺大战。直到王二毛起来干家务后蔡叔华才能睡上一会儿踏实觉。

"一千零四十三，一千零四十四，一千……"

蔡叔华数着铁路上的轨枕，一根不落，他开始对统计自他们学校背后到他大姑姑家的步数产生了浓厚的兴趣，在他百般无聊、但更多的是极为失落的时候。他注意到一千步以内有两列火车通过，而且都是货车，他同时注意到原来火车很高，比他们家的房子还要高。那两辆货车一个有四十七节，另一个有五十三节，他从没有这么认真地研究过火车。以前透过窗户看到外面的火车经过，他总会盯上一阵发会儿呆，那些火车从哪里来？要到哪里去？开火车的都是什么人？他们过年的时候是否像他爸爸蔡平一样想不到回家？是不是开往北京的？天安门是什么样子……远远的火车来了，蔡叔华不慌不忙地跳上旁边的土坡上。天，你不知道火车过去的时候风有多大！蔡叔华开始对着火车狂叫："啊～我叫蔡叔华，我是'叔哥'，你要开到哪里去？你还回不回大别山了？啊～""哐当！哐当！哐当！"的声音早已将蔡叔华的呼喊声完全吞没，蔡叔华的小脸憋得通红，喉咙都喊痛啦。火车一走，他就立即跳上铁路，开始接着数数。

他想起了糯爹说过的话，火车轧到人是不赔钱的，因为火车司机没有刀，汽车轧到人是要赔钱的，因为货车司机有刀。这句话到现在蔡叔华都无法理解，没有刀是个什么状态？有刀是个什么状态？他那时候的印象是，当一辆汽车轧到人以后，它旁边会围着很多大人，大人们都拿着刀，人群中发出有关索赔的呐喊，然后汽车司机就开始赔钱了。而火车太长了，大人们想围却围不住，于是就不赔了。不管怎么样，蔡叔华都对火车产生了更多的敬畏，这种庞大的物体在蔡叔华面前驶过毫不顾及他的呐喊，就证明了它是没有"刀"的，没有人能够围住它，没有人能够阻挡它，也没有人知道它要到哪里去。这种具象教育对于蔡叔华来说是成功的，它成功教育了他，火车可以远观而不可亵玩焉。

"荣一B团"的主要成员曾经在这条铁路上踱步讨论过"团"的相关事宜，意气风发的他们均匀地走在均匀的枕木上。同时跟他们一起踱步的还有一条狗，他们互相不认识，但他们走路的姿势却可以保持高度一致。那条狗走在蔡叔华的前面，和走在最前头的强八保持一定距离，亦步亦趋，好像在聆听他们的发言，但它始终不吭声，强八时而扭过头来骂它是敌方派来的间谍。他们开始哈哈大笑，笑声一直传到他们美好的前途和憧憬里。

就这样，他们当中有四个人在铁路的左侧，两个人在铁路右侧，那条狗走在铁路中间，夕阳下，他们的背影被拉得很长。它完全沉浸在大伙的口水之中，它开始如痴如醉，即使是在强八他们意识到火车来临而撤到铁道下面的那一刻，它也依然均匀地迈着舒缓的步子。火车驶过，他们开始重新走上铁路，依旧是四个人在左，两个人在右。他们突然意识到刚才那只狗已经不见了，他们一开始很自然地认为刚刚它也撤离了铁轨，他们开始寻找起那只狗来。很快，他们发现，一些血色小块出现在他们面前……

蔡叔华开始意识到：原来，万物都是平等的。原来，生命的存在与否就在一分钟、一念间，或者说生命存在本身就是一个概念，无他。

蔡叔华到他大姑家的时候，门紧锁着，屋檐下有一盆王二毛养的花，几小颗花苞耷拉在盆沿上，蔫蔫的，跟蔡叔华一样。他们家的"小黑"跑了过来，小黑是一条狗，它很喜欢蔡叔华，他欢快地摇着尾巴，不停地用前爪扒蔡叔华的裤管。小黑也喜欢二讷，但多数时候它对二讷都是若即若离，还常常用脚踢它，他也喜欢用脚踢蔡叔华。他开始蹲下来玩狗。蔡叔华在大姑家门口玩了近一个时辰，这期间小黑跑出去过两次，一次是看见了陌生人路过，它履行义务般地跑过去叫上几声，另一次是为什么谁也不知道，蔡叔华只知道它回来的时候很兴奋，又蹦又跳的，还频繁回头舔舐自己的屁股。恍惚间，他想到了那些红色小块……

大姑终于回来了，那是下午四点十六分，星期一。她挑着一担红薯藤，怀里抱着两只南瓜，一个熟透的，另一个几乎辨不出来它是南瓜，担子的另一头挡着她的脸。蔡叔华尝试着喊了一声："大姑。"其实声音不大，而且他并不完全是对着她大姑喊，他用余光看着她，以防万一喊错了尴尬，毕竟他是从大姑走路的姿态判断的，那种特有的小碎步子，节奏随他爷爷。蔡叔华依然摸着小黑，他几乎还没来得及多摸了一下，小黑就向那个人跑了去，她果真就是他的大姑了。他也跟上去，接过大姑姑怀里的南瓜，南瓜很暖和，上面满是汗水，黏糊糊的。

"华儿，你咋来了？"大姑声音不大，喘着粗气，听得出已经很累了。

"学校放假，放两天。"蔡叔华撒谎已变得很顺口，他那时候已经练就了撒谎目不转睛的本事。人们常说，看一个人撒不撒谎，看他的眼睛，撒谎的人眼睛不自然地会向右上方斜视，因为这时候他的右脑半球正在运作。蔡叔华不知道右半球运作与撒谎有什么关系，但他不赞成这种说法，强八每一次遇事企图搪塞而支支吾吾的时候眼睛都是满眼眍转的。

"哦……来，拿钥匙去开门。"她掏出一串钥匙，钥匙用一小块红布条儿系在一起，共有三根，最大的那根是大门的钥匙，较小的那根是猪圈的，最小的钥匙两边都有齿轮，那是大姑锁她床头柜上红漆首饰盒的，首饰盒分为两层，下面一层是一些银耳环、银项圈之类的小物件，上面一层是一些零食。她将零食锁在红漆斑驳的首饰盒里，她常说，过日子要细水长流，等到白天长了，小黑都变得慵懒的时候，就该拿一些出来给二讷，日子还长着哩。就这样，一些零食总会从年头留到年尾，明明就不多，在二讷看来，却是取之不尽，用之不竭。蔡叔华有一次无意间碰了碰那小锁，很轻的一声，锁舌就弹了出来，他慌忙将它重新锁上，这个秘密他也没向谁透露过，毕竟，这里面锁着希望、一些美好、一些属于大姑自己仅有的一点秘密的地方。蔡叔华将两头打了几个死结的钥匙串从大姑手中接了过来，他打开了门，费力地将门推开。

"大姑，你家的门比咱家的重好多。"蔡叔华退到一边。

大姑挑着担子艰难地挤了进来，几根红薯藤掉在地上，蔡叔华蹲下身子，将掉在地上的红薯藤捡起来信手扔到角箩上。

"这是栎树做的门，我八四年嫁给你大姑父的时候二讷他姥爷送的，老头子真舍得，说是贼想进来都要脱层皮。"她习惯称糯爹为"二讷他姥爷"。

大姑歇下担子，倒了两杯开水，从厨房拿出糖罐，用瓷勺尖轻轻一拨，撒在其中一只杯子里，糖粒在杯子里融化的声音很细很清脆，蔡叔华觉得他的听力出奇地好。她将放有白糖的杯子递给叔华，把空瓷勺在另一杯水里搅了一圈，用干抹布将勺子来回擦拭一圈，再轻轻放回糖罐，端进了厨房。不久，灶里传来"噼里啪啦"木柴燃烧的声音。

"妈妈、妈妈—"

是二讷和二毛的声音，在距离家门还有十几米的时候，他们总是争先恐后地跑回家。二毛大二讷两岁，抢先跑到家，看见她表哥，"耶"了一声，折进卧室，紧接着二讷跑了进来，看都不看蔡叔华，径直跑进厨房，开始在他妈妈怀里打滚。

"饿了吧？孬子。"

"嗯，妈，我中午都没吃饭，我回家的时候你不在家，姐姐中午在学校打扫卫生，她没回来，我一个人跑回来的。"二讷说话像机关炮一样。

"橱柜里有剩饭呀，钥匙在哪里你不知道？你就是懒。"

"妈，我吃了干荔枝。"二讷眼巴巴地抬头望着大姑。

"谁叫你偷吃的？那时买给你外公过生日的，两斤整，我待会称一称，少了看我不打你猴爪子。"大姑说完做欲打的样子。二讷飞快地跑出来，向蔡叔华扮了一个鬼脸，也跑回卧室。很快里面传来打闹声。蔡叔华也跟了进去，但很快被撵出了房门，他身上还沾了一身唾沫，二讷不知什么时候有了这种坏习惯。蔡叔华那时候染了一头黄发，头发前面很长，吃面的时候能拖到碗里，在面汤里飘荡。蔡叔华苦笑了一下，他这个小表弟简直不知天高地厚，这要是在荣毅，谁敢朝他蔡叔华吐口水？你这二年级的还没长毛的小崽子……

"一斤五两，二讷，你过来！"大姑手上拿着杆秤，看起来有些生气。

"妈，我没吃多少，我就抓了两把，十一颗呢，我到学校里还给了姐一把呢。"二讷狡辩道。

"屁，你就给了我三颗，有一颗里面根本没肉。"二毛生怕她妈妈又要打她。二讷常在他们吴家屋惹是生非，回来挨打却总是二毛。

大姑不知道从哪里找到了二讷吃剩的荔枝核和荔枝壳，小心翼翼地把它们一一洗净，装在一只铁碗里，晚饭后，她拿了出来，那里面竟冒着热气，原来她趁炭火煮锅巴粥的空隙将铁碗里盛上水加些冰糖煨在灶膛里。这时候拿出来，打开碗盖，一股甜腻腻的香味扑鼻而来，蔡叔华伸头朝碗里一探，水的颜色在暗淡的灯光下竟显得有些深，他一时竟找不到用什么词来形容那种奇怪的气味和颜色。随即，大姑用筷子挡着荔枝核和壳给在座的所有人都倒了一些。

二讷因为拒绝喝那黑乎乎的东西，被大姑骂了一顿："怎么你还嫌脏？这都是从你嘴里吐出来的。叫你喝你就喝，难不成妈会害你？荔枝核熬的水是好东西，喝了身子暖和，顺气。你儿子把我今天买给爹做寿的干荔枝吃了大半斤。"大姑姑朝大姑父望了望。

"他能吃半斤？莫不是被人扣了秤吧?"大姑夫抿上一口，皱了皱眉头说。蔡叔华吹了吹碗里浮着的小片荔枝壳，也跟着喝了一小口，他发现又涩又甜，但是咽的时候倒也还滑溜，等到了肚子里顿时有一种愉悦的感觉。他的表妹王二毛从不发表什么看法，一脸逆来顺受的样子，今天依然如故。

"谁知道，你看看大门后面东边那个尿桶里都是荔枝核，怕是桶下面也是的吧。不过，我想也是，八成是少了秤。就双墩街河头第一家，那男的姓丁，他婆娘有两三百斤的那家。"大姑就铁碗"呼呼"地大口喝剩下的，等到喝不动的时候，她用筷子将每一个荔枝核都吸吮一遍，她还将那些熬软了的荔枝壳一个个嚼烂吞了。

第十五章

蔡伯华比蔡港惠大四岁，比他大堂妹蔡港菊大七岁，兄妹俩到忙神爷家后，很长时间内处处与忙神爷作对，同时也和他叔叔蔡奂英一家人作对。离了婚的朱雪妫依然在蔡家屋，她像一只昼伏夜出的动物，随时关注着蔡伯华兄妹和忙神爷一家人的一举一动。头几年，蔡伯华常常偷偷跑去看他的妈妈，在他眼里，全世界只有他妈妈是对的，正如他妈妈跟蔡家屋所有人口口声声说的那样，她之所以不离开蔡家屋恰恰是因为她舍不得和他和他的妹妹。他对此深信不疑，并且听从他妈妈的教唆，每餐盛很多饭在碗里，用铲子压了又压，然后将吃不下的饭菜统统往猪食桶里倒。他甚至还告诉他妹妹趁没人的时候在蔡港菊大腿上掐一把，但是不能掐太重，要不然红了紫了，容易被她妈妈叶莲子发现。两个孩子或多或少地带着无名的仇恨在忙神爷家寄居着。

待蔡港菊稍大一点后，听她妈叶莲子提起过一些上一辈人的故事片段，比方说以前她是有伯母的，她的伯母便是她堂哥蔡伯华的亲妈妈，可现在她已经不是她伯母了，也不用喊她，碰见她就当没看见。叶莲子还说，那个女人叫朱雪妫，一个"女"字和一个"为"字，念"gui"，和"鬼"一个音。她从 1997 年年底开始离开家便再也没回来过，她把自己的一双儿女也就是她的堂哥蔡伯华和堂姐蔡港惠都扔在他们家。于是，在蔡港菊心中，对于伯母朱雪妫的最初印象就是在一片雪地突然来了一个可怕的"鬼"，从这个角度来记忆，刻骨铭心。

蔡港菊和堂姐蔡港惠有着截然不同的两种性格，蔡港菊从小喜欢哭，哭泣似乎是她宣泄情绪的一种方式，伤心的时候哭，害怕的时候哭，思念的时候还哭，这个毛病一直到她后来成年才稍有改观。而她堂姐蔡港惠却正好相反，她一直很呆板，她佝偻的样子看起来像趴在藤蔓上的考拉，她呆呆地端碗白米饭，叶莲子给她夹一口菜的时候她就把碗伸过来，然后再缩回去。她一直坐在一个竹制的小马凳上，她几乎从不上桌。她有时候吃饭吃一半就不吃了，或者有时候吃一口，然后看着地上某个农具发呆，一开始他们以为她是噎着了，时间长了大家也都习以为常。有时候全家人都吃完了，她的碗里还剩下大半碗，那些米饭都被她用勺子压得像一个大糍粑。她有一个自己用的瓷缸，她就那样，也没人管，自己的瓷缸自己洗，那一年，她四岁。

这些都是蔡港菊的妈妈茶余饭后说给她听的。

日后蔡港惠上了大学，她们两姐妹再谈起这段历史的时候，蔡港惠并没有正面回答她堂妹的问题。或许是不记得，或许是其他的什么，反正都不重要了，和从前一样，都不重要，包括她自己。

在蔡港菊的印象中，她的堂哥蔡伯华在同龄人中的个子是最矮的，但是他的性格是最暴躁的，他谁都敢顶撞，尤其敢顶撞他们的爷爷忙神爷。他有一次拿着菜刀，双腿岔开，站在她们家的大门口与忙神爷对峙："你等着，等我到了十八岁，十八岁！"

蔡港菊快上小学二年级的时候，蔡伯华初中快毕业了。但在尼姑村小学的那些老师中间，依然流传着两个传奇学生的故事。一个就是她堂哥蔡伯华，另一个便是她大爷爷家的孙子，算起来也是她堂哥，蔡叔华。蔡港菊最先听说她两个堂哥的传奇是她妈妈叶莲子带她到尼姑村小学报名上学的时候。

尼姑村小学因为规模小，所有的老师都共用一个办公室。教三年级数学的蔡东华老师是她们亲房，有了这层关系，她妈妈叶莲子便径直将她带到办公室交学费。当听说蔡港菊是蔡叔华三爷爷家孙女尤其是听说这个大眼睛扎着马尾辫的小女孩儿正是蔡伯华的亲堂妹时，她的班主任马老师凑上前来，端详了她好大一会儿。弄得这个从小就特别胆小的小女孩儿小脸红彤彤的,她不由得往她妈妈背后缩。

"没事,让马老师看看,马老师又不吃你。"叶莲子边说边将蔡港菊往马老师跟前搡。

马老师是尼姑村小学的校长,戴个老花眼镜,平日里喜欢穿的确良格子衣服,这个习惯一直保持到蔡港菊上小学四年级的时候,那一年,马老师正式退休。

她一脸麻子,发脾气的时候喜欢把脸紧贴着某个倒霉蛋的脸,然后开始训话,被她教过的大部分学生都不敢抬头看她。据说曾经有一个胆大的学生大概是低垂着脑袋太久,感觉到脖子太酸了,就斗胆看了马老师的脸一眼,这一看不打紧,竟然看出了灵感。他想,与其说我在这里跟大家一起罚站,一动不动也是闲着,干脆我来数一数我们马老师脸上的麻子吧。这后来成了他们班课下最经典的笑话:"马老师脸上共有一百零六个麻子,其中有八十二个小的,十三个大的,剩下的都是不大不小正正好的。"

在尼姑村小学的五个年级里,共有十几根教鞭。那些教鞭既可以作为教学生识字的工具,也可以当作震慑学生的戒尺,那时候的学生从小学到初中可没少挨打。在学校里挨了打回家是万万不能跟家里人说的,毕竟开学的时候很多家长就叮嘱老师了:"我的孩子不听话您就打。"还有一些家长,听说自己的孩子在学校挨了打,不仅不怜惜,到家还会再揍一顿。老师在家长和学生面前具有绝对的权威,在大多数家长心中,孩子学点知识,将来少吃点没有知识的苦,挨点儿打并不算什么。

蔡伯华有一次在读到魏巍的《我的老师》里"她从来不打骂我们……她的教鞭好像要落下来,我用石板一迎,教鞭轻轻地敲在石板边上……并没有存心要打的意思"这段话的时候显得格外愤愤不平。

后来,他跟蔡叔华抱怨:"为什么同样是姓蔡,蔡芸芝老先生怎么就那么仁爱,那么地怜香惜玉,你还记得尼姑村小学的马老师吗?那时候她连女生都打。"

那时候的蔡叔华懒得搭理他，他从鼻孔里发出"嗡嗡"的声音。

"你还说呢，马雀斑打过你吗？那时候班里谁不是一日三顿打？整个尼姑村小学就一年级成天鬼哭狼嚎的，那时候真是可怜，叫天天不应，叫地地不灵，说的就是我们那群人。你不说我还想不起来，多少人嫉妒你啊，你做个狗屁班长就享有那么多特权。"蔡叔华的语气中含有一丝鄙夷，好像一年级的事就发生在昨天。

是的，就是这么一个严厉的老师，却从来没有责怪过蔡伯华，她那被学生们扔了无数回又蹀躞地回来了无数回的教鞭，连碰都没有碰过蔡伯华一下。马老师在后来教蔡港菊的时候已经常常站不住多久了，她在带她们读字写句的时候常常喘着粗气，一会儿就要停下来歇一会。肺气肿愈来愈烈地折磨着她。但她对蔡港菊却疼爱有加，有时候她会单独把她叫到办公室辅导她，她愿意把不多的精力给这个害羞的小女孩。她说她有两个令她骄傲的学生，一个就是蔡叔华，那个孩子愣头愣脑的，像"小萝卜头"一样聪颖。可怜的马老师怎么也想不到她那么得意的学子那时候早被学校开除，已经在外面漂泊一年多了。另一个就是蔡伯华，这兄弟二人真是蔡家屋乃至于尼姑村的神童啊。可惜了，后来他爹娘离婚了，学习成绩差了些。说这些话的时候，马老师慈爱地看着蔡港菊，仿佛站在她面前的不是蔡港菊一人。

因为马老师是校长，她又那么地喜欢蔡伯华，所以在尼姑村小学对于蔡伯华的传说多半有些夸大其词。如果说蔡叔华是因为基因好，再加上他父亲蔡平喜欢倒腾书本给他营造了一个在农村绝无仅有的好环境，为日后上小学打下了良好的基础的话，那么，蔡伯华的所谓的聪明则完全是靠自己的努力换来的。或者说，是在她妈妈朱雪妫的高压状态下取得的一点点成绩。在尼姑村，在双墩镇，在那一片农村，如果将孩子比作土豆苗，那么他们的父母或者爷爷奶奶或者其他监护人就是菜农。"菜农"们可以将自己菜园里的土豆伺候得又大又肥，而对于另一波特殊土豆的种植，他们没有丝毫的天赋，同时也得不到任何专业人士的指导，他们只能完全靠天收。因此，在那样的大环境里，哪棵土豆苗下只要结了土豆，哪怕是一丁点儿大小，很快就有可能被夸大，继而被盲目地、快速地传播开来。蔡伯华就是其中一棵土豆苗下的那颗小土豆，碰巧遇到了朱雪妫这位"菜农"经常性地施施肥、拔拔草。

在尼姑村小学，大家只知道一年级有个叫蔡伯华的"神童"，他几乎过目不忘。可大家不知道的是，这个叫作蔡伯华的小男孩每天回家除了要把当天学过的课文背诵完，还要把第二天要学的东西提前背熟，不背熟不许睡觉。每一个作业本写完都要拿回家保存起来，橡皮每一次拿一块，铅笔上学前削好……

蔡伯华在尼姑村小学度过了既痛苦又快乐的两年，在那两年里，马老师给了他最大的自由。

一位长辈，她如果真正喜欢一个晚辈，她便会从她独特的视野去观察他、爱护他、支持他，在她的眼里，别人口中那个人的缺点她从来都充耳不闻。

我想，这也许就是先入为主吧。在读一年级的那两年（为了保证生源，尼姑村小学不少小孩都读了两年一年级），蔡伯华大部分时间是无忧无虑的，也是他活得最充实的两年。

等到了二年级，李清华老师接手了蔡伯华他们班，李清华也是一位有着丰富经验的女老师，她看起来比马老师还要大几岁，她们俩性格迥然不同。她从不责骂她的学生，但是她又是那么严格，当她面露愠色的时候，全班的学生都会不寒而栗。然而，她的目光大部分时间是慈祥的，她身材瘦弱，但人很精神。李清华老师接过这根接力棒后，同样对蔡伯华疼爱有加。

二年级上半年的那个秋季，蔡伯华家的家庭战争爆发了。他甚至来不及完全消化那一份快乐，现实就过早地让他迅速转移目标，由课堂上被席卷到这场战争中。一切都是那么突然，一切又是那么顺理成章。在蔡伯华身上最直观的表现就是他的成绩一落千丈。

在那座土砖房里，成把的铅笔用完了，成盒的橡皮也用完了，成捆的练习簿也日益变得所剩无几了，连那个补充维生素的褐色瓶子也快空了。蔡伯华的妈妈在的时候曾告诉过他，那个像吊水用的瓶子里装的是维生素，他需要每天都补充一点，但只能倒一瓶盖，不能多喝，喝多了就有毒啦。蔡伯华牢牢记住了妈妈的叮嘱，妈妈走后，他依然坚持每天放学回家后用瓶盖量上一小瓶盖，他把那些维生素含在嘴里，他以前也是这么做的，偶尔他妈妈碰见了，便会用食指轻轻地在他鼓起来的腮帮子上点一下。现在他正鼓起腮帮子朝窗外看，他期待妈妈突然出现在那里，哪怕就一小会儿。后来，那个瓶子就快要见底了，妈妈却没有再回来。他便将瓶子里面注满凉开水，他依旧每一天倒上一小瓶盖，依旧将腮帮子鼓起来，只是那一富有温度的食指终究再也没出现过。窗外那棵杨树还是那棵杨树，门口院里的棕榈树长高了，那些树皮真厚实啊，夜晚那狂风吹过它们身边的时候，发出强势的反抗的呻吟。

对蔡伯华而言，那些日子就像一场梦，他仍然继续着他的学业，却又不像在进行着，他像游魂一样在蔡家屋和尼姑村小学来回飘荡。

他已经吃了大半年的"幸运"方便面了，他从前几乎没吃过，他妈妈告诉他吃方便面不好，会烂肚子，他常常看着学校里其他孩子将那些面捏碎，然后倒上佐料，捏住袋口，晃一晃，抖一抖，然后打开闻一闻，作出一脸陶醉的样子。有一次，一个同学在他的手掌心倒了一点，哇，方便面吃起来可真香啊。但是，他依旧相信妈妈的话，方便面是不能吃的，吃了就会烂肚子，生的萝卜、黄瓜和红薯也是不能吃的，吃了肚子里会长虫子。他学会了安慰自己，这样一来，他的内心平和了很多，与那些相比，他宁愿选择相信他妈妈的话。

“幸运”方便面是他爸爸蔡国庆从尼姑街一家店里赊的，到后来，人家竟撕破了脸，全然不顾乡里乡亲的，硬是不再赊给他了。蔡国庆便让儿子蔡伯华去赊，他踌躇着，站在人家店门口，他没有勇气向里迈出一步。人家都认识他，半年前，蔡伯华经过那家店门口的时候还听见里面传来责怪他同学李晟昊的声音：“一天天只知道疯玩，放学就把书包往家一扔，出去打弹珠，以后你就靠打弹珠养活自己吧。你看看你们班班长蔡伯华，你看看人家，都是一个鼻子两只眼睛，人家怎么就那么听话？人家成绩怎么就那么好？”他装作没听见，继续走他的路，但他的内心充满自豪。那两年，这些话他听得多了，他知道，他的成绩有一半是他妈妈朱雪妫的功劳。他最终还是迈开了步子，他想他三岁的妹妹还在家睡着呢，他要赶紧办完事，万一妹妹醒了从床上掉下来怎么办？家里门锁了，要是她醒了哭了，她又不会拉灯，会吓着她的。就这样，八毛钱一袋的“幸运”方便面，被这个不幸的家庭里不幸的孩子一袋一袋赊着，他不吭声，店主也不吭声，他们达成了一种默契。等到他后来上了初中的时候，他依然对那家店主念念不忘，以至于每次他经过那家店门口时，他都在他家店门口驻足一会。如果不是胆儿小，他甚至想朝里边深深地鞠上一躬。

他的毛线衣袖子破了，在一次下雨的时候，是他匆忙跑回家的路上摔了一跤划破的，他拿出针线缝了一下，可是无济于事，有的毛线还是很轻松地被扯下来，即使是很小的力气。他后来将那些露出袖口的毛线用剪子剪断，便不再去管它。由它去吧，他想。

他的成绩越来越差，他开始发现好多东西根本听不懂，他听着班里的同学在大声朗读着，踊跃地举手回答问题，他心急如焚。且不说没学过的课文回家提前背了，学过的很多字他都不认识，更别说会顺利地读通一篇课文了。他开始缺课，他终日食不果腹，让他最难过的、也是最要命的到底还是他的学业，他已经完全跟不上同学们的节奏了。他开始怀念起从前的痛苦的日子，他宁愿晚上十一点钟睡觉，如果允许的话，他也可以不睡觉。他确实是不睡觉，在那个小土砖房子里，持久的战争让我们的小男孩根本睡不着觉。家庭战争在那个分分合合、吵吵闹闹的日子里继续着，家里一切家具都砸烂了。蔡伯华整夜整夜睡不着，他的妹妹蔡港惠常常被惊醒，在午夜里恸哭。

终于，婚姻由围城走向坟墓。

蔡伯华开始变得暴戾，他终日处在惶恐、焦急和无助的情绪之中，这些情绪很快就体现在他的行为上，然而，他还是将更多的情绪深深地埋在内心，这些戾气使得他在几年后的那场意外中死去时久久地不能瞑目。

蔡伯华在忙神爷家是坐桌子的，他不像妹妹蔡港惠，而且他上桌就一个劲地夹菜，直到忙神爷或者叶莲子实在看不下去说"菜是用来下饭的""吃菜不要不顾人""我把一盘都给你倒去算了"的时候，他才开始有所收敛。当他不再那么放肆的时候，就干脆一直啃着白米饭，他嘴里不说，心里却责怪着他们，他的眼泪开始下来了，他低着头，将眼泪和白米饭一起吃进肚子里。有一次周末，家里煮了一些肉汤，婶娘叶莲子给每人盛了一碗，蔡伯华端着他的那份坐在门槛上，他看见了一块肥肉，他将那块肥肉拨了出去，却不巧正好被叶莲子看到了。

"你真有得吃，不吃就把碗放下。"叶莲子恶狠狠地说。

蔡伯华不说话，低着头，他想将那块沾有泥沙的肥肉再重新拾起来洗一洗放在碗里，然后一起喝下去。他依然低着头，开始喝汤，眼泪在眼眶里打转，他轻轻地眨了一下眼，一滴眼泪下来了，浮在汤上的油散开了一些，他看到棕榈树皮里裹着的嫩黄色的"棕鱼"。他想，那里面一定很暖和吧。

第十六章

蔡伯华说，人性中最真，或者说最原始的一面，都可以不拿出来，也拿不出来，比如说，性，丑陋的性。

人们说蔡永彪是趁着黑夜摸索到蔡伯华家的，他来到蔡伯华家的时候，蔡伯华的爸爸蔡国庆正在远在千里之外的工地上打工。但是蔡伯华一直矢口否认，他觉得这些都是嚼舌根的人根据后来发生的事凭空捏造出来的。

"彪子第一次爬上雪妠那婆娘床上的时候五十四岁，你们算，1996年到今天过去了十二年了，彪子今年正好六十六。好家伙，一年多时间才被蔡国庆发现，蔡国庆也真是的，戴了一年绿帽子才发现头顶发烫。你们想，他在西安待了多久？从1983年第一次外出到后来定在西安，算下来多少年了？那这些年他都是春节才回蔡家屋，为何1997年他不出门在家贩鸡仔？可真是口袋里赚足了钱？咦，1997年他们夫妻俩才种了多少稻子？那点稻子都还没吃到嘴，成天在家吵架打架，两个孩子呼天抢地的，哎哟，想起来那会真是可怜。"人们把蔡永彪叫作彪子，年纪大的彪子与年轻的朱雪妠的风流史一度成为蔡家屋人们茶余饭后的谈资，十余年如一日，经久不衰。当人们看到朱雪妠在蔡永彪家变得时髦起来，越发放肆起来，他们看到年轻的朱雪妠从一开始藏着掖着到后来公然进出蔡永彪家的时候，故事变得更加有趣。

蔡永彪是蔡家屋活着的人里面辈分最大的，和蔡伯华的爷爷忙神爷一样。他常年被选为蔡家屋的队长。根据蔡家屋的村民公约，队长由蔡家屋所有人家的户主轮流担任，如果某个人家的户主已经年老干不动了或者干脆已经过世了的话，那么，这家人可以委托别人代为担任。不过，一年一百二十块钱的补贴要给对方，当然，还要拎些烟酒和好话上门。这个公约从制定出来到实施不过三四年，很快人们就发现蔡家屋被一些人弄得乱七八糟，后来人们干脆一年一选，公开投票。于是，蔡永彪一干就是十几年，从他五十出头一直干到快七十。人们说，他和朱雪妫的那点事就发生在他担任队长的第三个年头。

“你们想，1989 年国庆和朱雪妫结婚，第二年蔡伯华出世，国庆出门了吗？没有吧？1991—1992 年他们家那三亩多地谁来耕的？”蔡芳是蔡家屋最喜欢嚼舌头最喜欢打听别人家事的人。

“不是朱雪妫他爹朱福春吗？我记起来了，头年朱福春从朱家湾赶来一头黄牛，那黄牛角已经很长了，我还说那牛老了，该卖了。结果呢，第二年再来的时候就换成了一头水牛。那水牛一准是二手倒卖的，买来的时候起码干了五年农活。”说这话的人沾沾自喜。

“你记性还是真的好，我问你，后来呢？”

“后来，后来几年不都是忙神爷帮着犁田吗？”

“再后来呢？你仔细想想。”

“哟，哦，哦，我想起来了，中间忙神爷将牛卖了，为这个朱雪妫还和忙神爷大吵了一架，忙神爷家煮饭的锅都被朱雪妫一锄头磕破了。”

“对啊，如果我没记错的话，打那以后，朱雪妫家的田每一年都是彪子赶着牛去耕的。头一年的时候，彪子家那口子还在世呢，为这事她和朱雪妫是不是还干过一架？”

“嗯嗯，你这么一说，我还真有点印象，前后老屋谁不知道？朱雪妫是个什么角色？她和刘宏递都能打成平手，她怕过谁？要不是你们二房势众，被大伙劝了下来，彪子家的要吃很大的现亏。”

“对啊，谁家会闲到那个程度去帮别人耕田犁地？自己家活都干不完，彪子家五个孩子在那饿得哇哇叫呢，他倒好，跑到一个女人家去耕田，耕着耕着不就耕到床上去了？”

“哈哈……蔡芳啊蔡芳，你天生就该是个女流之辈，上天白给你长两个蛋子。哈哈……”

在尼姑村，每个小队都会有一些能文能武的代表。当代表是一件既光荣又有压力的事。但谁都想争取这个机会。蔡永彪就是蔡家屋的常驻代表之一，他是大伙选出来的队长，能力有目共睹。如果说一个代表能够为本队争取一些利益会获得全队人好感的话，蔡永彪就是那个全村都对他有好感的人。他有手腕，办事有分寸，他能为蔡家屋带来实惠，让蔡家屋全屋老少对他感恩戴德，但同时又不得罪邻队的那些代表，那些人一回去就传播他的美名，有的甚至将他们自己队分配到的一点好处归功于蔡永彪！

蔡家屋的每一个人都可以离开蔡永彪而活得很好，蔡家屋离开蔡永彪就不行，尤其在20世纪八九十年代。

蔡永彪的脸瘦削，一米八三的个子让别人有安全感。四里八乡的村民们都相信，这张脸是可以拿来为群众做事的，他能连续十几年都当选上队长绝不单单是因为大家的习惯，也绝不仅仅是像某些人说的那样他蔡永彪背后有大树可以依靠。然而，在那几个没有狗的夜里，或雨或晴，这张脸正悄然撕开，而且越撕越大，直到撕开一个大口子，直到脸整个扣在了地上。

千禧之年来临了，作为新中国20世纪六七十年代的下一代，小小的蔡家屋像蔡伯华一般大小的十来岁孩童也多达二三十人。

彪子和朱雪妫的事情从被蔡家屋所有人知晓再到渐渐被大家慢慢淡忘，直至绝大多数的年轻父母都已经习惯自己的小孩称呼朱雪妫为“雪妫奶奶”的时候，蔡伯华的一个堂叔开始翻出旧账来：“伯华有一次跟他说他睡觉的时候摸到过一条毛茸茸的腿，那腿很长，顺着腿往脚下摸，能够到伯华的头顶，甚至没过他的头顶。”

他双手比画着，有模有样。

是的，一条毛茸茸的腿。说这话的时候，蔡伯华的二堂叔蔡奂华和二堂婶吴秋花正在剥豌豆。

"晚上面条里多放点瘦肉，清明余下的猪肉冰箱里还有吧？"

"哎，你看，我们家奂华顿顿少不了肉，少吃一餐会死似的。"一旁的蔡奂英和叶莲子好像什么也没有听到，并不接话，"我们来借你们家升罗用一用，我们家那个前几天被小妮子弄碎了。"

"老爷子，你去米缸里把升子拿来给奂英老弟。"吴秋花朝她公公蔡仁法喊了一声。老爷子刚从厨房出门，又转了进去，两分钟后，他将升子往蔡伯华手里一塞，旁敲侧击地说道："好家伙，升罗都能弄碎喽？这可别再叫港兰弄碎了。"

关于毛茸茸的腿的传说，蔡伯华否认了不止一次。后来，他索性不吭声了，他不知道那些嚼舌根的人是出于什么动机，他堂叔当着他叔叔蔡奂英和婶婶叶莲子的面讲这个故事又是什么动机，他也管不了那么多。不过，那天晚上二堂婶真的给二堂叔在面条里放了肉片，而且，从味道的浓度可以闻出那种红薯粉包裹得滑溜溜的瘦肉在面条里占了不少分量。那种儿时的味道一直飘到了他和忙神爷的房间里头，他趴在木质的窗户上，肆意地呼吸，大口地呼吸，用嘴和鼻子一起吸。"幻觉，肯定是幻觉，他们家的肉怎么可能存这么久？清明过后到今天有二十多天了吧？那也太经吃了吧？二堂婶子肯定是骗我们的，是的，没错。你看，闻不到了吧……"

他自言自语了没几分钟，就感觉昏沉沉的，外面的月光也是昏沉沉的，风却并没有停。

那些混沌的日子里，他已分不清谁是谁非，但可以肯定有一点，他并不袒护谁，否则有失公允。不管怎样，他是无论如何也想不起来他说过那个故事，那条毛茸茸的腿到底是个什么样子？有多长？会有河边的那棵柏树那么长吗？但是有一点，二堂婶子家的肉是真香，说这个的时候，蔡伯华眼里除了艳羡，什么也没有。

毛茸茸的腿的故事被家族里几位堂叔堂婶他们私下里又传过一段时间，之后就不再时髦了。

从蔡永彪第一天偷偷地到他们家去算起，六个月后，家里的流言蜚语开始击败一个男人的自我安慰："不会的，我家雪妠不会的，伯华娘是那么勤劳，三亩多田，还有'江西垄'那一块地，猪圈里还有六头猪，还有伯华和港惠，她一个人总只有一双手一双脚，不会的。"

蔡国庆知道人言可畏，他开始从外面回来，他想，我今年就不出门了吧，到时候谁是谁非自会见分晓。但明眼人都看得出来，他们夫妻之间的感情已经出现了裂痕，那些风言风语并非完全是空穴来风。蔡国庆抱着怀疑的态度回到蔡家屋，在内心深处，他多么想那些暗地里的话都是假的，他是多么想还雪妠一个清白。两个月后，他开始隐约感觉到，他有些自欺欺人了。

正所谓"天要下雨，娘要嫁人"。

他在蔡家屋前后待了八个多月后，在双墩镇法院，他做了最后的努力，他争取到了两个孩子的抚养权，还有一万六千块钱现金的补偿。

一万六千块！她竟然带着那么多现金进法院！这几年来，她不断要求我往家里寄钱，找各种借口，又是猪糠秕又是伯华病了，原来她根本就不缺钱。看她假惺惺地要两个孩子抚养权的样子，那么多人在法庭上，她还在进行着最后的挣扎，企图在别人口中占一点便宜。蔡国庆第一次感觉眼前的这个女人竟是如此的陌生。一股股怒火和深深的剥离感不断地往头顶翻涌。

蔡国庆已经不再怀疑了，虽然他最后一个知道这一切，虽然外面除了"毛茸茸的腿的故事"各种版本的传言都有，但是有一点是真的，那就是刚刚发生的一切。

他从法院出来的时候不相信这一切都是真的，似乎摊在谁头上都不愿意相信这是真的，他多么想这就是一场梦，他多么想一切重新来过啊！是的，结婚后他们吵过闹过，但主要还是集中在近半年，可谁家没有一本难念的经呢？天底下有哪一对夫妻不吵架呢？蔡宋氏那婆娘一和他男人吵架就打他们家大儿子，有一次，他们大儿子跑出去一个星期都没有回来，他们不也好好的？为什么到我头上却要离婚？

蔡国庆想不通，他真想一头扎进双墩河里，但一想到脚下一双儿女，尤其是想到蔡伯华，他放弃了，他拖着万念俱灰的心情回到蔡家屋。

他们的结合有自由恋爱的成分，之前为这个他不止一次笑过那些儿时的小伙伴不是娶童养媳，就是父母之命，尤其是自己堂兄弟六个，竟有三个人的婆娘是童养媳。他很庆幸自己出门出得早，见过大世面。他二十岁的时候从外面回来，家里给他介绍了三四个，他一个都没相中。第二年回来，他听说朱家湾有个叫朱雪妫的女孩子，在家里姐妹里排第二，要强能干，后来人家介绍一次，他就看上了人家。他们两个都是要强的性子，有一年双抢，他们两口子和全村的人干架，对方把弟弟和弟媳都喊来了，他们毫不畏惧，像两只战斗的公鸡，当然，旁边还有他儿子，拿个棒槌，和他们一样，毫不畏惧。那时候蔡港惠还没有出生，那场面多感人啊？

他开始意识到自己笑早了。

他感到深深地受伤，这不是真的。他们从法院出来的时候，蔡伯华拽都拽不住，他儿子在他手腕上用力咬了一口，挣脱着甩开他的胳膊，几乎是赤着脚地跑向他的前妻雪妫，他太受伤了，他到底做错了什么？他不知道怎么回到家的，不知道。烟盒里的烟也没了，自己从外面带回来的一千三百块钱也早就花得一干二净。除了四方桌，几乎所有的家具都缺胳膊少腿，而这些，就发生在眼前这一两个月里。鹅也瘦了，呆呆地，身上灰色的羽毛剩下没几根，屁股旁边绒毛全都沾在一块。这一切是怎么了？厨房里缸豁出一个大口子，地上的水还没干全，烧饭的铁锅也破了个小洞，家里至少有十来天没正经生火做饭了。

蔡国庆从十三岁开始随伯华的舅爷爷外出闯荡，他干过篾匠、漆匠、铁匠，养过蜂、补过锅，他手里有几本地图，以至于后来别人提到哪个省什么事，他都能够如数家珍地给人家讲一些当地的风土人情。与蔡伯华年纪相仿的小伙伴们通常会用火纸叠"扇宝"，有少数人家订了报纸的会用报纸折，当然也有胆子比较大的用自己的课本。在那些大小各异的"扇宝"中，蔡伯华用地图纸折的"扇宝"常常独占鳌头，他拿出来的"扇宝"上面有各种线条和颜色，蓝色的是海洋、绿色的是森林、白色的是积雪……蔡伯华的"扇宝"让他们羡慕不已，这让他很是得意。

蔡国庆喜欢买各种各样的地图，他也喜欢研究各个地方的风俗习惯，他的这一爱好也间接影响了儿子蔡伯华。在蔡伯华的心中，这个世界绝不限于山的这头。用尼姑村里的第一个大学生，同时也是蔡伯华的二堂叔蔡奂华的话说就是"这孩子，心里有一片海。"

蔡伯华最早认识中国"雄鸡"，他除了用那些花花绿绿的地图纸折叠"扇宝"外，他还折叠机枪、军舰、潜水艇等，那些电视上才能看到的稀奇古怪的东西在蔡伯华的手上变得惟妙惟肖。有时候在"军舰"的肚子上能看到"辽宁"二字，在"潜水艇"下面是一片蔚蓝色的大海。无论如何，在年幼的蔡伯华眼里，让地图册变成机枪比静静地躺在那里更能发挥它的价值，干这些活的时候，同时照顾妹妹比单纯照顾妹妹有趣多了，有时候机枪头被妹妹啃了他也不会在意，反正时间有的是，地图册还有几本，而且还都那么厚。

当"毛茸茸"的故事在蔡国庆的心中持续发酵，并且以离婚为标志确已实锤让他坐立不安时，蔡家屋的其他人一如既往，二黑他爷爷照常像以往一样赶着三头水牛趁着暮色归来，蔡哑巴他娘仍然在半夜的时候喊着头疼，就连蔡伯华家隔壁的隔壁的那对比伯华爸妈大一圈的夫妇，平日村里大事小事都出来主持公道的他们，现在除了骂猪吃食，还是骂猪吃食，绝不骂人。先前他们干架的时候，还有过高尚的人们，杨凤姣她婆婆来过一回，不小心被闪了腰，也不再来了。怎么感觉一切都像在演戏？

蔡国庆太难过了，回到家他更加难过起来，这种难过仅次于走出法院的那一瞬间。他觉得他是这个世界上最难的人，好像一觉醒来，这个家就变成了他一个人的了，他看看箩筐里的蔡港惠，她的衣服已经七天七夜没换了。他知道这一切都是真的，他蔡国庆这是被戴了绿帽子，而这一切都不再是传言。他大伯父、二伯父、四叔、大堂哥、二堂哥、大堂弟、三堂弟，还有那个大学生，他们所有人全都默不作声。他的亲弟弟、亲妹妹也都默不作声了。这个世界怎么了？他开始闻到了红枣炖猪蹄的香味，夜已经下来了。他已经连续两三天没进一粒米了，今天更是滴水未进。他从裤兜里掏出一把荸荠，搁在桌上，往嘴里塞了一个，"呸呸——"全是沙子，这是他从地上捡起来的，这没有什么，袋子被他儿子撕碎了，他开始不怪儿子，这也是第一次给儿子买荸荠，袋子他竟然给撕碎了，荸荠滚了一地。

"爸爸，我长大了也背你，我背你去好远好远的地方。"

这是他儿子骑在他脖子上的时候说的话，那时候他们刚从镇百货大楼出来，旁边是镇政府，再往前一点就是一个幼儿园，里面有小木马，看起来像是塑料的。这句话正是他们父子二人经过幼儿园的时候说的，说这话的时候，幼儿园里面有一小女孩正舔着冰棍，鼻涕一伸一缩，再伸再缩，鼻涕是黄色的，冰棍也是黄色的。他儿子不吃冰棍，同时不吃的还有生萝卜、生红薯，总之一切生冷食物，这一点得益于他娘。这句话在他心中分量很重，尤其是这时候，有可能是话中之王，重中之重，这些年来，他每年只有在过年的时候，才和儿子有短暂的相处时间。当然，类似的话他儿子对雪妗也说过，那是雪妗亲口对他转述的，那还是两年前。那时候雪妫多勤劳啊，拖着板车，上面载着两三百斤猪糠秕，儿子蔡伯华就坐在猪糠秕上，也许是躺在猪糠秕上，总之她娘儿俩有了那次传神的对话。

"娘，天上有飞机。"

"娘，我长大了要带你坐大飞机。"

"娘，他外边有人。"

这个老太太一生生了八个孩子，其中三个女儿，雪妫老二，总排行老四。

"华儿三岁的时候，你不是在外面跟过他半年吗？"

"那时候没有啊，现在有。"朱雪妫和她娘一人睡一头。

是夜，三更。蔡伯华沉沉地睡了，他太累了，从家跑到镇上，从镇上跑到朱家湾，加起来十几里地，他的血液一直澎湃不止。

现在蔡伯华带他娘坐大飞机去了，坐大飞机去了，他不知不觉蹲在了地上。蔡港惠也睡了，她知道什么？我和她娘打架摔东西的时候，这孩子有时候还"咯咯"地笑。这孩子可不比他哥，他哥多灵活啊，那次和全村人干架，我失手差点儿把他哥摔死，他哥像没事一样，站起来就往前线奔呐……这孩子晚上也不知道吃没吃饭，蔡国庆脑子混混沌沌的。他打开台灯，细细端详了他女儿一会儿，女儿睡得很瓷实，嘴角掖着笑呢，她的外衣并没有脱。这一会儿或许没有一分钟，或许只有三十秒，他站不住了，他开始颤抖起来，他感觉有一股热流从体内正往眼睛这块奔，像他那拿着棒槌的儿子一样奔。他让台灯开着，蹑手蹑脚地走出房门，径直走向大门外，准确地说，不能算是蹑手蹑脚，他已经做不到蹑手蹑脚了，可以说是东倒西歪，像蔡二黑他爷爷喝醉酒一样东倒西歪。他几乎是瘫在门槛上，石质门槛很凉，和他的心一样凉。当初盖这房子的时候为了这块石门槛，不知道找了多少人，干了多少架。还不是为了讨一个好兆头。想起这个，他还挺光荣哩。可是这时候，他没有心思去想这个，他出来带的热浪还没有完全散去，甚至多了起来，他干脆不管它，由它去吧。反正这时候，除了蔡和祥那老鬼家 VCD 传出的港女跳舞的声音，其他人家都早早地关了灯，他们或许在窃窃私语着什么，或许在谋划着什么，或许真的睡了。蔡和祥那个老鬼，人奸得很，一辈子没干好事，稻里邱那块田落在他家田下，该放水的时候不让我们家挖缺口，等稻子快熟了，不需要水了，又把多余的水往我们家田里排。他老婆朱雪妫为这个向他抱怨了不知道多少次，也不知道和他们家干了多少次仗。哦，不对，现在已经不是我老婆了，蔡国庆难过地想。割稻子的时候，稗子什么的只要是他不要的就往别人家田里扔。大家都敢怒不敢言，我们家更是倒了霉，跟在后面收拾。那都是些什么东西？老子十三岁出门去河北吴桥帮人家收麦子的时候，有一次被十几条疯狗追着满麦场跑，老子赤手空拳，中间还被咬了一口，后来幸好靠着一垛草，我都没有淌过一滴泪。今天这是怎么了？蔡国庆想着想着竟倚在门槛上睡着了。

“娘，你别追我了。”蔡国庆一个趔趄，头碰在了篾制鸡窝上，梦里头他娘捶了他一锄头，也有可能是榔头，如果不是，那就是那种条锄，柄短齿长，他娘个子矮，腿也不好，跑起来都费劲，梦里她竟然将条锄整个抡起来打到了他的脑袋。然而，梦里竟然是那么真切，最起码感觉很痛，生痛，鸡窝撞起来可不是那种感觉。他摸了摸脑袋，竟然也起了一个大包，原来疼痛是真的，他顺势摸了摸脸，惊了一下，是湿的。同时，他感到嘴里一股咸味，原来是泪都聚在了一块，他吓坏了。他开始想起了他娘，那个全村人都畏惧的女人。他想，他娘要在世就好了，就有人给他主持公道了。他又想起了女儿，又开始抽泣起来。他今年还没到三十岁啊。

此时蔡和祥家的 VCD 也不再响了，他仿佛听到了摆钟敲了四下，还是五下，鬼晓得摆钟有没有被摔碎。他起身，踉踉跄跄向房里走去。

房门破了一个洞，从洞里射出一束微弱的光，正好打在鸡窝上。

第十七章

蔡叔华发现他弟弟蔡吉吉还真有一米七六的个儿，十五岁不到的孩子个子竟比他还高。

他只是听队上人说他弟弟要回来了，没承想还真回来了。这下，他要好好琢磨一下他弟弟的模样，他暗暗惊叹道：天呐！他真的有一米七六，至此，吉吉已经刷新我这个大家庭从爷爷辈开始所有人的身高，我爷爷一辈属我四爷爷最高，但无论如何也没有一米七六啊！四个爷爷中，我爷爷最矮，一米五左右吧，我爸爸这一辈我爸爸年纪最大，他继续遗传着最矮的基因，我四爷爷家儿子也就是我奂华叔也完美地沿袭着"高个"血统，和他父亲差不多高，蹿到了一米七多，这已经是极限了，在我弟弟吉吉闪亮登场之前。我这一辈兄弟，依次是伯华、我、季华、季华亲堂弟中华、奂华叔的儿子橙发。这五个人中数我最高，虽然完美扭转了局势，但还是没有达到一米七六，我对外说的远不止这个数，可跟吉吉站在一块高低就显而易见了。然而，这一切在我弟弟回家之后或者说是他突然登到我们家这艘新船之后，都改变了。我弟弟不仅是这个家族最高的，也是全队里比较高的，可想而知，我们这边的人是有多矮？怪不得伯华先前有一次从县里高中回家说："我怎么感觉到他们都在我腋下乱窜，这种感觉像是闰土刺猹的时候，猹从他的胯下'刺溜'一下跑掉的情景。"伯华才多高？至多一米七！他都能大言不惭地说出这种话，我如果有这种感觉就更不足为奇了，但是我没有，实事求是地说，他们的确都很矮，由于他们很矮，所以做出来的门框也不高，他们觉得两米或者两米二就算高了。好家伙，吉吉他才刚满十四岁不久，眉宇之间那种蔡家种子里发出来的芽天然带有的痞性丝毫不亚于我，你看那边走边蹿的样子，我几次担心他会碰到门框，然而并没有，这在他住了很久以后都未曾发生。好吧，我喜欢把话题扯远，他脸上长了大半脸的青春痘，体重起码超过180斤，天呐，我和我娘儿们加起来也就两百斤出头，而且还出得不多。我开始为我们家的粮食操心起来。他走起路来"扑哧——扑哧"地喘着粗气，坐下来也是"扑哧——扑哧"地喘着粗气，我感觉他的肚子里充满了气体。他剪了个"高桩"头，头发不算多，但绝对不算少，他看到我很亲切，先是叫了一声"叔华哥"，叫完之后很快又慌忙改口叫了声"哥"，从这个细节我敏锐地觉察到这小子聪明，和我一样聪明。倒是我有些害羞起来，我给他倒了杯水，以此掩饰我内心的紧张。说到这里我真是不好意思，我个子比他矮一点，他看我的时候需要略微低一点头，我觉得他的眼神充满关切才对啊，但这又违背了伦理。再说他的年纪也不符合这个词语。

"哥，你以前是不是在'荣毅'初中读过书?"

"嗯，我就是那里读的初中。"蔡叔华正在想他在弟弟这个年纪的时候已经出外打工了。他想起了十二三岁在荣毅初中叱咤风云的些许小片段，他的弟弟跟他那时候还真像，鼻子下那一小撮黑黑的绒毛仿佛在告诉人们他正在疯狂地向外释放着雄性激素。

"我听说过你，2002年你小升初，全镇第一对吧?"

"别说啦，你可别说啦，都是历史了，好汉不提当年勇。"蔡叔华开始有些害羞。

"咦，喝水，喝水。"蔡叔华不想弟弟蔡吉吉将他听到的故事的后半部分当着那么多人的面说出来，虽然在座的都或多或少地听说过他的"光荣史"，但所谓"成也萧何，败也萧何"嘛，过去就让它过去吧。

蔡叔华的妻子贺曦将那杯差不多凉了的水从桌上端起来，递给她的小叔子蔡吉吉，几片茶叶略微地向上翻滚了一下，很快沉了下去。同时她将另一个杯子里加满了水，再次递给了一个女人。

"娘，喝水。"贺曦管那个女人叫了一声"娘"！

这个细微的举动同时被三个人发现了，同时被这三个人里中间的两个人听进去并且仔细揣摩着。这三个人就是蔡叔华、那个女人和蔡叔华的父亲蔡平。蔡叔华的妻子贺曦嫁到蔡家屋后管两个人叫过"娘"，其中一个就是前不久被迫离开蔡叔华家的他们心中公认的"娘"，也是蔡家屋90％的人公认的"娘"，蔡平和蔡叔华在相当长的时间内承认的"娘"。还有一个便是眼前的这个女人侯晓妹。这个曾经给蔡叔华家带来人气和希望的女人，这个不曾给蔡叔华和"糯爹"洗过一次衣服的女人，这个一走就是近十年的女人，这个其实蔡平心底深深藏着的女人。

她就是吉吉的妈妈，蔡叔华怎么看也只有三十七八岁的样子。他不知道他的妻子为什么管她叫"娘"，这一出蔡平也没有料到，这一出也令在场其他反应过来的人们唏嘘不已，多么让人意外啊？又是多么让人感动啊！是多么顺理成章啊！他们不知道，在贺曦心中，她是多么希望有一个家，一个完整的家！他们不知道，在蔡叔华的内心，十几年来，他又是多么希望有一个完整的家！假使希望成真的话，孩子就有了一个奶奶，父亲蔡平的起居也有人照料一下。在蔡叔华的心中，他才是最应该第一个叫侯晓妹"娘"的。他开始为他迟钝的嘴巴而感到后悔，二十多年来，那些在他笔下熠熠生辉的文字几乎很少通过他的嘴巴表达出来。

因为侯晓妹要回来，蔡平这几天格外勤快，他将房屋里里外外彻彻底底地清扫了一遍，甚至于连院子外面的厕所里的蹲坑也冲洗得干干净净。继蔡叔华的第二任后妈那一次大扫除后，蔡叔华家第一次出现了空荡和舒适，就算是贺曦嫁过来的时候也没有如此干净过。窗户也全部打开通风，这些窗户因为成年累月的半遮半掩，开起来的时候显得有些磕磕绊绊，一副不情愿的样子。当亲戚六眷和蔡家屋一些妇女们在陪同侯晓妹聊家常的时候，蔡平在一旁默默地沏茶倒水，搬凳子，生火烧饭。

在蔡平内心，这些年对侯晓妹的责怪和对她一声不响地带走他们的儿子吉吉的愤怒一下子变得烟消云散。当他偶尔穿梭在人群中忙前忙后的时候，他依然不忘看看他的儿子吉吉一眼。这孩子跟小时候一样，只是个子仿佛"噌"的一下长高了，他跟他的哥哥叔华又是多么神似啊？当然，他也不忘望一眼他名正言顺的妻子侯晓妹。他们是领了结婚证的，和叔华他妈不一样。他和叔华他妈1989年认识，1989年下半年还没开始她便怀孕了，本想着等孩子大一点他们再去领个证，再轰轰烈烈地办一场婚酒，给她补回来。可谁想她竟是那么地薄命呢？侯晓妹老了一些，耳垂下面的头发有些发白，但在蔡平看来依旧是那么美丽动人。他来不及思考她当初是不是因为一时糊涂离开了这个家，他整个人沉浸在巨大的喜悦和欢快之中。尽管没有任何人知晓侯晓妹是否很快就要离开这里。

蔡叔华的确也有想叫侯晓妹"娘"的冲动，他几乎就快脱口而出地喊出那个字了，但终究还是没有，他顾忌的东西太多了。他不知道这种似乎是与生俱来的感觉是否与侯晓妹给他们家增添了香火有关，但蔡叔华坚信，他父亲做出接他们娘儿俩回来这样重大的决定肯定与这个相关，而且密切相关，吉吉可是一个血气方刚的男娃子啊。在荣毅初中的时候，蔡叔华写文章常常文如泉涌，他援笔立就的能力让整个荣毅初中的同学都望尘莫及，也让他的班主任陈达华老师赞叹不已。此时的蔡叔华有一股冲动，他想跑到房间，拿起纸笔，像几年前那样坐在书桌前奋笔疾书。他现在也算是半个大学生了，社会的发展太迅猛了，当初因为工头的一句挑衅："远的近的，都说你蔡叔华聪明，还不是面朝黄土背朝天？还不是在老子脚下干活？"而负气去讨一个成人教育的本科付出的努力到底没有白费。他也是有大学毕业证书的，上面是有钢印的。只不过，这件事蔡家屋很少有人知晓，说到底算不得"正规"大学生。但无论如何，每当他一个人掏出那本滚烫的毕业证书时，他的内心无不心潮澎湃，他觉得自己的的确确赶上了好时候。

蔡叔华开始想起他的第二任后妈后箐箐来，她刚来的时候蔡叔华才十三岁，虽然他那时候已经不上学了，但逢年过节回来也总能吃上一口他"娘娘"做的热乎乎的饭菜。在双墩，"娘娘"虽和"娘"只差一个字，但意思千差万别，"娘娘"是"阿姨"的意思，叫得怎么亲密也是外人，可"娘"却不一样，他和全中国所有的地方一样，都只有一个意思，那就是"妈"。父亲蔡平作出那种决定遭到了全队人的指责，甚至是有些可耻的，尼姑村一些知道后箐箐为人的人也觉得蔡平作出那种决定不可思议。那是多么好的一个人啊，厚道本分，每个月还有退休金，虽然比蔡平大几岁，但看起来并不显老，他们是多么般配啊。

糯爹的堂弟蔡仁银，老伴去世之后便再也没续弦，一个人在一边生活了二十多年。他只有一个女儿，还嫁到了隔壁县，后箐箐到蔡家屋来的时候，她已经快五十了，自己还抱着孙子哩，平日里也顾不上他。按理说，跟蔡叔华和蔡伯华他们也算是近亲，但老话说，人到六十无人情，糯爹几个兄弟一年到头都说不上几句话，何况他还是堂兄弟？但就是这么一层关系，或许跟这层关系没有关系，蔡叔华那个被大伙啧啧称赞的"娘娘"却给予了他几乎是无微不至的关照。只要是传统节日，她都会登门送上点什么，中秋节送月饼，端午节送粽子，重阳节送糍粑，总之，只要有能说服自己的由头，大小事她一准去。

蔡平有一次说她："人家是有女儿的，你倒好，三天两头往他家跑，你让别人怎么看？哦，你是做了活菩萨，人家怎么说他女儿？再者说，你这一去，他女儿彻底不用管他了。"

后箐箐从不跟蔡平争论，唯独这一次她反驳一回："人家有女儿是人家的事，人家不孝顺是人家的事，我们做晚辈的可不要对得起自己的良心？"这个平时不怎么说话的女人有她为人处世的原则，且不会因任何人的看法而转移。她这一次被蔡平激怒了，她知道此时再缄口不言只会让蔡平更加得寸进尺。她和蔡平从没有吵过架，哪怕是一些争论也是屈指可数，单单为了这个事，有几次差点大动干戈。她不是惧怕蔡平，以她的架势她也用不着怕他，但在她的脑海里，她只是极力维护一个男人起码的尊严和她作为一个妻子应该守住的本分。然而就这事，她不惜反复跟蔡平理论，她努力克制自己的情绪，她甚至又起了腰，但很快又默默地放了下来。

就是这样一个女人，在跟蔡平生活了四年半后，被他赶走了，蔡家屋的人在背后都这么说。

蔡叔华对后箐箐有感激之情，因为感激，他觉得他更应该叫后箐箐一声"娘"。但是他遵从父亲蔡平的感受和意愿，同时也遵从这个家庭全体人的意愿，讲到底还是父亲蔡平的意愿。既然他妻子贺曦言辞之间谈及后箐箐时能够称之为"娘"，现在又将侯晓妹称之为"娘"，他蔡叔华也可以将这两个女人称之为"娘"。叫谁是娘都一样，毕竟，他们都不是蔡叔华亲生的妈妈。他想，他甚至还可以管第三个女人叫"娘"，只要那个女人愿意和他父亲过一辈子，只要她可以在这个家里缝缝补补，只要后厨里能每天按时升起一缕青烟。

蔡家屋的人都知道，在后箐箐走之后不久，还有一个女人进过蔡平的家门，可她没有待多久就走了。且那个女人好赌博，哪有一个女人来了不到三天就天天赖在尼姑街上打麻将不愿意下桌的？尼姑村开始有传言说那个女的是来蔡家屋骗钱的，谣言传到蔡家屋，家庭里几个叔伯就出面了，他们劝蔡平赶紧将那个"狐狸精"撵出家门。

蔡平从不会因为谁说什么话而改变自己的主意，除非走投无路了。他一生中最大的妥协就是在他小女儿突然去世之后，他快身无分文之时，他将自己的大女儿送给她表姐做童养媳。在这件事之前他极为偏执，在这件事之后，他又变得盲目地自负。因为蔡平不认为那个女人是来骗钱的，别人也就不再说什么。但关于她的一些风言风语却日益增多，说她跟某个男人还做一些出格的事儿，一时在尼姑街闹得沸反盈天。

那个女人来到蔡家屋的第三个月，有一次整整三天没回家。蔡平已经习惯自己做饭的日子了，但像夜不归宿这种事还真没有过。他开始到处打听，尼姑街棋牌室的人说他已经快有小半个月没踏进棋牌室了。那天晚上，有人敲门，来人说是公安局的。蔡平一骨碌站起来，一根筷子掉在地上。

蔡叔华对他妻子贺曦是不满意的。他觉得这应该怪那个女人，要不是她被抓起来，他的父亲也不会因为家里没人走动而那么早就将他从外边喊回来。他不回来就不会有人那么多事给他做媒，就不会因为贺曦意外怀孕而遭人要挟而匆忙办婚酒。他如果不找贺曦，他便还有大把的机会，他毕竟才二十多岁。在蔡叔华的心里，贺曦从嫁过来之后便开始不修边幅，她本来就黑，个子又不高，她娘家还要了六万块钱的彩礼。关键是贺曦啥都不会，干农活那要求太高，他蔡叔华也有些年头没摸过锄头和扁担了，但最起码家务活要会吧，最起码要会张罗着烧饭吧。蔡叔华几乎没从他爷爷那里学到什么烧菜的手艺，她竟然也不会，后厨常常弄得乌烟瘴气。不仅如此，她还不会喂奶，第一个孩子出生的时候，头几天小孩饿得"嗷嗷"直叫。他越想越气：那玩意儿往她嘴里一塞不就行了？

蔡叔华想起了蔡伯华的话："大人是不会吸奶的，不信你去试试！小孩儿就不一样了，刚出生就会吸奶，因为他们嘴里是负压。大人吸奶最多叫'啜'，小孩就不一样了，专业术语叫'吮吸'。"那时候他和蔡伯华坐在他们家的梨树上，发出肆意的笑声，梨树下路过的人还以为碰到了鬼呢。每当这时候他们就捂住嘴，用浓密的梨树叶和旁边的泡桐树叶子挡住自己的身子，不让树下的人找到他们，这样一来，有一部分人看到他们了就会朝上面骂一声："谁家的吊死鬼吊在树上啊？青天白日的，想吓死人啊？也没有人管教。"要是看不到那两个小鬼，但又确实听见有人在对话、嬉笑，有些老人家便会真的认为是有"鬼"。这时候，如果两兄弟看到有一个老太太独自一个人从树下经过，他们便会一齐弄些恶作剧，他们同时发出诡异的叫声。老太太老眼昏花，她只能听到有奇怪的声音发出来，但四周又没有人，他们脚步开始变得杂乱无章起来。两兄弟见状，便更加肆意妄为。

那时候尼姑村很多人都信鬼神，有鬼神便会有降服鬼神的，那便是菩萨，于是，便有很多人盲目地相信起菩萨来。慢慢地，尼姑村便开始建庙。老人们讲，很久以前尼姑村是有庙的，那时候庙里住了不少尼姑，因此也叫"尼姑庵"。后来因为年久失修，房屋倒塌，一些砖瓦也被人们拾掇回家盖了猪圈。直到1996年，在尼姑村小学门口不远处的那棵大槐树下出现了一个"马脚"，那"马脚"嘴里念念有词，说是要在附近建一座庙。后来，人们就在那个"马脚"出现的地方建了一座庙，有人就说了，新中国成立以前"尼姑庵"也在这座新庙的旁边，也就是今天尼姑村小学的地方。还说这也有说道。

一开始，庙里管事的人们只招募尼姑，但很快人们发现真正的尼姑几乎招不到。于是干脆更名叫"尼姑庙"。尼姑庙的日常管理归一些自愿站出来的村民，人们将这些人叫作"头家"，他们既信佛，也参与庙里的日常管理。另一些人只信佛，逢阴历初一、十五来拜佛烧香的人被称作"在家居士"，又叫"居士"。蔡叔华兄弟俩吓的就是这些居士，他们发现那些中老年妇女尤其愿意跑庙。蔡叔华尤其不相信这些人，他们除了初一和十五跑到尼姑庙去上香，其余的时间都在家务农，这算不得真正地皈依佛门。在蔡叔华的内心，除了"酒肉穿肠过，佛祖心中留"的破山禅师，信佛的人都是不吃肉的。曾有人说她们皈依的是大乘佛教，皈依大乘佛教是可以吃肉的。蔡叔华他们高高地坐在梨树丫上，远远地看着她们来了，背着尼姑庙发放的印有"佛"字的斜挎包，等到她们大部分人都从树下走过后，他们便叫出各种不同的声音。他们的声音特别大，而且听起来很尖，有时候连他们自己都被吓到。蔡伯华对很多事情都不感兴趣，他和蔡叔华一同爬上梨树，和他一起喊，但没喊几声他便停下来不出声了，只留下蔡叔华一个人鬼哭狼嚎。在蔡叔华看来，他伯华哥很胆小，但有时候他也会改变这种看法。比如说，蔡伯华在田野里看见一只蚂蚁，他会绕过去，然后才能走得轻松，纵使他肩膀有一副担子。再比如说，挖地的时候，他挖出一条蚯蚓，他会停下来用锄头尖将它一勾，轻轻地放在另一块土地上。为这个磨蹭，蔡伯华不少挨骂。

午饭后，一些人开始陆续离开。

蔡叔华家只剩下他大姑姑一家人和蔡叔华他们几个。贺曦在客厅一会对侯晓妹嘘寒问暖，一会给她添茶倒水，搞得蔡叔华在一边怪不好意思的。

他想，人啊，到底还是拗不过自己内心的，就像他父亲蔡平拗不过自己内心一样。这么多年，他父亲最爱的还是侯晓妹啊！不管是他最终撵走了尼姑村人人唾弃的打麻将的女人，还是他逼走了尼姑村人们交口称赞的后箐箐，他都已经作出了那样的决定。在蔡叔华看来，作出这样的决定只有一个根本的原因，那就是，他的内心深处一直装着眼前的这个女人，这个法律意义上的真正妻子，这个让他实现了在整个蔡家屋他这一辈中不多见的有两个儿子的女人。

侯晓妹的回归让蔡平从此腰杆彻底挺直了起来。是谁说他蔡平家不旺女性？又是谁在他儿子蔡叔华连生了两个女孩之后说他们家再也生不出男孩？不消生，他蔡平本来就有！！！

蔡叔华再也不像蔡伯华曾经说的那样"形单影只"了，用蔡家屋老人们的话说，他蔡叔华也是有"对手"的人了。

蔡叔华直到吃午饭的时候才趁给侯晓妹夹菜的机会小声哼了一声："阿姨，你吃……吃菜。"结了婚生了小孩的蔡叔华更加羞涩了，如今，他除了过年对着手机抄几副对联的时候写上几个字外，几乎一年到头便再也没拿过笔。在荣毅初中的时候是他讲话最多的两年，在那两年不到的时间里他几乎把后来几年的话都说完了。在蔡家屋的人眼中，蔡叔华除了会读书，任何方面都很迟钝。等到他被荣毅初中开除后，人们又说，蔡叔华很迟钝。蔡叔华憋了很久才憋出一个"阿姨"让他自己都为之一怔。他仔细思索后发现，他对侯晓妹的印象还停留在十多年前，那时候侯晓妹刚来蔡家屋，那时候侯晓妹从没给他洗过衣服。

"嗯，叔华，你也多吃点，这几年你黑了不少哈。"侯晓妹的声音还是那么细，还有几分忸怩。蔡叔华不知道关于他们家后来的事她知道多少，但可以确定，她多少知道一些。他开始有些怀疑，这些年他父亲蔡平一直在瞒着他们在和侯晓妹保持书信往来、电话通信。

不管怎样，蔡叔华一家子还是团聚了，不管别人怎么说，他们一家三代人是聚全了。当然，还有他那个在别人家作了童养媳的妹妹，算起来她现在也应该上小学了吧？

第十八章

　　蔡伯华昨晚做了一个奇怪的梦，梦里主角共有五人，或者说是四人。二黑、王达、王锋、的胖，的胖是蔡伯华二爷爷家的大孙子，的胖是他的诨名，他真实的名字叫蔡季华，也就是蔡伯华的二堂弟。梦里还有蔡伯华自己，他既导又演，可算一个，又可以不算一个。

　　现在，我们一起来说说这个梦。

　　梦里依旧是王锋年纪最大，嘴唇边浓密的髭须和现实中并没有两样。我们无法知道是阳光明媚，还是阴云密布，只知道王达、王锋和的胖到二黑家偷东西，二黑也在场，奇怪的是他不但没有阻止，反而和其他几个人同流合污，他几乎是领着他们大摇大摆地走进了自个儿家的大门。路上他们经过一块巨大的"陨石"旁边，其实那不是陨石，但我们的导演蔡伯华坚持这么认为。到二黑家不久，季华和二黑就出来了，两个人显得神气十足。蔡伯华快步向前，他在季华两人出来的时候，迅速地把大门上了锁，很快，里面就传来王达兄弟二人的喊叫和拉门的声音。伯华没有管他们，甚至不让他们从门缝里往外看，他准备来个瓮中捉鳖。出来的人开始往前走，伯华跟在他们，他们又经过一个"陨石"，这个陨石比先前那个大，也比先前那个真实多了，上面还生了锈。

　　他们就这样一直走，头也没有回。

　　然而，并没有多久，他们就碰见了巡警，和电影里不一样的是巡警只有一个，而不是一对。是的，有且只有一个。他们不敢相信自己的眼睛，准确地说是伯华不相信自己的眼睛，直到他看到了警服上的编号，对，还有照片。怎么会有照片？不管怎么样，他们是遇见救星了，接下来似乎没有什么波折，季华很自觉地戴上了手铐。当然不止这些，他们还要折回去，回去抓王达和王锋兄弟的现行，回去捉鳖。他们想不到那个巡警那么地勇敢，几乎是破门而入。随着门被打开，一同出来的还有王达，两兄弟中年纪和个子都较小的那个。王达在钻出来的时候就像马口出水一样急不可耐。王达就是在伯华的畅想中被这个年轻的巡警像拎鸡一样悬在手中，接着就被扔在了地上，被扔在地上的王达缓慢地坐起身，一脸傻相可掬，很快便涕泗横流，号啕大哭。在窗户外边，年轻的巡警将探出半个身子的王锋剩下的半个身子也拽了出来。狡猾的王锋顿时像泄了气的皮球，狼狈不堪。

那还是很多年前，蔡家屋的门口塘还是屋场六个池塘里产鱼量最大的，那时候的蔡家屋严格在每年的腊月二十四或者二十五打鱼，对于蔡家屋的人来说，那可是大场面。孩童们跟随着尼姑街王林和他哥王大林后面嬉笑打闹，好不快活。有些妇女也跟在后面说是帮忙，其实只是借此温故当年。

这种打猎捕鱼的活动是人类的本能。

王林兄弟俩是尼姑村有名的捕鱼高手，他们两家有一个专门存放各种捕鱼工具的仓库。里面有建网、曳网（又叫拖网）、围网和刺网等各种网具，有海竿、手竿，还有几根竹制的钓竿，供小孩用。蔡家屋租的就是拖网，王林兄弟出工出力，除网的租金外，尼姑村下面各个组待这种一年一度的盛事举行完后，还要按塘的面积算给两兄弟功夫钱。门口塘那时候还没有长水草，水也很浑浊，人们说因为经常有人在里面洗猪菜使得里面的鱼的口粮从没断过，因此，打出来的鲢鱼有的有四五斤重。

雨季或者庄稼需要水的时候，门口塘坝下会自然或非自然地出现一条微型瀑布。瀑布下边有一口小水潭，潭水时而浑浊，时而清澈。《黄果树瀑布》里边有一句话令蔡伯华的印象很深刻："坐在水边一块岩石上，离那道瀑布近得很，中间只隔着一口小小的绿潭，仿佛一伸手便可以撩过来洗洗脸……”蔡伯华有时候会望着小水潭发呆，但他从没想过伸手去撩来洗脸，他想要洗也得回家洗，他妈妈告诫过他那水里有细菌。如果说黄果树瀑布是蔡伯华对于瀑布最初的印象，那么门口塘下这条微型的瀑布就是蔡伯华对瀑布最直观的体验。他距离这条瀑布很近，有时候瀑布没有了，下边的小潭里却依然有或深或浅的水。门口塘下没有瀑布的时候占一年中绝大多数时日。有时候甚至只剩下涓涓细流，但即使是炎热的夏季，门口塘出口下的石缝里都是湿漉漉的。就是在这个石缝里，有一次，伯华发现了一条金灿灿像蛇一样扭动着的东西，那一抹金黄在阳光下对蔡伯华的眼睛形成了强烈的刺激。蔡伯华知道那不是蛇，就算是，也只可能是水蛇，但水蛇腹部可没这么金黄，而且水蛇从不敢离开水面或者草丛，他开始怀疑那是黄鳝。蔡伯华这时候正好从菜园里拖来一根芦穄，上面还有一片宽大的叶子没来得及脱完。消瘦的芦穄是他哀求他妈妈朱雪妫给他种的，他妈妈是个很奇怪的人，所有的农作物，她几乎从不种不可以换钱的，包括常见的时令蔬菜。那根芦穄是他精心挑选的，从根部往上数第六节的分蘖竟也长了四节，而且顶上的颖果比主茎上的颖果竟还要黑出几分。他挑选了这一根比较奇怪的，因为过早的分蘖使得主茎相比其他的细瘦很多。他要省着点儿，他不知道往后还有没有人给他种芦穄了。蔡伯华惊呆了，手中的芦穄秆滑了下去，他下意识地弯下腰捡起来，重新拉着那片剩下的大叶子。他激动得大喊大叫起来：“大蛇啊！好大的大黄蛇啊！”他不知道该喊谁来分享这种意外的发现。这种激动的喊叫声和那一阵子喊二黑他们来自己家里看《葫芦娃》不一样，如果说有一样的成分，那就是喊二黑他们的时候电视里往往正在播放《葫芦娃》的片头曲，假如二黑他们立马赶过来正好可以欣赏正片了，而这次喊叫，假如有一个人恰恰听到了匆匆忙忙赶过来，同样也能看到它的腹部在反射着阳光。而不一样主要体现在喊二黑他们的时候不是出于真正的邀请，而是他的面前除了黑白电视机在闪耀，家里一个人都没有，他太孤独了。他知道他们不会来，但至少他们中的某一个伙伴会听到他的喊声，或许还会央求他们的妈妈或者爸爸，允许他们到蔡伯华家分享一集《葫芦娃》，只是极有可能又被拦了回去。他们以前经常会挤在蔡伯华家看电视，那一款“黄山”牌黑白电视机曾给他们带来了无数的欢笑。那时候，蔡伯华常常踮起脚扭动柜子上电视机右边的开关，“啪”，一个台，“啪”，又换了一个台。看着二黑他们羡慕的眼神，蔡伯华心里别提多得意了。后来，蔡家屋不少人家也陆续添了黑白电视机和冰箱，二黑家还花三千多块钱买一台彩色电视机！买了电视机的人家逐渐多了起来，但依然还有不少小孩习惯跑到蔡伯华家来看动画片，看《包青天》，虽然人数比以前少了一些，但蔡伯华依然感到很满足。后来，朱雪妫离开了那个家庭，蔡伯华的那些小伙伴也一下消失了，他们不仅傍晚的时候不再来蔡伯华家，而且白天也不再愿意和蔡伯华玩耍，他们甚至抱团故意将他隔离开来。蔡伯华委实感到惊讶，感到激动，就像哥伦布发现新大陆一样，他发现了一条不按常理出牌的蛇，不对，黄鳝。他想，他要再不喊，万一那条黄鳝身子缩回洞去，那就来不及证明他看到过这个奇迹，没人为他作证，他就无法向小伙伴们吐着唾沫星子地说这段轶事了。不一样还体现在事情的结果上，关于葫芦娃二黑他们一个都没有来都在意料之中，他们都很配合伯华的自导自演；黄鳝这次不一样，没喊几声，二黑他伯母就跑过来了，那时候人们好像听不得一丝风吹草动，稍微哪里有动静，很快就会聚集一大群人。有一次，蔡国庆和朱雪妫边走边吵，有一席话不小心被谁家听到了，结果蔡家屋都传遍了：“快滴，快滴！朱雪妫娘家人要来打人了！朱雪妫娘家人要来打人了！家里头劳力都出来，朱家港那边来了，来了很多人！朱家港仗势欺人，嫁出的女儿泼出去的水，朱家港也太过分了！”结果全队男女老少拿着锄头、扁担、草坪叉早早地就在尼姑街上候着。何况这次根本不是风吹草动那么简单，伯华都差点儿歇斯底里了，太阳穴的青筋都冒出来了。二黑的伯母并没有像伯华那样扔掉了肩上的一担簸箕，她小跑过来后也并没有像伯华那样大声喊，而是大跑着回了家。伯华停止了喊叫，他准备扯下芦穄上那最后一片阔叶子，可是他没有，并不是他不愿意，而是他还没来得及，二黑的伯母那一对簸箕就换成了粪桶，像刚刚那样，她大步跑着过来，又几乎是跳进清水潭里，刚刚还浮着一些青苔的潭水里立马变得浑浊不堪，她提着粪桶朝这边大跑着的时候，另一个妇人黑痣娘娘也赶了过来，不过，等她到了瀑布的时候，二黑伯母已经走了，右手臂里挎着一个粪桶。

"伯华，你喊什么？"黑痣娘娘气喘吁吁地问。

"没喊什么！黑痣妈，你踩着我的芦穄了。"

"哦——你这孩子，没什么你乱喊什么？小心让蛇咬着。"黑痣娘娘悻悻地走了。

除了王锋，季华和王达都被戴上了手铐，他们兄弟二人眼睛里直冒怒火，蔡伯华心虚地低下了头，他同时上前往季华身边靠了靠："季华，你不要跟他们说是我举报的啊。"季华没有作声，但神情里同意的成分占了主导。村民们开始围了上来，日头下山了，但仿佛又一下子亮了起来。蔡伯华又往年轻的巡警那边凑了凑，他认为他举报有功，巡警定会与他亲热一些，但巡警似乎在提防着他，不让他靠近，他开始有点恼火，"什么人啊，你这叫过河拆桥！"蔡伯华嘴里嘟囔着。

"有什么话回所里再说吧。"年轻的巡警像是说着电影里的台词。

"是这样的，他们都是我的发小，他们这么做，都是被逼无奈，他们本质上还是好的。"他站在了一个斜坡上，截住了人流和那个年轻巡警。伯华也不知道他怎么会说出这么俗套的台词，一点新意也没有，但他真的就那么说了。说这话的时候，他看了一眼季华，季华却没有看他，双眼和眉毛凑到一块，仿佛是嘴里叼着一根香烟。

季华的眼神让伯华忘不掉，那种眼神是空洞的，这给他梦里有限的时间里徒增了不少神秘感。他开始往回走，天开始下雨，先前的那些人群此时此刻已不在自己身边，多少能给一点慰藉的这群人突然消失让自己显得有些无助。雨越下越大，青石板路开始有些滑了，就像恐怖电影里一样，这种莫名的空洞感就像季华的眼神留给自己的感觉。这种感觉在下一次也惊人地出现了，而那次不再是梦，是真实的存在，是烈日下的挣扎，是即将与现实剥离的梦境，那就是在他溺水的那一刻，除此以外，再也没有过，也没有机会再有。灯光开始变得很暗，甚至没有灯光，突然路边出现一个中年妇女，的的确确是中年女人，但是她的头发很稀少，稀少得就像没有一样，几根头发被雨冲洗在了一块，从额头上耷下来与自己内心的空洞感产生了强烈的共鸣，就像是《兄弟》里的赵诗人遇到了刘作家，他们久久地拥抱了一块。她的牙也不多，然而她到底还是说话了，她说话的时候，头并没有抬起来，然而他却能感觉到自己的存在："年轻人，给点钱吧……"伯华正在犹豫给还是不给，选择逃还是不逃的时候，她却走了，从背影看，她竟然有两个头，而且，一个头比另一个头位置高很多，此时，那两个恐怖的缺了发的头颅正向不同的方向一齐向自己扭转过来，并且头慢慢抬了起来……

伯华尖叫了一声，他猛地坐起身来，月光透过纱窗洒在爷爷头上，脸上，爷爷也是没有头发的，他不知道爷爷有没有呼吸，他更不敢上前去探探他的鼻息，他感觉爷爷死了。他在梦里吓得瑟瑟发抖，醒来后那种恐惧感却丝毫没有减缓。他看到爷爷脑袋的时候感觉恐怖到了极点。他用食指探了探爷爷的脚，是热的，他开始重重地呼出一口气。然而，几年之后，当三爷爷"再次"去世的时候，伯华联系起了那天夜晚恐怖的梦和在他心目中早已经死去的爷爷，他竟然觉得是那么虚幻，他觉得那才是梦。爷爷在几年前早就去世过了，他只不过是重新来一次，只不过，真正的死亡却真的没有那么可怕。

他决定写下这个故事，他开始强迫自己醒来，梦做到这里就差不多了。

第十九章

从派出所回来，蔡声华不知道具体往哪个方向走，方向还是那个方向，脚下这条路他早已走了数不清楚多少回了。从尼姑街到双墩镇的这条路一开始边上尽是草，仅仅中间被蹚出一汪白色，到后来的石子路，再到这两年的水泥路。蔡声华心想，不是我吹牛，这种到处是裂缝的水泥路我不敢说有我的贡献，以前那一汪白色，还有石子路石子间间隔着细腻的白沙，我都做了不可忽略的贡献。

那一年队上修黑水塘，蔡声华因为将装开水的梨子罐头瓶子不小心摔了，被他爷爷蔡和祥扒光了一路追打，他至今难忘。他时而踩着石子，时而踢飞中间的细沙，恍惚间竟然感到一种莫名的快感。他赤脚在前面奔跑，他那现已过世的爷爷在后面拼命追，追啊，一直到尼姑街的尼姑庵，蔡和祥才勉强停下来，鬼知道他哪来的力气，平时走路都喘，快死的时候有事没事都喘。

他想，说真的，我只是被竹条扫了几下而已，那算不得什么，我敢说我的后背都被扫麻木了，这种麻木就像二黑的眼神。我早就想在夕阳下裸奔了，只不过那天阳光还正毒，没人说我要流氓，他们都在看热闹，有几个老头老太口中念叨"折磨人"如此善良的鬼话。不管他们看热闹，还是讲着善良的话，我敢保证，有一种感觉那绝对少不了，那就是除了我的同班同学王邪花之外，他们都想笑。

王邪花其实真名是王谢花，由于她极为内向，连马校长"马麻子"用鞭子打她的手心的时候她都默不作声，有些男生老师还没有开始打就喊出了声，一些胆小的女生下课见到"马麻子"都吓得蜷缩在一起。大家都觉得王谢花怕是中了邪了吧，久而久之，班里有些同学就喊她"王邪花"。后来，大家也都跟着喊"王邪花"。不过，在蔡声华的内心，他一直对不受待见的王邪花有感激之情。

那时候他们上二年级，带他们班主任是侯方，他是一个胖子，很多同学都传言他就是"马麻子"的老公。蔡声华也这么认为，因为在蔡声华眼里，他们俩一个德行，臭味相投。自从那个胖子老师一边抓着他那生有痔疮的屁股，一边把王谢花的小手用毛竹根打成"发粑"时，她竟然还是一声不吭之后，同学们都开始从心里鄙视她，所有人都觉得王谢花不仅长得丑，连哭都不会。然而，蔡声华却学会了一招，他称之为"转移大法"。没有人对自己厌恶的东西无动于衷，他发现王谢花有时候手臂都被侯方用毛竹根抽得发紫发青之后竟然还傻傻地看着教室房梁上的三脚架。直到老师打累了，打完了，她就用一只手紧握着另一只手，有时候是"小发粑"在上，有时候是"大发粑"在上，有时候是两块"发粑"紧紧地粘在一起。她低着头走向最后一排，然后一个人伏在桌上抽泣，她是不会哭出声音的，她甚至不让大家在她挨打的时候看见她淌一滴眼泪，更不会将手缩回去。蔡声华在整个小学不到三年的时间里几乎天天被他爷爷用竹条抽，他们家那时候斜对面就是一片竹林，他在尝试着藏几次"利器"之后，干脆不藏了。不藏"利器"的蔡声华开始祈祷那片竹林消失，最好能来一次地震，将那片竹林全部埋葬。他觉得这种期望太过分了，这会让上天和菩萨感到为难，于是他开始祈祷老天下雨，下雨将那些竹子都烂掉，或者干脆长不出枝丫。后来，这些他干脆都不做了，其他的也不做了，比如逃跑，就像这次一样逃跑，因为这一切都没有用。假使白天你被迫逃跑了，晚上回来之后，白天没有干完的活还要接着干，比如割红薯藤回来切作猪菜，他不回来猪菜也不回来。他将猪菜都割回来切好后，他的爷爷在一旁看着，他知道白天那顿打并没有过去。

他爷爷会问他："你自己脱，还是我来帮你脱？"

他要将衣服都扒得干干净净后，站在那里一动不动，这时候竹丫会在他满是疤痕的后背上、屁股上"噼里啪啦"地响起来，外面的雨下起来了，竹林里发出"噼里啪啦"的声音。他笑了，他在拼命祈祷的时候天空万里无云，现在天黑了，雨也就来了，有什么用？他不知道该憎恶谁，上天吗？菩萨吗？他绝望了，他觉得没有谁值得他依靠，上天靠不住，菩萨也靠不住。

后来，蔡声华从王谢花那里找到了灵感，王谢花喜欢看房椽下的三脚架子，他蔡声华就看天，或者看云，天之大会让他短暂地忘却这根本躲避不了的疼痛。

之所以敢这么保证，蔡声华想，换作是叔华或者是伯华哥或者是二黑在那里裸奔，他也会笑。一些奇怪的东西或者不常见的场景总会惹得人们捧腹大笑。而且他会笑出声，他会笑得前俯后仰，他会用他独特的结结巴巴的声音笑他们。可惜，裸奔的是他蔡声华，这样一来，他就笑不出声了，也不是不想笑，他想此时此刻应该努力地克制一点，否则，别人会说那家爷孙俩都疯了。这样一来，他蔡声华就不占理了，也就不会有后来的尼姑阿姨一个劲地"善哉善哉"，并一边说一边拾掇东西给他赤裸着的身子包起来了。蔡和祥在蔡声华被善良的尼姑保护起来后，他不再追进去了，就在外边站着，后来，不知道是因为蔡声华穿了一身免费的袍子回来的缘故，当天晚上他竟破天荒地没有挨打！要知道他蔡声华可是做好了晚上自己的被子被掀起一角然后一阵"噼里啪啦"的心理准备，然而，一切都没有按照他的意愿去发生，他开始有一种强烈的挫败感。

老实说，这种水泥路他不是很习惯走，一块一块地，中间有好些裂缝，走起来感觉不是在磨鞋底，而是在磨脚。他走到快接近蔡叔华家的时候，突然不想走了，我想折到路边的树林里看看。他已经很久没有亲近这片树林了，那些他曾经用柴刀刻下的印记还在吗？从大路拐进树林不到二十米，前方便出现了一方水塘，正是这个水塘，为了它的竣工，蔡声华和他的老二付出了巨大的代价。黑水塘里的水很清很清，这倒是一如既往，里边倒映着的天空比上面的还要蓝出许多倍来，大概有三五只野鸭在游弋，其中一只似乎有些不耐烦，浮上来又沉下去，浮上来又沉下去，如此三五遭，一副不正经的样子。蔡声华想，或许它已经不满足于仅仅在小小的黑水塘游来游去的日子吧。

就在这时候，他发现黑水塘的南岸和他印象中的有些不同，他记得那一块是王达二爷爷家的橘园呀。那时候橘子可真是稀罕的东西。橘子开始生长的季节，他们几个放学回来，总是习惯折进来看看，那时候天也是这么蓝，只是黑水塘里面不会有野鸭。他们盼望着，盼望橘子早点长大，盼望橘子由青转黄。可是，哪里等得到橘子变黄啊！蔡家屋有三四家种了橘子，但唯独王达二爷爷家种得离家那么远，他不会为了这几棵树在旁边搭一个草棚专门看护吧。他只是偶尔来转一下，可他几乎从没有逮到过蔡声华他们。那时候他们是透过水塘来踩点的，他们站在黑水塘的北边，像战士一样匍匐在一丛芦苇后面，那时候他们的眼神多好呀。看呐，已经长大好多了，他们已经憋得好久啦。他们今天势在必得，他们出发啦。蔡声华和蔡叔华摘得最多，因为蔡叔华家离黑水塘近，他们将那些沁着青汁的橘子用上衣一裹，双手抱着朝蔡叔华家奔去。对于那些酸得牙疼的橘子，他们有的是办法。像那些青色的野柿子一样，他们在地上挖一个小坑，里面垫上稻草，将那些橘子密密地铺上一层，再在上面垫一层稻草，又铺上一层橘子……最后再铺上稻草，在最上一层稻草上边压上几块碎石，让那些橘子能够透过缝隙自由地呼吸。再往后，他们只用静静地等待即可。其他人都属于"从犯"，他们有的现摘现吃，有时候吃得快，丝毫不嫌酸得慌，好像是有人牵着狗追过来了一样。但无论吃得快慢，到家门口之前一定要将嘴巴擦干净，否则被家人发现了是要挨训的，这种行为叫手脚不干净。

橘园呢？咋都不见了？那阵势不像有橘子树的样子呀，蔡声华想。他想沿着塘坝走过去探个究竟，他把腰板直了直，今非昔比了，他蔡声华不再是原来那种身份了，蔡和祥也去世了，他也不再是冲着橘子去的。他想起了有一年，王达的二爷爷像发了神经一样，隔三差五地出现在橘园里，以至于一直到最后他们都没有机会下手。后来，等他们再去的时候，树上已不剩一颗了，这让他们非常扫兴。一年一度的活动，到今年突然就没了，能不扫兴吗？

"声华，你看，黑水塘里！"

蔡声华顺着叔华指的方向看去，几颗橘子在水里飘荡着！因为从出生后便一直泡在水里，那几个橘子外表已经发黑。但蔡声华他们知道，那几个橘子里面可甜着哩。这意外的发现让他们兴奋不已，他们简直要跳起来，他们觉得今年的活动才最为盛大。他们甚至有些感激王达的二爷爷来，感谢他不敢冒险去够水里的橘子，感谢他老眼昏花。

蔡声华一下脱了个精光，这是他有史以来第一次除了洗澡外完全出于自愿将自己的衣服脱了个精光。他"扑通"一声跳进水里，他先游了一圈。

"你不先用水拍一下你的关节？你这样会抽筋的。"蔡叔华在岸上抱着蔡声华的衣服大喊。

"叔华哥，总共有七个！哇！我靠！还有一个巨无霸！叔华哥，我扔到岸上，你接一下，不然待会全部摔碎了。"蔡声华从水里捞出一块石头，将其中一根快要撒到水面的枝丫压在水底。

"那好像是块石碑！"他有些惊讶，脚步也放快了些，脚下一些土松了一些，很快就"刺溜"一声滚到水塘里，一小串泡泡从水底冒了出来。

果然是碑！

"王氏伍麦宁先生之墓，无嗣。"蔡声华读出了声。

"什么？伍麦宁，王伍麦宁死了？就埋在自己家的橘园里？"

"妈的，吓死老子了。"蔡声华吓得不轻，他转身就跑，但怎么也迈不动脚。他身上开始起鸡皮疙瘩，他想喊，他真的不是来偷橘子的。再说了，这个季节连橘子花都没有啊。他感觉坟里有双眼睛在看着他，他感觉有一双手从里面伸出来，不是双手，是左手，他想起来了王伍麦宁是左撇子。

"啊！怎么没人跟我讲伍麦宁死了，更没人讲他就埋在这里，太晦气了！"蔡声华又急又气，更多的是害怕。不是别的，这里面要是老头老太太那倒没什么，就算是王伍麦宁他爷爷，也就是王达他二爷爷在里边，蔡声华也不会怕。但是，里面谁也不是，就是伍麦宁，这个比自己大六岁的孩子，准确地说是中年人，准中年人。怎么就死了？还埋在这里。难道是淹死了？死在黑水塘？蔡声华吓得趴在地上几乎是挣扎着往前挪。

"你他妈的倒是让我走啊，不要拉老子啊！"蔡声华感觉到有人在拉他，他感到王伍麦宁的坟墓有一股巨大的吸力正将他的身子往里面吸，他感觉他的脚跟快要碰到墓碑了。他感觉背后有一双眼睛，他嘴里一阵"啊——啊——"地乱喊乱叫！他在走过或者说是摸爬过刚刚那块松下去的土旁边时，发现上面绿草如茵，刚才明明掉下去一块土的，还冒了泡，他敢说起码有二十多个大小不一的泡泡，真的有啊。他趴在塘坝上，探出脑袋，他其实不想探出脑袋，可是他还是这么做了。

他发现里面有一张人脸。

"麦宁……你爸爸叫你送一碗开水到三九陇去，放点茶叶啊。"蔡家屋年纪大的人都将王伍麦宁叫作"麦宁"，年纪小的都喊他"麦宁哥"。他们觉得叫"伍麦宁"不适应，他又不是姓"伍"。"你们家这孩子，咋叫这名儿？我看他命里缺水，干脆叫'麦泞'吧。这名儿可不是乱取的，弄得不好会出事。"那是王伍麦宁出生不久的时候，王伍麦宁的伯父蔡仁辅跟他爸商量。

"我哪能做主？他娘您又不是不知道。"王伍麦宁的父亲说的是他妈王潇雨，也是蔡家屋唯一一个大城市里来的媳妇儿，虽然人们传言她离过婚才下嫁给伍麦宁他爸蔡算子，甚至有人说伍麦宁不是他爸亲生的，蔡算子依然将她宠上天。

"噢，三九陇哪个地里？"

"你到门口塘塘坝上喊一声就知道了。"

"哦，娣妈。"

王伍麦宁一边堵住王达和王锋兄弟两个人，不让他们从床底下钻出来，一边向蔡声华使眼色，示意他也进去。这几乎是蔡声华对伍麦宁最初也是最深刻的印象，同时也是唯一的印象。蔡声华不想进去，但是好奇心驱使他还想看看。王伍麦宁手里握着几个沾满了毛的白花泡桐树子，有两个被他来回攥得表面已经很光滑了。见他不想进去，伍麦宁想过来拉他，然而又转过身去，估计是怕王达兄弟俩趁机跑了。他干脆关上房门，将蔡声华关在外面，王达兄弟两人在床底哼哼唧唧地一阵乱叫，蔡声华不知道他们在干什么，但他可以肯定伍麦宁将他们俩截在床底下肯定没什么好事情……

那时候，他们几个喜欢站在门口塘排成一排，对着塘里撒尿，看谁尿得更远。这种场景几乎每天都上演着，也逐渐成了蔡家屋的一道奇观。因为王锋的年纪最大，他一般尿得最远，也尿得最高，但蔡叔华上了三年级后便后来者居上，说是几个人比赛，实际上是他们俩在打擂台。但尿尿终究是尿尿，如果我们进一步分析的话，如今蔡声华的精神洁癖和不近女色的性格极有可能是那时候留下的祸根。

蔡声华盯着那张脸，黑水塘的水因为矿物质多变得碧绿碧绿的，而且少有人前来洗衣洗菜，水静谧得让人瘆得慌。因为水深不见底，再往下便是一片黑乎乎的，黑乎乎的塘水倒出来的人影也是黑乎乎的，除了黑乎乎的，蔡声华还感觉黏糊糊的，他才发现后背和裤裆里已经全部汗湿了。他感觉水里很空，像浩瀚的宇宙一样空，像他身后一样空，除了那双眼睛。他开始极度疲惫，这种感觉有点像那一年他爷爷"双抢"的时候疲惫得双脚发抖，被人们着急忙慌地背到尼姑街赤脚医生那里去输营养液一样。他的整个身子开始随着脑袋往水里滑去，或者像方才那一块块泥土一样"刺溜"一声滚进水塘里。说时迟，那时快，就在蔡声华极度疲惫、极度恐慌快要一头扎进水里的那一刻，他仿佛被一个强大的力量向上一提，像那次被王伍麦宁他爷爷逮到向上一提一样，只是王伍麦宁的爷爷是拽着他的前胸，这次是后背。同时，他大脑也随之像放电一样，他整个人猛地一个激灵醒了过来。周围像洗过一样干净，像领导就要来视察了一样安静，那几只在水上无所事事的野鸭子也不见了。随之不见的还有后面那双眼睛，他开始往回走，但始终他再也不敢回头望一眼。

后来，他将这次奇怪的遭遇说给工友们听，有人就说了，那是蔡声华的爷爷救了他，在关键时候他跳了出来，救了他孙子一命。

明天就要回城了，这些年到城里务工的人特别多，不过节不过年的，票竟然依然那么紧张，蔡声华到火车站窗口只买到了一张站票。走出山林，蔡声华本没有打算再回那个家，但还是鬼使神差地往那条小路上走去，千百次走过的那条路，人呐，就像狗，认路。蔡声华想，往这边走走也好，没准还能碰到儿时的小伙伴，虽然这种概率太低了。前几年是"老人孩子一把锁，夜晚狗叫都嫌多"，这几年更是"孩子没几个，老人也不多"。

"叔华有没有可能在家？"蔡声华自言自语地笑了，怎么可能？哈哈……

蔡声华开始有了方向，他必须回去，他希望他奶奶在家。

万幸，奶奶在，"黄梅戏的声音，你听——"蔡声华好像跟旁边某个人说话。

"奶奶——"蔡声华在院子门口喊了一声。

"奶奶，伍麦宁死了？什么时候死的？怎么死的？"蔡声华希望把所有的疑虑一次性问完，同时也希望奶奶能够一次性而且尽量完整不遗漏任何一个细节地跟他讲完，他刚进门，没来得及喝一口茶，日头开始落山。

"血癌，死了三年多了。"

"没治疗吗？怎么发现的？他妈呢？他妈不是上海人吗？没到上海去？"

"去了，住了小半年院。说是晚期，拉回来就死了。"

一个板车，两个轮子，上面盖着被子，脸被盖着，里面伍麦宁骨瘦如柴，从上海沿路拉回来，蔡声华开始想象这幅画面。他不知道是不是这样，但可以肯定一点，伍麦宁当初就是这样被人连夜拉到上海去的。至于是板车还是其他的什么车，这一点不好说，蔡声华想。

王伍麦宁有一段时间的确叫过"王麦宁"，后来，有人传说他妈先前的老公姓"伍"，所以就叫"王伍麦宁"。人们都说他妈给蔡算子戴了绿帽子，蔡算子他娘也在背地里问他："你到底图什么？"但是他像是着了魔一样，非王潇雨不要，谁说都没有用。人们又说了，这孩子可以随他妈姓王，但四个字的名字，蔡家屋都没有过，整个尼姑村都没有过，叫起来多拗口？

蔡算子觉得这种说法有道理，他跑回家问那个比他小七岁的媳妇王潇雨："咱儿子为啥名字有四个字？他们都是三个字或者两个字。"

"啥四个字？你也不看看，什么蔡叔华、蔡声华、蔡伯华的，还有叫蔡二黑的，多土的名字？咱伍麦宁以后是要到大上海去读书的，不取个好名字，还不让人笑话？再说了，四个字怎么了？国家法律规定最多可以到六个字呢，啥都不懂。下次再有人在这件事上做文章，你就告诉他，是蔡家屋大还是大上海大。"王潇雨嗑着瓜子，呛得蔡算子一个劲地点头。

直到王伍麦宁去世后，王潇雨才泪眼婆娑地拉着蔡算子的手说："当初要是听从辅仁大哥的话就好了，叫'王麦泞'或者'蔡麦泞'都行啊。"

被带去深圳之后王伍麦宁就再也没有回来，蔡声华所获取的所有信息就是他的新爸爸在深圳给他买了一套房子，再就是他自己也快要结婚了，除此之外，蔡声华对王伍麦宁一无所知，他自己的爹蔡算子也像蔡声华一样一无所知。蔡声华想，他老子会不会是这样想的："儿子去深圳总比留在自己身边好，接受新事物，也不用跟着自个儿遭罪。"如果真是这样想那还是比较先进的。

"怎么会死呢？也没人跟我提起过啊。"至今，蔡声华感觉这件事有蹊跷，但至于蹊跷在什么地方，他自己也说不清楚。

"我还以为你今晚不回来呢，被子我都给洗了，你看，还没干呢。"声华的奶奶指着竹竿上晾晒着的被单，风开始吹起来了，被单在风中抖动着，仿佛是瑟瑟发抖的王伍麦宁。

哦，不，蔡麦泞。

第二十章

　　自从离了婚以后，蔡国庆开始过着人不像人鬼不像鬼的生活，他感觉一切就像唱戏一样，却又是那么的真实。正值万物欣欣向荣的季节，他换了一口锅，却发现柴房里一丁点儿柴都没有，甚至连松树丝也没有一根。他不至于柴火都向别人借，他开始砍树回家烧，他将那些新鲜的树枝直接塞在灶膛里，浓浓的青烟升起的时候，让这座小土房显得拥挤不堪，伴随着这些拥挤的烟儿，还有那个男人满腔的怒火，他几乎快要崩溃了："做什么饭啊！这他娘的真是要命啊。"

　　再后来他干脆不再做饭，吃泡面吧，这一点他儿子伯华看起来似乎倒是不怎么拒绝，能够每餐都吃泡面是很多小孩都求之不得的事吧，他想。他们父子三个开始吃泡面，早上泡面，中午接着泡面，晚上还是泡面。泡面吃到大概三四百包的时候，他们实在受不了了，实在太难以下咽，那段时间，他们将泡面煮着吃，泡着吃，拌着吃，法子都想尽了，到最后看到"幸运"方便面的黄色袋子他们就会感到一阵反胃、呕吐。他们开始疯狂地怀念米饭。这个男人已经身无分文了，他从未感到如此的无助，十几年前他被好几条狗撵着、围着他都没有这么无助过。他开始体会到什么叫"叫天天不应"了。同时，他的头风也犯了，一阵阵掣痛，他感到血管在跳动，每一次跳动都感觉撕心裂肺。他想他自己倒是有办法弄到吃的，无非是到哪里糊弄一口，关键是他的伯华和女儿怎么办。他开始琢磨着怎样给两个孩子弄到一口吃的，他想到了他老父亲，还有他弟弟和弟媳。他决定把他们兄妹二人送到他们家去，给不给口饭吃那就随他们去吧。但他不能一只手牵一个就那么大摇大摆地去，他扫了一下整个堂屋，他甚至走向厨房，走向那口破缸。

"嘎嘎——"

"对了，那只鹅！"

善良的人们可以想象一下那个场景，从房间开始到堂屋再到厨房：大衣柜的镜子碎了，原本旁边的分隔有三个，现在只剩下一个，除了床的整体框架尚存，其余的能砸的都砸掉了。父子三人的衣服乱七八糟地甩在地下，底层的衣裤已经被土地的湿气浸湿了，生了霉。蔡国庆分不清哪些是干净的，蔡伯华也分不清，他妹妹更是分不清，不过，她倒乐意在上面滚来滚去，企图寻找点乐子。伯华起得没以前早了，准确说是至少有相当长的时间起得很晚了，他四年级了，从一年级的"神童"到二年级开始明显跟不上课程进度，甚至连二黑都跟不上的时候，他就开始怀疑自己的智商，这种感觉一直保持到八年以后的那天。尼姑村小学距离他们家不算远，就算对小个儿的蔡伯华而言也不算远，就算是那天大雪将竹林里的竹子压下来挡住了路也不算远。蔡伯华上学从不要人接送，他没有叫人接送的习惯和概念，事实上也没人接送他。

那天，蔡伯华差点儿闹了个笑话。事情是这样的，学校马上要举办六一儿童节了，他准备了一首歌，歌名叫作《草原上升起不落的太阳》，这是他最喜欢的一首歌了，与其说是喜欢这首歌，还不如说是喜欢它的歌词，喜欢那种"白云下面马儿跑"的憧憬，只是"抚育我们成长"的人在哪里？每次唱到这一句的时候，蔡伯华就显得特别动情，他想着重这一句，他想让别人知道这句他特别用心，他还有其他动机，但是具体是什么，他自己也说不清。那天班里需要排练，他一早穿了一件卡其色的上衣就到了学校，短袖配短裤头，除了有点凉飕飕的，其余的他感觉良好。上午正常上课，语文、语文、数学、数学，下午本来还有一节语文的，考虑到要排练，班主任做了让步，音乐课也是班主任教，班主任同时也带语文课，班主任把语文课让给了音乐课，让给了全班同学。上午第三节课的时候，伯华仍然感觉凉，气温那天似乎并没有什么上升，除了他之外，班里五十三个同学只有一个上半身穿了短袖，下半身却是长裤，这一点让伯华觉得有点一丝异样，慢慢地，他感觉还有一些异样，那种异样来源于他身体的下半部分，他开始感觉裤裆里更是凉飕飕的，他下意识往下一摸，这一摸不打紧，竟把他自己吓了一跳，坏了，裤裆破了，而且洞特别大，除了小鸡鸡的头没有露出来，其余部分早就在外边待了不长不短的一上午时间。哎呀，这可咋办？他用余光扫了一眼同桌江梅香，江梅香用右手抻着自己的耳朵，无辜的耳朵像是快要被弄紫了，她的手臂正好挡着她的视线。哎呀，还好没被她发现，蔡伯华心想。但越是这样，他开始越是感觉有些不安，他感觉江梅香看见了一切，毫无疑问她一定比自己先知道这个秘密，然而迫于种种原因，她并没有说出来，她甚至在自己用余光看她的时候，自己去摸裤裆的时候，她都没有向自己这边看一眼，她肯定是在伪装，这一切都在我的掌控之中，这一切都无法逃脱我的眼睛，蔡伯华心里为此做着斗争。与此同时，他觉得不再是一丝凉意，几乎是同时有好几丝凉意从不同的方向被吸引了过来，下半身更是那样。他感觉到周围有很多双眼睛在盯着自己，那些眼睛里甚至有二黑的，二黑肯定在那里偷笑，他虽然坐在第五排的位置，隔着三排他都能感觉到他在底下偷偷地笑。他感觉大家跟读老师的“霎时，潮头奔腾西去，可是余波还在漫天匝地般涌来，江面上依旧风号浪吼”里的浪潮正在“漫天卷地”般向自己“涌来”，一同“涌来”的还有几十双眼睛，二黑的眼睛掺和在里面显得格外地乌漆麻黑。这之后，每一次蔡伯华听到张学友“很想和你再去吹吹风”的时候，背景音乐里呼啸的北风他都感觉就在自己身后，在自己的裤裆下。

四周除了八仙桌以外，所有的木制家具全都缺胳膊少腿，蝗虫所到之处，庄稼颗粒无收，蔡国庆和朱雪妫所到之处，周遭别无他物。鸡笼里已经八个月没有小鸡了，里面的几坨鸡粪早已和下边的稻草粘在一起，像石块一样硬。给猪煮食的小锅原本有两口，其中一口已经不见了，剩下的那口倒扣着，上面的把手也只剩下一只，那只把手使得小锅的一端垫高了一些，一束光从木制的窗户斜射进来，一小部分趁机沿着那条缝钻了进去，一部分灰被这么一刺激可能有些不好意思，慢慢地退了出来，显得百般慵懒。灶台前生火的小板凳原本就缺一条腿，缺的那一边用两块土砖叠起来支撑着，多数情况下，它们都会毫无怨言地密切配合着，看起来像是融合成了一块。它们有时候会忘了自己是板凳和石头，它们亲如一家。此时，那只小板凳倒了过来，三只脚显得格外突兀，那两块土砖倒是很完整地待在原地，假如有个人闯了进来，他只用一眼就能看出它们原本所在的位置，一些油菜子撒落在了上面，有几颗发了芽。这些场景清一色都原汁原味地陈列在蔡国庆面前，好像博物馆里陈列了很久的文物，然而这里面没有一样是仿真品。这些都是近一年来慢慢演变成这个样子的，或者说集中在近半年演变成这个样子的，眼前的残缺不全和这个男人的内心一模一样。

奇耻大辱！离婚对蔡国庆来说是奇耻大辱，虽然他不是蔡家屋第一个离婚的，但摊到他蔡国庆头上那就是奇耻大辱！

刚分家的时候，家里一贫如洗，新盖的房子不让他们俩住，朱雪妫那时候还怀着伯华，大着肚子呢。他们被硬生生地撵了出来，那时候家里一贫如洗，但是他的妻子朱雪妫勤劳啊，她一勤劳蔡国庆在外面干活就起劲。20 世纪 90 年代初，他们家在蔡家屋率先买了黑白电视机，一时间惹得多少人眼红？现在这一切都没了，蔡国庆仿佛回到了八九年以前，刚被撵出来的时候，但又不像那么回事，伯华在，港惠也在，后来打的家具都在，虽然家具都缺胳膊少腿，虽然电视机已经只能听见声音。

简直是奇耻大辱，简直难以启齿。虽然他蔡国庆不是第一个离婚的，但他媳妇是第一个离婚后跟一个屋场的人的，而且那人的年纪比自己大了近二十岁。这种情况在十里八村亘古未有！蔡国庆感觉被侮辱到了极致！离婚之前风言风语的那段时间，蔡国庆对这些充耳不闻，他感觉是别人在戳自己的脊梁骨，是别人出于嫉妒故意整自己，故意整自己这个刚刚兴起的可以望见光的小家庭。慢慢地，谣言多了起来，都堆在心里，到后来就堆不住了，都满了，满了他就回了家。回到家的时候，他感觉到了与往常回来不一样的地方。往常回来，队里的人见了都会很客气地打招呼，眼里还都是艳羡的成分。而这次，首先是队里的人见了面多数都欲言又止，有几个老太太会拉着自己手说上几句，无非是与耳闻的一样的那些鬼话，这些异样让蔡国庆感到如芒刺背，坐立不安。更让他感到难以接受的是他媳妇朱雪妫的异样，猪圈里的猪没有了，菜园里几乎没有什么菜，她没有以前那么热情，张口闭口就是钱，这让他感觉到无比的陌生。起先他怀疑是自己的臆想，毕竟他回来得很突然，也没有和媳妇打招呼，毕竟自己内心还是疑神疑鬼的，不像以往，回家过年，好不热闹。他那些天时常去弟弟家，港菊也慢慢学会了走路，他给她带了一身衣服，这要放在以前是不可能的。分了家之后，他们两口子几乎与全村人为敌，主要是他媳妇与全村人为敌，尤其是与自己的弟弟和弟媳闹得不和睦，和自己的老父亲也矛盾重重。结婚的头几年回来他总要到他娘坟头上炷香，后来雪妫就不愿意了，有几次被逼得实在没办法他就一个人去匆匆放了个鞭炮，磕几个响头，连他弟弟一家都没发现。他到弟弟奂英家，开始证实了那些传言并非空穴来风，他们不会骗自己的，就算有天大的仇恨。何况这些年来，大部分的矛盾都是雪妫挑起来的，这些他心里都有数，只不过一边是和自己生活的媳妇和孩子，一边是曾经一起生活的弟弟和老父亲，他只能站在朱雪妫这边。即使是与队里人干架，大部分也都不是出于自己的本义。

他想，除了这些，他还需要证据，所谓“捉贼捉赃，捉奸捉双”，万一是假的呢？这里面是不是还存在什么误会呢？他这么草率地去找朱雪妫对峙，万一不属实，今后的日子可就难过了。他甚至想，即便那些都是事实，以后的日子还很长，时间总会让流言慢慢淡去的。

那天，他搁了一千块钱在家，跟雪妪讲，他又要出去了。雪妪没有讲什么，但还是把他送到了车站，一直看着他上了车。这些天雪妪一次都没有和他亲热，他不知道该如何解释，他想这可能与他内心疑神疑鬼有关吧。他打了个电话给他的几个工友，让他们就当他已经到了。

车子开到了县里，蔡国庆下了车，他朝他县里姨娘家的方向走去，半路上，他顺便去了一趟菜市场，买了两尾鲫鱼。到姨娘家的时候，姨娘不在家，他姨父在家写毛笔字，他喊了一声姨父，这个改革开放前的大学生退休后一直赋闲在家过着闲云野鹤般的神仙生活。姨父停下了笔，皱了皱眉，他差点儿没有认出来这个快十年没踏过他家门槛的外甥。

"你是国庆?"他姨父有些质疑。

"是我，姨父。"蔡国庆一直对这个有文化的姨父敬畏有加。

"这才几年，你怎么也老成这样了?你双墩镇上二表哥刚在我这里吃茶，没走一小会呢，还真不凑巧不是?可是——他看起来也没你这么显老啊。我没记错的话，他应该比你大六岁多吧?"

"嗯，二表哥比我大七岁，他三月的，我二月，差不多正正好七岁。"

"呐，你来就来，还带东西，我们家还稀罕你这点东西?你来看看老姨娘老姨父有这份心就行了。哎哟，这鱼还是活的。"他姨父接过他手里的鱼往厨房走去。

"你家老爷子前几天也来了，那，带来的土鸡蛋冰箱里还有没吃完呢。"被他姨父这一说，蔡国庆心想，恐怕二老也知道这件事了。

"喝点茶叶?"姨父的声音还是那么洪亮，和十几年前一样。

"姨父你忙，我不渴。"他开始怀念从前的日子，那时候，他们表兄弟七个每年都会约在一起到县里来，住上几天，每次他姨娘都会做很多好吃的让他们吃个够，他们一年都吃不到那几天那么多油水。后来，他结婚了，头几年日子苦，也不好意思再来，等这两年好不容易生活变好了些……

他姨父像是没听见一样，泡了一杯茶搁在他面前。

"姨父，雪奶她到你家来过没有？"他试探性地问道。

"你都多久没来了？她来我家做啥事？"他姨父似乎在等着他继续问下去。

"姨父，我姨娘呢？"

"哦，她出去打麻将去了，看看，说曹操曹操到，唉，来了。"他姨父起了身，推开玻璃门，朝门外走去，接下他姨妈的手提包。到底还是吃国家粮的，六十多岁了，但精神矍铄，后背依然挺拔，拎包的姿势和二十多年前没什么两样。

"国庆，你怎么来了？你这死孩子，几年都不进家门！"他姨娘还像往常一样，声音很大，跟他死去的娘的声音一样大。

"姨娘——"

蔡国庆几乎是跪着向前扑了过去，他拉着姨妈的手，泪水就在这时候喷射而出，满腔的委屈再也止不住了，那画面就像洪水暴发一样。他姨妈也止不住老泪纵横，这孩子真是受了委屈，娘儿俩抱头痛哭，国庆几乎是号啕大哭。他姨父在一旁劝说，一时间竟不知说什么好。

末了，他姨妈拿纸巾擦了擦眼泪，她的眼睛红红的。

"国庆啊，今年你伯来过几次了，每次来他都说你那个讨债鬼媳妇，他每一次只是说队里又有人传了那些瞎话。我是女人，凭直觉这里面八成有鬼。彪子那个人我在20世纪80年代初就见识过了，他就是一笑面虎哦，你妈妈在生的时候队里谁敢出来说什么？你妈一过世，他彪子就骑在你们家头上拉屎拉尿……"话没说完，他姨娘又开始抽泣不止。蔡国庆赶紧递上一张纸给她擦擦眼泪。

"孩子你喝点水，哎，这两年真是委屈你了，要是那死鬼还在世……"

"唉，不说了不说了，我常说，好人不长寿。你这次回家怎么着？发现什么了吗？"

"姨娘，我也是听到很多人跟我说才回来的，村里前阵子去了好几批人（武汉），也有回来又去的，他们都这么说。工地上都传遍了，都臭了大街了。"国庆抹了一下眼睛，老茧划得眼角有些痛。"我回来是发现雪奶和以前有些不一样，早上饭也不起来做，以前她不是这样的，对了，我先前出去的时候，家里是六头猪，这不，猪圈里一头也没有了。"国庆看着姨娘，眼睛有些模糊，嘴角不知道是泪还是鼻涕，他仿佛回到了二十多年前。

"那你现在准备怎么办？"他姨父扶着姨娘坐下，顺势在她茶杯里加了点开水，也给国庆添了些，很显然，他姨父也是听说了不少关于这件事的种种传闻。

"我和伯华他娘说我今天出门，早上她一早就做了饭，还送我到车上，送我出门倒是勤快。我到了县里就下车了，我还是感觉不对，奂英也让我捉现的，老弟媳妇说她都看见过几次。无论如何我不能冤枉雪奶，她刚进家门的那阵子，姨娘你们是知道的，一穷二白啊……"国庆始终相信存在什么误会，即使所有的人都这么说。

"这样也好，我们也不相信，她那人倔是倔了点，自从你们分了家就不和公公婆婆说话，逢年过节也不来哉。那时候我们也不好插嘴，这几年你们没来我家，肯定也是她的主意吧？但不管怎么样？她能照看好你们一双儿女，能持家就可以了，我和你姨父也劝过你伯，你伯这两年也消停了不少。无论如何，我们是不在意的。现在家里出了这档子事，我们开始也不信。你伯来说的时候我们都不相信，那次在街上正好看到你屋里头泰山婶子来县里卖毛豆，我就将她拦了下来，她还送了我几斤毛豆。可不就是的，那泰山婶子最不嚼舌根，我那时候还在家做女儿，去你家就听你娘说过她的好。我一问她，她慌忙闭上嘴，她眼里容不得沙子，我就知道这里边有事。哎，去年，泰山婶子也过世了，哎，好人不长寿啊……"国庆姨娘擤了把鼻涕，将纸巾折起捏在手上，眼圈都哭肿了。

"国庆啊，你是要自己亲手抓一次，但你听姨父一句劝，万一发现了什么也不要冲动，彪子那个人你是知道的，这个人笑里藏刀，他自己的媳妇那年无缘无故说是喝药水死了，这里面肯定有文章，就这事他还讹了他堂哥一万八。邻里之间，又是他堂哥，怎么下得去手？可见这人不简单。你要多注意，要真抓到了现的，指不定他会做出什么事出来。另外，事情已经闹成这个样子了，若是真是那样，也真被你亲手逮着了，闹到全村人面前，你脸上也真挂不住，你伯你弟你一大家子脸上都挂不住。当然到现在为止，大多数人也只是以讹传讹。虽说我们也不怕事，但终究你还是要想个周全的法子，真要是板上钉钉的事，也不是说不能坐下来解决。"他姨父向来说话不偏不倚。

"是啊，不管怎么样，你要保护好自己。"在蔡国庆心里，自从他娘那年由于白血病去世以后，姨妈就像自己亲娘一样，在他心里，姨妈也有不可替代的位置，只是一来自己已成家立业，姨娘这边也有三个孩子需要养活，虽说姨父有工作，但一辈子太耿直，所以一直到了退休的年纪，家里的条件也并不是太好；二来呢，这几年雪妮跟家里头关系闹得那么僵，自然姨娘这头也就跑得少了。但无论如何，国庆心中还是有他伯的，还是有这个姨娘和姨父的，至少有什么事他首先想到的就是他姨娘。

蔡国庆在他姨娘家一住就是三天，这几天他虽说心急如焚，但有那么小片刻他感觉回到了小时候，姨娘的房子还是姨父单位分配的，楼上的设施还是那个样子，甚至有几次他差点失口喊出来，"姨娘——"

"姨娘——"

"姨娘，我伯他把俺娘用板车送到县中医院了，镇中心医院讲有可能是血癌，镇里医生跟我伯说的，我在外面听到了。姨娘，雪妫也在镇上住院，她快要生了，姨娘，不行让奂英请假回来照顾一下吧。姨娘——”国庆他娘水莲在县中医院待了八天，呻吟了八天。这个坚强的老太太干起活来丝毫不亚于村里任何一个男人，倘若不是真的忍无可忍，粗气她都不会喘一口。这八天，蔡国庆和他伯、他娘三张嘴在他姨娘家吃了八天。八天之后，他姨父到单位预支了下个月的工资，再找同事借了一百三十块，还给他们付了去合肥的长途汽车票。那次，蔡国庆没跟着去，家里伯华出世了，一个月后，从合肥到家的车上，就少了一个人。

蔡国庆的泪又下来了，这婆娑的泪水里一半满是姨娘臃肿的样子，往事不堪回首，时下处处如芒啊。如今，他再也不会拖长声音那么叫他姨娘了，他是多么想回到过去啊。

1998 年 6 月 24 日下午 7 点，或者说晚上七点，天还没完全暗下来，有一个男人背靠着胜谷山那棵最大的枫树，这棵枫树看起来和十几年前一样粗大，树上来去匆匆的蚂蚁看起来和十几年前一样多，从前有一支树根伸向胜谷塘水里，现在依然那样伸向水里。只是从前蔡国庆他们习惯坐在那棵树根上，双脚沿着树根一直伸向水里，他们放牛的时候喜欢抢那树根，于是他们经常轮流坐，甚至能看到一群鱼从脚背上优哉游哉地游过。蔡国庆现在正背靠着那棵树，只不过他现在是一个人，就连他弟弟蔡奂英都生小孩了，那时候他还小呢，和现在的伯华差不多大。

在抽到第十六支烟的时候，天已经完全黑下来了，他悄悄地沿着山路溜回了家，这条山路他走了几千回了。队上的狗开始狂叫，他走到自己家门口的时候，他们家的鹅也“嘎嘎——”叫个不停，他猫着身子准备推门，才发现门被锁着！他沿着外墙走到窗户下，试着推开窗户，窗户开了，他看到他儿子蔡伯华横着躺在床上，两条腿在被子外边，被子有一角拖在了地上，港惠在摇篮里，又好像不在。他站起身来，狗又开始狂叫了起来，他又猫下身子，坐到大门口石坎上，石坎湿漉漉的，他知道夏夜露水重，石头也容易返潮。

"八点四十三了，她会到哪里去？"他自问自答。

蔡国庆从牛仔裤后兜里掏出钥匙，打不开！

"谁呀？"是雪奶的声音。

"我！还有哪个！"国庆扭过头，"锁怎么换了？"

"哦，被伯华前几天摔坏了。"朱雪奶卸下扁担，扁担那头担着一只木桶，桶里装着一点炒米子，勉强刚盖过桶底。

"你干什么去了？"国庆瞥了一眼桶里的炒米问道。

"可不是，你儿子要吃。咦，你怎么晚上跑回来了？"她像是故意在转话题，她开了门"吱——""你的包呢？"这时候狗又一齐叫了起来。

"哦，包搁在六毛家了，老板丈母娘去世了，放两天假，我下午到六毛家坐了一会。"蔡国庆说的是双墩街上住着的六堂弟，他前年在镇里买了一套商品房，这两年村里不少人开始在镇里买房了。他跟在后面，右手顺势伸进木桶里抓了一小把炒米，扔进嘴里，一嚼，软绵绵的！他压住火，把扁担拾掇起来，立在大门背后，拎起木桶的那一刻，他发现这只木桶根本不是自家的。与此同时，雪奶身上飘来一股浓烈的烟草味，凭借自己十余年的烟龄，他判断，这种烟镇上只有百货大楼和汽车站那边有几家有得卖，而且价格不菲。

"快双抢了，可不要回来吗？"国庆闩上门，双腿感觉一阵发软。

第二十一章

蔡国庆和朱雪妫的战火从6月24日那天晚上一直燃烧到真正的"双抢"，从口水战到肢体冲突，再到砸锅、砸嫁妆、砸家具，砸一切可以砸的东西。这中间他们也有歇下来的时候，歇下来，蔡国庆就去收割一点稻子，他在收稻子的时候感觉无比煎熬，别人家都是上午收割完这个田，下午又去另外一个，全家人齐上阵，孩子追打声和大人的呵斥声形成了这个世界上最美丽的乐章。而自己这边，家里原本分了三亩多田地，其中一亩八分是水田，分布在了三个不同的地方，也就跟前割的这块田种了稻子，很明显，稗子长势很旺盛，再看看地势稍上一点的他二大爷蔡仁国家的那块，稗子都长在田埂上。

蔡国庆家剩下的那两块不大的水田长满了杂草，其中有几根差点没过膝盖，蔡家屋本来分到个人头上的田地就不多，蔡伯华因为出生晚都没赶上当初分田地。有的人因为家里兄弟姊妹少，没分到多少田地甚至到山坡上开垦一小块地，种些小麦和蔬菜什么的，哪里舍得将自家田地放荒？蔡国庆家那两块荒掉的水田在那群连成片的稻田里显得异常刺眼，就像蔡国庆一个人在割稻子显得格外刺眼一样。

"造孽啊——那么肥沃的田——老子在外面挣辛苦钱，家里田地在这里荒！"蔡国庆望着那两块被人家扔了许多稗子、杂草的水田，吐了一口痰。

有人挑着一担稻子经过蔡国庆这里，喊一声："国庆，今年回来搞'双抢'了？咋一个人啊？你家雪妫呢？"

"嗯，一个人，伯华他娘病了。"蔡国庆感觉脸上火辣辣的，谁不知道他们家那档子事？这不是存心埋汰人吗？

“真是病了，大白天躺在床上瘫尸一样，这日子真是受够了。像老大蔡平家的，还不如早点死了得了。”蔡国庆诅咒道，他越想越气愤，越想越烦躁。

从“入梅”开始到六月底，差不多一个月天天下雨，弄得蔡家屋所有人都郁闷无比，蔡国庆更是郁闷得不得了。这不，天又连续晴了一周，国庆的内心又像是被暴晒过一般。全队人都在火急火燎地抢工干活，很快暴雨又来临了。

直到八月，蔡国庆家的稻子放在稻场上还有一半没来得及打下稻粒，打下稻粒的稻秆已经全部被用来生火做饭了。要是放在以前，朱雪妫一天就能将那点稻子全部打完，还能够铺晒好，将稻秆捆好码得整整齐齐，再堆成草垛。他们在稻谷上打了最后一次大架，也是最后一次在屋外面打架，打完这一仗，他们开始验收“战果”。蔡国庆的脖子上有几处瘀青，他已经弄不清是挠的还是咬的了，雪妫左边的头发缺了一块，血肉模糊，已经结了痂，白天总有苍蝇围着打转，同时还有些臭味。打完这一仗，蔡国庆几乎天天泡在尼姑街棋牌室里，他近一年没再出门，雪妫也有近四个月几乎没着家。蔡国庆也懒得去寻，但他知道，这四个月，至少有两个多月她定是待在附近晃荡，晚上定是在蔡永彪家落脚。不错，就是他家，彪子家。那个常年干着队长的人面兽心的东西，一笔写不了两个“蔡”字，内侄的媳妇他都下手啊。

直到离婚，朱雪妫才回家一趟，她回来的时候蔡伯华正在学堂里上学，蔡港惠依旧呆呆地坐在忙神爷家的小马凳上。

蔡国庆再次到他姨娘家的时候，叶子已经黄透了，就像他女儿港惠的头发一样黄。

“老表，我想去干他一家伙，这口气我咽不下。”

蔡国庆的表弟石忠义刚从部队当兵回来没几年，个子高出国庆一个头。

"干，哥哥你要多少人我给你找。"石忠义是几个老表里年纪最小的一个，从小就跟在他们后面，他和小时候一样，说话不假思索。上学的时候一到寒暑假，他姨父和姨娘就把儿子放在乡下他们家。石忠义那时候也分外招人喜欢，皮肤白皙，笑起来脸上露出两个小酒窝像是镶上去的一样。蔡国庆的妈妈更是喜欢得不得了，她固然脾气坏，但对于这个县城里来的金贵的小外甥那是绝对不会大声讲什么的。蔡国庆和蔡奂英就更不消说了，他们总是想方设法给他找好吃的，想方设法给他找好玩的。那时候乡下人本来天生对城里人就羡慕不已，城里的孩子举手投足里透出的那种高贵气质更是让乡下的小孩长久地自惭形秽。那时候，田里的泥鳅可真多啊，作为表哥，赶在饭点前蔡国庆总能够捞一碗上来，吐几个小时泥后，下一餐就能上桌啦。蔡国庆的表弟石忠义也不含糊，泥鳅炖熟了，连汤带饭他能逮一大瓷缸。农村对于石忠义来说，简直就是天堂，光看蚂蚁搬肉虫就能看一上午。等假期结束，石忠义总是依依不舍，表哥们也都依依不舍，石忠义的脸上也胖了一圈，圆鼓鼓的，倒是皮肤，黑得发红。他也不在乎，走的时候也还是热切期待下一个暑假，待下一个暑假来临，忠义又变瘦了，变白了。

"国庆啊，我就忠义这么一个儿子，我呢，一直把你当作自己亲生儿子一样看待，想必你心中有数。你们几个阿婆老表人都不坏，从小也都懂事、齐心，你们的姨父我呢，性格虽然倔了点，但桥归桥，路归路，他这人做事公正，向来一视同仁，这些年来你也看在眼里。听姨父一句劝，干可以，姨父就问你一句，你准备了多少钱？"姨父的一席话让蔡国庆脑中的热血贲张的画面顿时消失得无影无踪。

"不瞒姨父说，我现在身无分文，上次回来还给了她1000块，工地上那边还有1700多，上半年工地上开工少，老板隔三差五歇工。"

"那么，好，一旦打出了事，打伤了人，或者说到时候场面控制不了，你准备怎么办？"国庆完全明白姨父的用意，他也完全赞成姨父的说法，他意识到让他表弟出马的这条路子怕是完全堵死了。

大概这样又过了十余天，雨水慢慢少了些，队里不少人家的土砖房都倒了，一些水田也被洪水冲断了，倒是他家那长满了杂草的水田安然无恙。村里开始陆陆续续通知受灾人家去领取物资，蔡伯华在学校还获捐了一件毛衣，两条秋裤。

某一天黄昏，蔡国庆看到一个身影闪进了彪子他们家。他径直来到他伯家，奂英在烘尿布，屋子里烟雾缭绕，空气里夹杂着一股很浓的尿臊味，屋里没开灯，他伯就坐在藤摇椅上，烟把子忽闪忽闪的。蔡国庆进来的时候并没有敲门，实际上门也就那么虚掩着，他一进来惹得他伯咳嗽满怀。

"伯，奂英，我看到雪妨进了彪子家门，现在就在彪子家，她打的那把伞还是我那年从西安带回来的。"

"伯，我来借把刀，你把砍柴用的那把刀借我一下。"实际上，蔡国庆也并不是真的要来借刀，他无非是想让还活在这个世上对他来说最亲的人给他出出主意，同时也让他们知道，万一自己出个什么岔子，也有个人知晓一下，柴刀他自己家里有。

蔡国庆他伯蔡仁石一把夺过他手中的柴刀："混账，你管她干什么？你们婚都离了，你还想做什么事？你早点出门挣钱，照看好伯华比什么都强。"蔡仁石一边把柴刀插入篾制的简易刀鞘里，一边望望他的小儿子蔡奂英，似乎在寻求小儿子的首肯。这个老头一辈子没有得罪什么人，蔡国庆他娘在世的时候他就很少在队里出头，后来她死了，队里有什么事也尽是蔡奂英出去应付。

蔡国庆达到了他的目的，走出大门的时候，他回头看了一眼他的弟弟奂英，奂英低着头，继续烘着尿布，好像什么事也没发生。他知道他伯和弟弟已经明白了他接下来要干的浑事，他自以为他的弟弟已经默认他的想法。

蔡国庆回到家，上半身已经全部湿透了，蔡伯华还没吃饭，他坐在小板凳上，一只脚费力地撑着地面，一声不吭，手下在画着什么。蔡国庆从大门背后取下一把黑伞，那伞足够大，天下雨的时候，他女儿骑在他的脖子上，儿子钩着他的手臂，三个人挤在伞下都绰绰有余。

"伯华，你去爷爷家拿个短柄锄头，跟你爷爷讲，要最短的那个。"

"啊，爸爸，我穿靴子去吧?"蔡伯华说的靴子其实就是一双胶鞋，虽说胶鞋的上沿有些硌脚踝骨，他爸妈离婚的那一天他穿的就是那双胶鞋，打那以后，他的脚踝上边便有了一小块白色的伤疤。但伯华很听话，尤其是他娘和爸打架以后，他几乎没在任何大人面前哭过。

"蔡彪子，你他娘的给老子出来！朱雪妫，老子看到你进去了，你这狗娘养的，给老子出来啊!"外面的雨还是那么大，蔡永彪家的狗从茅厕冷不丁地冲了出来，一阵狂吠，被蔡国庆一刀背扪了脑袋，"汪——汪——"几声，退了下去。那条狗站得远远地，与此同时，附近几条狗也都赶了过来，也都站得远远地，一个都不敢靠近。十多分钟后，蔡永彪家门口的人渐渐多了起来，来的人大多是蔡永彪亲房，有打着伞的，戴着斗笠的，披着蓑衣的，还有没打伞的，没打伞的开始劝架，几个人趁机夺了蔡国庆手上的刀子。蔡永彪家的门从里面打开的时候，朱雪妫就在那里站着，大家第一次看了个通透，蔡永彪家的三个儿子也在那里站着，架势很足。

蔡国庆朝着蔡永彪上去就是一拳，他感觉右手一阵剧痛，蔡永彪的右眼角很快就肿了起来，额头也见了红，他三个儿子有两个很快上前助架，蔡国庆被着实踹了几脚，他感觉到腰部被人抱着，抱着他腰部的人力气很大，他几乎无法动弹，他意识到这人定是彪子的亲房没错。一群人挤在大门口七嘴八舌，有人趁机在蔡国庆后背抡黑拳，蔡国庆进退维谷，他感觉很无助，腹部也渐渐失去了知觉，此时他最要紧的是挣开那双手。蔡永彪端坐在条凳上，自始至终没有动手，也没有说任何话。有人趁乱捶打蔡国庆的脑袋，他可以肯定，这个人与抱着自己腰的不是一个人。他两眼喷出怒火，他的脑袋几乎扭了180度，他张开嘴，狠狠地咬了身后那个人一口，也不知道是什么位置，被咬的人大叫一声，双手捂住了耳朵的位置。很快又有很多双手上前，他们像笼中捉鸡一样捉蔡国庆。说时迟，那时快，他瞄到彪子家左大门的鸡窝上有一把柴刀，那把柴刀比自己的柴刀还要大，看起来也要锋利很多。他一个快步上前，顿时，脸上被某个人的指甲划了一块皮肉，但他同时也拿到了那把柴刀。人群中立刻豁开一个口子，但有一个人还是冲了上来，"他妈的你胆够肥啊，不要命了"蔡国庆心想，他已经什么都顾不了了，同时手上的刀也抢了上去，那刀口没有对着脑袋，但那人的手臂还是没逃过，鲜血染湿了那人胸前一大块衣服，和着雨，画面感出奇的真切。那人捂着伤口，倒在地上呻吟不止，蔡国庆干脆来了个180度大转圈，人群中豁开的口子更大了，没有人敢靠近，他站在大门外的一块石头上，用刀指着人群："我蔡国庆今天要来讨还公道，与你们无关，各位伯父、堂叔，家里头的哥哥弟弟们，你们不要再为难国庆了，否则，我手中的刀子可不长眼。"说完，他跳下石头用刀背狠狠地扪了地上那人一刀，像刚才扪蔡永彪家的狗一样，那人"啊"的一声，当场吓得不轻。一圈人以为他杀红了眼，一阵唏嘘，发现他用的只是刀背，都倒吸一口凉气。躺在地上那人也发现自己不是被刀剁了，也长吁一口气，同时感觉到左手手臂一阵钝痛，丝毫不亚于右手，甚至有过之而无不及。蔡国庆开始返回他的主战场，这里不是主要矛盾，刚才那一扪，也算是对其他所有人的一种警告："我蔡国庆今天是玩真的，各路鬼神请避开，尤其是你们这些个亲房的，平时仗势欺人惯了，狗改不了吃屎，不分青红皂白。别人忍气吞声，我蔡国庆不行，以前不行，今天更不行。"他料到没人再敢上前，他提着刀冲进了蔡永彪家门，蔡永彪慌忙起身避开，额头上的血淌在白色的衬衫领口上，形成一朵鲜红色的菊花。他那三个儿子也向后退了一步，或者说有两三步。他用刀指着屋里的每一个人，他甚至不看朱雪妫一眼，到那时候，这个女人已不再是他的女人，不再是他儿子伯华他娘，从那时候开始，他再与这个女人没有任何瓜葛。只是，今天，他所做的一切，是为了讨还一个公道，说到底，是为了讨回作为一个男人最后的一点尊严。外面的人开始簇拥在大门口，国庆向门口走了几步，人群中有几只脚慌忙缩了回去，也就是在这时候，国庆感觉到自己的脖子被人死死地从后面扣住，他感觉呼吸不过来，他感觉自己的双眼在向上翻，他感觉有人在同时扭自己的左手。他再次陷入先前的绝望，如果说刚刚是不能动弹，这次就是不能呼吸。他实在是呼吸不过来，他恍惚看到了自己的弟弟蔡奂英往屋里面挤，在人群中挣扎。蔡国庆的嘴角开始上扬，嘴巴和鼻子都挤在一块，苍白的嘴角和白色的眼珠遥相呼应。他使出最后一丝力气，右手向后上方抬起，同时抬起的还有锋利的刀口，几乎同一时间，那双手条件反射地撒开，同时抓他左手的那双手也条件反射般地松开。他靠着墙，大口地喘着粗气，他听到人群中匆匆的脚步声，像是年前宰猪时猪在圈里挣扎。他感觉自己的三魂出窍，响彻云霄，外面的雨停了，清晨的阳光很是温煦。

蔡永彪的大儿子在县医院重症病房住了三天三夜，光输血的钱就用了一万零八百块，而此后的十余年间，他再也没有下过床。

蔡国庆在日头还没有上树头的时候被带进了警车，一同带进警车的还有蔡永彪一家，蔡家屋还有其他的十余人被口头传唤。很快，他们陆续回到家中，而蔡国庆却没有。

蔡国庆因故意伤害致人重伤，依法被判处六年有期徒刑。

第二十二章

蔡国庆被带走的那个秋天，蔡港惠头上就开始疯狂地长虱子，多的时候一根头发丝上能有三四只，它们彼此打架。她的枕巾也发黑发臭了。有人说港惠的头发黄是因为缺乏营养，蔡伯华感觉他妹妹不是缺乏营养那么简单。

“那是被虱子吃的。”说这句话的时候，冬天已经来了，那是个晴天的下午，他放学回来，他妹妹照常在门口的大梨树下等他，她靠在树上，呆呆地，慢慢地竟眯着了。她梦见她站在门口塘坝上，妈妈朱雪妫从自家自留地里挑了一担萝卜，手里握着一根又粗又长的芦穄正笑着朝她走来……直到伯华从她背后绕过来，捏了捏她的小脸，她才猛然一惊。

“妹，你做啥美梦了?”

“我梦见……我梦见有人递给我好吃的，哥哥。”这个五岁出头的姑娘已经能够充分顾及别人的感受，她害怕引起哥哥的伤心事，到嘴边的“妈妈”二字硬生生地被吞了下去。她张开手让蔡伯华抱，蔡伯华在她腋下挠了一阵，她嘴里“咯咯”地笑，她把下巴垫在她哥的肩膀上，她望着不远处四爷爷家那棵树叶几乎全部掉光了的板栗树时，眼泪就下来了。但她一声不吭。

“妹，到家了，下来了，婶子呢?”蔡伯华将妹妹蔡港惠放在地上。

“哥，我在你肩膀上擦了鼻涕。”蔡港惠在下来之前将眼泪和鼻涕在蔡伯华肩膀上一顿猛揩，借以冲淡她哥蔡伯华对她红肿双眼的关注度，声音夹着捣蛋的成分。果不其然，如她所料，她哥哥并没有注意到什么，只是从书包里抽出一张用了一半的草稿纸，轻轻地擦拭着，趁此机会，蔡港惠又一蹦一跳地跑出家门。

蔡伯华从不会怪她，他放下书包从妹妹后面跟了出来，凑上前去在她脏兮兮的脸上连亲了几口。他感觉脖子上痒痒的，伸出食指一按，指尖按住了一只小虫子，他伸出大拇指，两根手指一捏，定睛一看，竟是一个虱子！它的肚子胀得鼓鼓的，几条小腿在蔡伯华的大拇指和食指尖无力挣扎。蔡伯华厌恶地将它放在左手大拇指指甲盖上，两手大拇指用力一挤，一小股血瞬间溅满了两个指甲盖。

"港惠，你别动，我看看你头发！"他内心一阵发怵，浑身起满了鸡皮疙瘩。

"妈呀，好多虱子！"蔡伯华大惊失色。事后想起来，他都笃定地认为好多人一辈子也没见过那么多虱子，真吓人啊。他想起去年他第一次见到他姨奶奶家外孙女的时候，他爷爷抱着她去猪圈里看猪，一开始只听到两头猪在"哼哼"乱叫，等到她真正看到那两头猪的时候，她竟然吓得尖叫起来。那个出了三服的小表妹当时惊恐万状的表情让他至今难忘。他想起了那本早已残缺不全的插画版的《红楼梦》中王熙凤替贾蔷打圆场"没吃过猪肉，也看见过猪跑"的那句话，他这个表妹却正好相反，她是吃过猪肉，却没看见过猪跑，城里的孩子真是胆小鬼，蔡伯华心想。蔡伯华这次惊恐的神情不亚于他的远房表妹，一根头发上扒了好几个，头发根部都扎堆了，那些逮到苍蝇的蚂蚁围在一起就是这样的场景。

这是蔡伯华人生中第二次也是最后一次见着这么多虱子。第一次是在他像他妹妹这么大的时候，那时候他妈妈在自家门口养了两头小猪，那些虱子就长在小猪的胯下，尤其是后胯下。在蔡伯华看来，散养的猪比圈养的温顺多了，蔡伯华和堂弟蔡叔华只要一空下手，就去找那两头猪，开始那两头猪的其中一头有些排斥，渐渐地，它看到另一头猪一脸享受的样子，它开始心生妒忌，到后来，只要远远地看到叔华他俩，那两头猪就欢快得不得了，多么奔放的两头猪啊。蔡伯华轻轻一碰它，它就乖乖地躺在地上，眼睛微闭着，呼吸很是匀称。另一头猪见状，也乖乖地躺在不远处，嘴里哼哼唧唧的。兄弟俩喜欢捉虱子比赛，后来虱子越捉越少，直到一只都找不到的时候，那两头猪再躺下来也就引不起他们的欲望了。

蔡伯华有种喊蔡叔华一起来捉虱子的冲动，他想和叔华老弟再来一次比赛，他想把刚刚掉在地上的那三只藏起来，万一比输了，他再拿出来。然而，他没有这么做。他整整捉了一个下午，捉到日头完全下山，捉到夜猫子开始出来叫夜为止。这一次比他第一次从那头猪身上捉到的还要多，还有好几只小的实在是看不清了，他一直捉到两眼冒星星。除此之外，还有很多白色的虱子卵，那些虱子卵牢牢地吸附在他妹妹的头发上，他感到头皮一阵发麻、发痒。

那次，蔡伯华用他婶子用的洗发液将妹妹的脑袋壳彻底地洗了一遍，他总共用了三盆水，用了两次洗发液。第一盆水洗出来的水是黑色的，不是墨汁的那种黑，是刷锅水的那种黑，黑得发亮。水上面还飘了十余只虱子。第二盆水是黄色的，像他爷爷烧的锅巴粥那么黄，上面仍然飘了一些虱子。第三盆水就清澈多了，上面也几乎看不到虱子了。洗完三盆水后，蔡伯华发现他妹妹的头发也没有那么黄，除了沾在头发上的虱卵是白色的之外，眼前一片乌黑。

他笑了，港惠也笑了。

蔡伯华在给他妹妹抓虱子的时候，他爷爷刚从外面回来了一次，他站在旁边看了一小会，说道："这妮子还真耐痒。"

等到蔡伯华再给他妹妹洗头的时候，他爷爷又从外面回来了，又说了一句话："那样洗没有用，要用虱子药。"

事后第三天，蔡港惠在挠着头，她感觉洗完头之后比洗完头之前要痒得多，至少在伯华看来是这样子，她的小手不断地挠来挠去。这时候他们的爷爷从上衣口袋里掏出一支粉笔，看起来简直跟粉笔一模一样，他按住港惠的头，在上面画了画，港惠黑色的头发上立刻出现了几道白色的痕迹。第四天蔡伯华如法炮制，第五天过后，蔡港惠的肩膀上就开始落下一些死虱子。就这样，没过几天，虱子竟然被彻底消灭了。那天晚上，蔡伯华做了一个梦，他在梦里变成了港惠，她一个劲地挠头，直至头破血流，血淌到了衣服上，里面还有虱子在游荡……

“虱子之战”是结束了，但很快蔡伯华发现，妹妹的头发又开始黄了起来，他百思不得其解。更让他百思不得其解的是，妹妹的脸也是蜡黄蜡黄的，就像是四十多岁的中年妇女一样。同时在妹妹脸上还点缀着一些白色。

他想起他妈妈朱雪妫以前为了不让他和妹妹吃生萝卜，告诉他们一个故事：“你们要吃生萝卜，就会像二黑他妹妹一样，别人不知道我知道，你们下次看到二黑妹妹的时候注意看她的脸，看看有没有几个圆形的白色点点，那就是肚子里生虫子了。你们还敢吃？吃了会长虫子不说，尿尿的时候虫子还会爬出来，尿尿的地方还会发臭。二黑他妹妹尿尿的地方就发臭了，烂了……”

他琢磨着他妹妹有可能是长蛔虫了。后来，蔡伯华特别留意这件事。

不久以后，他果然发现蔡港惠拉出了一条很大的蛔虫，那条蛔虫趴在粪便上，一动不动，粗大得有些臃肿。就像搬开石头后露出的一条大蚯蚓，只不过蚯蚓是棕黑色的，蛔虫是灰白色的。

“妹，你以前有没有拉过蛔虫？就是这种虫子。要拉屎的时候肚子疼不疼？”蔡伯华关切地问道。

“下午疼，有时候晚上也疼，我感觉我的肠子像被筷子缠着了一样疼。哥，你上次教我用两根筷子卷面条吃，我疼的时候就感觉自己的肠子被一双筷子缠着，我的肠子就好比是面条。”

“那你什么时候开始疼的？”

"爸爸走后就开始疼了，有好长时间了，每天都疼。"

"那你不跟我说？"蔡伯华的语气里有些责怪的意思，俨然一副小大人的样子，同时他眼睛开始有点模糊，声音也有点抖。

自从他父亲蔡国庆被关起来之后，他不能去想这件事，一想到这件事他就难过得无与伦比，一想到这事他就觉得可怜，但他并没有觉得自己可怜，觉得自己可怜的时间是在之前从法院里走出来的那一刹那。一个人不能任何时候都觉得自己可怜，但蔡伯华常常会有这种感觉，自怨自艾的表情时常像刻在他脸上一般。他妹妹对自己的爸爸到哪里去了都毫不知情，这孩子也极少问这些，就像一开始她很少问她妈妈去哪里一样，有时候偶尔像是想起来了，问一声，他也总是搪塞过去。所以，蔡伯华觉得这时候是妹妹最可怜的时候，那个傻丫头，不仅对监狱没有概念，对自己的爸爸去了哪儿一无所知，更重要的是，她对妈妈这个概念都很模糊，更不知道世界上还有法院。我们的伯华眼睛模糊一大半是因为妹妹，年幼无知的妹妹。

世界上既然有像粉笔模样杀虱子的药，就应该有驱蛔虫的药。他把这件事完整地向他爷爷说了，他央求他爷爷去买些驱虫药来。那些日子特别忙，这一拖，距离他向爷爷说起这件事已经五六天了。在这五六天里，他看了三次妹妹拉的屎，妹妹不再有好奇的眼神，倒是家里养的狗小黑还是好奇地看着他，偏着脑袋。这三次粪便里再也没看到蛔虫了，但是蔡港惠依然讲晚上肚子疼。

那天晚上，准确地说应该是凌晨，蔡伯华听见隔壁爷爷起身的声音，还听见有人在呕吐，他第一反应就是妹妹呕吐了，因为在这之前，妹妹也有过作呕的样子，只是每次都没有吐出什么东西。他慌忙跑进爷爷房间，他看到了他短暂的一生中最难忘的一幕：

他妹妹歪着头，泛黄的白眼珠子一个劲翻来翻去，地上有一摊黄色的污渍，一股很浓的粪便味道刺鼻而来，同时他妹妹嘴里还源源不断地往外吐着黄水，她不断地作呕，一条粗壮的蛔虫挣扎着……爷爷拍着港惠的背部，这个老头也吓坏了，他活了六十多岁，以前只是听说过，有人的确吐过蛔虫，但没有亲自看过。又一条蛔虫冒出了头，他妹妹喉咙里发出"呼噜、呼噜"的声音，蔡伯华走上前，使劲一拽，谁承想在这条蛔虫上面，还缠着另外两条，伯华将它们掷在地上，一脚踩了上去……

好大一会儿，蔡港惠才渐渐地恢复了平静，她难为情地看着哥哥，像死过一次一样。

星期五，下午三点多，蔡伯华放学了，他又是第一个跑出了校门，除了想第一时间见到他妹妹，他跑快的原因还有一个，他害怕走在前面的某个男孩会欺负港惠，她那么呆，要是不小心把鼻涕甩到了某个男孩的身上或者其他什么地方，她会挨揍的。他从那边的上岭头上朝这边眺望，并没有发现爷爷家这个岭头的什么地方有小孩子的身影，大梨树下也没有，他感觉到胸前一阵刺痛，这种刺痛从那以后一直保持到很多年以后。他以更快的速度向家的方向狂奔，准确地说是爷爷家的方向狂奔，他感到呼吸有点急促，他感觉到有事情发生了。等到他赶到家的时候，家里并没有什么人在，他婶子倒是在房里，他堂妹睡在角箩里，看样子已经睡了，嘴角向一边歪着，像是有一丝笑意。他蹑手蹑脚进去，蹑手蹑脚关上门，他婶子在缝纫机前，机子一直响个不停。他刚关上门，转身又推开，轻轻上前，亲了港菊一口，缝纫机照例响个不停，此时港菊的笑收了一半。

"爷，港惠呢?"

"送人了。"蔡仁石平静地说。

第二十三章

　　乡下的冬天出奇地冷，每当这个时候，蔡伯华总希望能够记得夏天是什么样子，他是多么喜欢夏天啊，穿个裤衩、拖鞋就可以出门了，不像冬天穿这么厚还总觉得远远不够，远远望去像个穿山甲一样。他觉得夏天是幸福的，要是这个世界上只有夏天就好了，这样就可以多肆意一点。后来，他开始刻意去记住夏天的模样，看，就是这么的热，光着膀子呢，汗也不知道从哪里开始冒了出来，慢慢地开始汇聚，形成一大滴，然后往下流，都跑到肚脐眼儿里，肚脐眼儿里满了再往下流……啧啧，真好。冬天就不行了，整个冬天只有大晴天脚可以放开呼吸，一天只有午后脚可以舒展开来，否则，连同手一齐，蜷缩着，麻木，冷。已经好久没人给他买鞋了，他妈做的那双纳过底的鞋不适合在下雨天穿，准确地说，根本不能穿出大门，否则，刚一伸脚就湿了，即使他走在路边的草上或者是小石块上也几乎无济于事，他依然面临着鞋湿一天的窘境，这种事天不知地知，别人不知蔡伯华知。

　　转眼间，夏天到了。

　　那天正午，蔡叔华正在家里午睡，迷迷糊糊地睡不着，天太热了，像一个巨大的蒸笼罩在他的头上，罩在蔡家屋每一个人的头上，蔡叔华后背完全湿透了，衣服贴在背上的滋味让他很不好受。外面树上的知了也不喊了，晨起他还听见有几只在门口那几棵枫树上起了个头，正中午了连它们也疲惫了吧。记忆中这样的夏天常有。糯爹在堂屋的竹床上鼾声此起彼伏，蔡叔华迷迷糊糊地感觉有人趴在院墙上朝屋里喊话，好像是什么人溺水了，他放下手中撩起的汗衫一跃而起，慌乱中一双拖鞋被踢出好几米，在空中翻滚了几下，落在深黑色大衣柜下面了，他几乎没有工夫弯下腰去捡饬。

跑到堂屋的时候，糯爹也正在起身，他的右脚正试探着穿左边的布鞋，越急越难穿上，看样子他也听到了什么。他们爷孙俩快要赶到黑水塘的时候显得很滑稽：爷爷右脚穿着本属于左脚的鞋，左脚却穿着本属于右脚的鞋，蔡叔华一只脚光着，穿着拖鞋的那只脚由于跑得太快整个脚三分之二都挤出了拖鞋口，他花了很大力气才将脚抽了出来。两个人上气不接下气地快要跑到黑水塘塘坝上的时候，塘坝上已经熙熙攘攘地站了十来个人了。路上蔡叔华还被什么东西硌了那么一下，他感觉是松树根，路中间一些松树根因为强行出头，被人们用鞋底磨得滑溜溜的。

他们站在黑水塘东南角，此时他们的气已经接不上来了，蔡叔华感觉肺部很不舒服，一路上糯爹都在嘀嘀咕咕："家里大门没锁吧？你跑来做什么？"蔡叔华哪管得了那么多，他觉得爷爷叽叽歪歪的，他没有搭理他，也没有嘴巴来搭理他，他的嘴巴用来喘气还不够哩。

水面上冒出几个圆鼓鼓的脑袋，若隐若现，有一个还折射着日头光，刺眼得很。

"哎哟——"一个大块头从蔡叔华他们旁边逆向跑过去，差点儿撞到爷孙俩。他神情异样，嘴里哆哆嗦嗦的。他们一干人被荣毅初中开除后，"瘌痢头头"就疯了。在蔡叔华看来，"瘌痢头头"是被他的家人逼疯的，他才多大的人？硬是被关在牛棚里七天七夜，人们将他放出来的时候，他嘴里含着一嘴的牛屎，已经不能正常说话了。蔡叔华后来到县精神病院看了他一次，光着身子。那时候"瘌痢头头"已经不认识他们了，为了防止他毁物伤人，他的双脚被绑在床栏上，双手乱舞，他看到蔡叔华几个人的时候，眼睛里好像有一丝镇静，但依然神志不清，嘴里"咕噜、咕噜"地说着胡话。他们走的时候，蔡叔华好像看到他的兄弟眼角湿润了，他被推了进去，病房里病人们个个都恐慌不已。大块头赤着脚，胖嘟嘟的一双腿被红色三角内裤挤兑得像要迸出来。他从蔡叔华他们身边跑过去的时候，蔡叔华觉得他经历了什么，跟蔡家屋的老疯子黄四爷很像。

岸边很快聚集了一大波人，如果加上蔡松家亲家和一些他不认识的路人，少说起码有二三十人。当初人们在修黑水塘的时候看到蔡声华光着身子在那条村道上奔跑，如今，人们从那条道上看到黑水塘周边有几个光着身子的在水里、在岸上奔跑。在那个季节，能走得动的几乎都外出打工去了，队里晚上出门乘凉的加上狗都没几个人呢。紧挨着他们前面先到的是二黑他爷爷。还有二黑他爸，那个皮肤黝黑的石匠，做了一辈子石匠了，灶台都不会搭，有几次站在脚手架上还摔了下来，有一次摔得很重，背上被一枚洋钉深深地刺入，与右肾擦肩而过，啧啧。

二黑爷爷看到蔡叔华和糯爹一撅一撅地来了，马上迎了上来："糯老头，你孙子淹了。"

蔡叔华的爷爷瞪大眼睛，吓出了一身冷汗，一旁的蔡叔华也吓出了一身冷汗，当晚做梦他依然吓出了一身冷汗，或者说几身冷汗。他想，我死了？糯爹看看身边，他瞪大着眼睛，战栗着打量着眼前这个男孩——这个已经"死去"还跟着他奔跑的男孩。蔡叔华也盯着他爷爷，他已经不能确定自己是不是还活着，他企图从他眼睛里找到答案。我在这里啊！我刚睡醒！怎么这么快就死了？真滑稽，比他们的"拖鞋事件"还滑稽。我死了，刚跟我爷爷滑稽的是谁？蔡叔华又出了一身冷汗。

"这不是叔华吗？"糯爹依然瞪着双眼。

"不是，不是，你三弟家，叔华你快去喊你奂英叔，你伯华哥被淹了。"

"什么？你鬼扯什么啊？我伯华哥不会游泳啊，他平时不戏水的，二黑爷爷，你不要瞎扯啊。"

"刚才跑过去的那个胖子你看到了吧，他就是伯华的同学，我之前就看他来过蔡家屋，那个胖子不是个东西，那天他来蔡家屋的时候用石头投了我家二黑一石头。"

"老鬼，你在扯三道四些什么东西啊？鬼他妈的知道你说的是你孙子还是你家那条狗，孙子也叫二黑，狗也叫二黑，妈的，以前一喊吃饭，二黑总是中断我们的弹珠或者打枪游戏，那只叫二黑的狗也中断了跟隔壁小花或者是大黄的嬉戏，惹得小花总是追上一阵子，而后又悻悻地跑回来，一脸摸不着头脑的样子。"蔡叔华脑子里一边飞快地想着这些，一边脱了衣服准备下水，他用冷水拍了拍膝关节。他想起了第一年去杭州打工，在西湖救的那个孩子，五六岁的孩子在水里力气大如牛，如果不是老水手在后面托着他的屁股，他一样被带到水里起不来，如果真是那样，就没有今天他蔡叔华在这里用水拍打关节了。水里几个光头瞎摸了一阵，不知道是害怕人们责怪的眼睛还是害羞，他们都静静地待在水里的一块斜坡上，露出大半个身子，几个人下水也不是，上岸也不是，聚在一块，像几只仰身晒太阳的老鳖。

那场面真是壮观，几只或大或小的鳖在黑水塘的南岸无聊地打着哈欠，他父亲蔡平轻轻地将他搁在岸边，嘱咐他不要乱动，他蹑手蹑脚地从芦苇丛的后面绕过去。那些鳖还真是机灵，看呐，他爸爸前脚刚踏进泥巴里，它们就迅速地向池塘爬去。那一年，蔡叔华才四岁多。待他能够在水里肆意蹚水的时候，那些鳖便再也没有出现过在黑水塘的南岸，他甚至连鳖的脚印都没见过。这边其他几个中年男人也已经陆续下去了。蔡叔华才想起来，去喊他们的正是二黑他爸爸，如果不是他妈妈常年头痛，这个男人一般要等到大年三十的上午才能赶到家。他每年回到家的时候，穿着在工地上的衣服和沾满水泥的球鞋，他不像队里其他人，一到过年全家都穿着新衣服，在祠堂给祖宗上香的时候都一个劲儿往后缩。他手中牵着一头水牛，那头水牛紧紧盯着水面，他四肢蹦蹦跶跶，围着二黑爸爸不停地打转。蔡家屋的人们常说，牛这种生物是最通灵的，比狗还要通灵，一般情况它都默不作声，关键时候它才会现身。《天仙配》里的牛就在关键时候现了身，促成了一段凄美的爱情。蔡叔华他们几个人几乎到了塘中央，如果不是蔡家屋的人们一直这么称呼它为黑水塘，蔡叔华认为这就是一个小水库，在天气最干的时候，门口塘都见底了，而在它的东北角却仅仅会露出一条崎，这条崎凸出水面，像一条田埂一样，那时候他们可以踩着这条崎穿塘而过。蔡叔华很快用脚触到了那条崎，站在上面，下巴正好沾一点点水，像蜻蜓的尾巴那样，沾一下，露出来又沾一下。队里他们几个年长的以前告诉过蔡叔华，崎的两侧是整个黑水塘最深的地方，并且在黑水塘里，至少分布着三口水井，而其中两口最深的水井就紧贴着崎的两侧，一边一个，对称分布。想到这个故事的时候，蔡叔华有一种强烈的预感，他感觉他堂哥蔡伯华应该就在附近，当他想到或者说预感到这一点的时候，一种极大的恐惧由丹田向上涌，丝毫不亚于那次在西湖里扑腾。

他开始有点恍惚，此刻他的大脑也停止了关于"崎"的争论，他感觉有东西在将他往下吸吮，像婴儿口中的负压一样吸吮，他感觉脚下一汪全是负压。有一年冬天，他在家照顾他的小妹妹，说是照顾，其实就是看着她，那小孩饿得哇哇大哭，他将弯曲的食指背塞到她嘴里，他觉得小孩子吸吮自己的手指很痒，他想笑出声，不一会，她小妹竟然睡着了。此时的感觉就像当年食指的感觉一模一样，他的脚底板感觉一阵发痒，他整个人开始往下陷。这时候他的右手臂突然被人戳了一下，他一个激灵，猛地一扭头——

"叔华你发什么愣？"

"蔡松伯——"顿时他感到内心一暖。

"蔡松伯，我感觉我伯华哥就在崎下面，你游过来一点，和我一样站在崎上来，用你手上的竹竿捣鼓一下看看。"蔡叔华如梦初醒。

"伯，我伯华哥他不会游泳，他有可能是受到了他们几个的蛊惑，看到他们几个在游，也想下水，极有可能他是顺着这条嵴就那样走着走着，一个不小心就滑了下去。我刚刚踩在上面的时候都根本站不住脚。你看，就这样来回走，以前我们夏天游泳的时候，他也这么来回走过一次，那一次上面都不滑的，有几处都被晒裂开了口子，他也就走过一次。若是嵴被水淹没了，我伯华哥是断然不敢下水的。"蔡叔华一只脚凫着水，另一只脚脚尖踮着嵴演示给蔡松看。

其他几个或是蔡叔华的叔叔或是伯伯的身子一上一下用脚在不同的地方探着，先前的那几个也游了进来，他们一声不吭，那几个也一声不吭。

"蔡大疤子，你过来，你砸个猛子下去看看，我好像戳到了什么东西。"蔡松伯的声音很洪亮，所有人听着声音都一齐游了过来，蔡叔华觉得和他那次在公园里给金鱼喂食时那些金鱼都游过来的情景一模一样。蔡大疤子是蔡家屋水性最好的，也是尼姑村有名的浪里白条，他每年都要跑到泊湖里游上几回。他还有冬泳的习惯，他说这样可以保持身材匀称，并且不容易生病，全然不顾很多人对他这种行为指指点点。因为不会损害到大家的利益，大家也顶多说一下他大冬天穿个大裤衩子满队跑不好看，多数时候人们还是能用到他的。比如，有一次，队里一群妇女洗衣服时不小心一件袄子飘到了水塘中间，他们用树枝捣鼓捣鼓，不想竟然越捣越远，她们开始大呼小叫，左一口"蔡大疤子"右一口"蔡大疤子"的。远远地，蔡大疤子跑过来，打趣道："你们扭过头去啊，我就要脱光了。"蔡家屋那些媳妇们笑开了花。蔡叔华站在嵴的另一处，这时候，他的下巴已经完全脱离水面，不一会就完全干了，风吹过来的时候凉飕飕的，他感觉比在水里还要凉。

七八个脑袋浮浮沉沉，慢慢地，蔡叔华看见水里泛起一片浑浊，先浑浊的那一小团污水已经有一部分扬上了水面，迅速扩散开去。一些气泡开始紧张地向上翻，有大有小，紧接着探出一个脑袋，再紧接着他的上半身出水，右手顺带握着一只比自己手细的手，那只手苍白中带点水感，有点像新鲜荔枝，再往下，几个人手忙脚乱，扯胳膊的扯胳膊，架腿的架腿……

"伯华哥——"

蔡叔华边游边喊，此时此刻，他无比深刻地体会到什么叫作"拖尸"。他爸爸蔡平有时候见他趿个鞋子拖来拖去，就骂他一句："拖尸啊!"蔡叔华想，他那样不叫拖尸，这才是拖尸，拖他伯华哥的尸。他们几个人边游边拖，蔡伯华的脑袋垂在水里，就像轮船后面的轮胎一样，轮胎是黑色的，伯华的脑袋也是黑色的。拖上岸的时候，他们将蔡伯华翻了过来，开始对着伯华的肚子捶捶打打，有的还拍打蔡伯华的脸，比那一年"光头党"老大王法打强八的脸的声音还要响亮，隔着空气蔡叔华都感觉到巨大的疼痛，这也是他蔡叔华第一次看到人脸被打却不见一丁点儿血色的。后来，他们把蔡伯华放在膝盖上，再后来其中一人干脆把蔡伯华甩在二黑家的水牛背上。几年后，蔡叔华在复述那种场景，他绞尽脑汁，并没有找到一个合适的对象来比喻那种无意识状态下令人肆意摆布的东西，准确地说，应该是人，不，尸体。同时，也没找到一种场景来很好地还原当年的场景，就算是好莱坞大片那种令人震撼的场景也不足以与之比肩。蔡伯华像死了一样，不，就是死了，他的堂弟蔡叔华在一旁瑟瑟发抖，他无比深刻地感受到了什么叫"七窍流血"，蔡伯华的眼角开始往外渗血，他一点都不害怕。蔡叔华时而被他们挤到人群之外，时而又被挤到人群之内，但是他的喊叫从未停下，从刚开始下塘到现在都是这样叫："伯华哥——"

朱雪妫就是这时候哭喊着过来的，她的声音很洪亮，离婚之前，她练就了一副好嗓子，一屋人没人能吵得过她。这个离过婚后不允许蔡叔华他们这辈人叫她婶子或者大妈，连蔡叔华本人也不行。蔡叔华坚决不叫她奶奶，他觉得很别扭，雪妫婶子是他伯华哥的亲妈，他叫奶奶不就乱了辈分吗？

他有一次问他伯华哥：“伯华哥，王达他们几个都喊你妈妈为奶奶，我该怎么喊？”

“谁喊她什么我都不在意，也与我无关，我有几年没喊过她了，每次见到她都是象征性地打一声招呼。不过，我想，再过几年，我会和大家一样称呼她奶奶。”蔡叔华并不知道，那时候蔡伯华已经快三年没到朱雪妫那边去了。他对朱雪妫的感情从一开始的留恋到后来的逐渐责怪，慢慢地就只剩下恨了。当他妹妹蔡港惠被他爷爷送给别人后，他一开始非常恨他的爷爷，后来，等他一个人静下来思考的时候，他开始对朱雪妫产生了反感和憎恨。他觉得，如果不是朱雪妫干的那些勾当，这一切都不会发生，这种感情在他父亲蔡国庆被关进牢里的时候他都没有过。在蔡叔华看来，蔡伯华好像并不关心别人怎么称呼他亲妈。他依旧固执己见，不管别人怎么做，他要么不叫她，叫她也是喊一声“婶子”。朱雪妫甚至扬言谁乱招呼，她便会撕烂谁的嘴。当然，蔡叔华没见她撕烂过谁的嘴，但有一点可以肯定，那就是蔡家屋不少人都慢慢接受了，队里一些长辈也都喊她婶子，他们这一辈的改口的那就更多了，或许他们都怕她撕烂自己的嘴巴，蔡叔华想。他三弟蔡季华也跟着叫雪妫奶奶，蔡叔华并不怪他，他怎么叫是他的自由，别人无法干涉，只是他有一点不明白，一个重点高中的学生，咋一点道理都不懂？看样子他也只会读点书。

很快，朱雪妫的声音就小了下去，她已经完全哭哑了。三房的人越来越多，二房的人慢慢站在人群外围，先前那几个参与救援的二房的人在一旁默默地抽着烟。在他们内心，蔡伯华是他们三房的子孙，人命关天的时候他们上前救援那义不容辞，也是每一个人最起码的良心。但现在该做的他们都做了，该轮到他们自己善后了，他们开始穿上衣服，有几个人开始往回走。

三房的人根本不让朱雪妫靠近蔡伯华的尸体，他们围成了一圈人墙，他们用自己的屁股对着她，人墙的有一个地方伸出一条胳膊，那是蔡奂英的，在蔡叔华看来，他奂英叔的那条胳膊格外粗，格外有力，比围墙其他几个人的胳膊都要粗，都要有力，就这条胳膊是围墙中最坚固最灵活的部分，那条胳膊是断然不会让她有机可乘的。朱雪妈哭着闹着，整个上半身几乎都悬挂在那条粗大的胳膊上，像是正月里横梁上挂的一大块腊肉，她黑色的衬衫好像专门为此时而穿，和腊肉的颜色很接近，干瘪的乳房与嘶哑的声音相得益彰，二者共同昭示着这个在蔡家屋飞扬跋扈的女人，也在渐渐老去。

那一刻，蔡叔华的内心开始有点动摇，他是应该管她叫一声"雪妈奶奶"了。

蔡奂英的手臂又一次不耐烦地往外一甩，他用极为愤怒的声音向朱雪妈吼去：

"死回家，这里没你要看的人……"

"你要看的人很早就已经死了……"

说这些的时候，蔡奂英的嘴边开始冒着泡沫，尤其是嘴角白色的泡沫甚至要滴下来了，那些唾沫溅得到处都是，其中有很大一部分落在了蔡伯华苍白色的肚皮上，但很快就消失了。蔡叔华想起了他五年级的班主任就是这个样子，上课的时候唾沫落在他黄白色的书上，有时候能够浸湿一个字，或者一个数学公式的中间某一段。因此，下午他回家打开课本的时候往往有一股很浓的口臭味，还夹着烟草的味道，"香梅"牌香烟的味道。他开始怀疑他后来出去打工与那些唾沫有关系，书上有了唾沫就有了臭味，有了臭味他就不愿意打开课本，不打开课本就经常不做作业，不做作业成绩就开始下降，下降就有可能考不上大学，考不上大学他干脆就变成了现在这个样子。他开始恍然大悟，原来这一切都源于那些唾沫。所以，从那次开始，他对别人讲话乱飞唾沫星子的样子很是排斥，甚至有想上去撕烂他们嘴的冲动。

蔡叔华在想着这些的时候他的精力有些分散，不知道人墙从哪一处开始出现了裂缝，抑或他堂哥的妈妈朱雪娣咬了人墙中哪个人的屁股一口？还是其他的什么原因，总之那条粗大的胳膊也垂了下来，手臂的主人的头也耷拉了下来，跟三伏天耷拉下来的茄子一模一样，酱紫色的茄子。人墙也开始逐渐散开。

朱雪娣已经停止了抽泣，她开始拼命按她儿子蔡伯华的肚子，蔡伯华眼角的血又开始往外渗，她每按一下，渗出来的就多一点，但无论怎么按，那些血也没到鼻孔，甚至鼻根都没有到，蔡叔华开始怀疑这些是不是假象，或者说那些恐怖电影里眼角的血是假象，他已经分不清了。他打了一个寒战，塘坝上开始起风了，日头也慢慢偏西，塘坝上的大人们的影子都扯得很长了，有的人开始往回走，先前的那些光头早已没了踪影，水面上开始平静如初，水也开始变得清澈。除了蔡奂英他们或蹲或站着的七八个人，周围和往常没什么两样。

蔡伯华的尸体在祠堂头尾放了三天，朱雪娣在祠堂的角落里斜躺着待了三天，这三天几乎没有人搭理她，也没有人给她送吃的。她嘴里喃喃自语，蔡叔华路过她身边的时候闻到一股酸臭味，比他上五年级的时候班主任的唾沫臭味还要难闻。蔡叔华走过她身边的时候，她偶尔会抬起头看着他，他感觉她的眼神很深邃，他几次试着跟她说点什么，但不知道如何开口。

老人们说，长辈不能给晚辈下跪，说是下跪会折寿，蔡奂英就朝着祖宗的牌位跪着，他就那么一直跪着，累了就起身坐一会儿，有几次他也流着泪，跟一开始去监狱探望他哥哥蔡国庆一样流着泪。以前蔡叔华一直不能体会浊泪是什么样子，在他的印象中，浊泪就是满脸是灰的时候流下来的泪，那些天他终于见识到了。原来，在这个世界上，白发人送黑发人的泪才是真正的浊泪，因为，那些泪水经过褶皱，分散开来的样子，就像黄土地上一条条的小沟壑，很小很小的沟壑，里面布满了水，那些水，就是浊泪。

蔡奂英那阵子很少吃饭，他常常跪地不起，常常一跪跪到凌晨。人们不知道，他这是在给他哥和嫂子赎罪，他替他那在监狱里的哥哥跪了一份。

蔡伯华出殡那天早上，队里人能来的都来了，蔡叔华所有的堂叔除了蔡国庆全部都到了，他所有的堂兄弟姊妹也都来了，家里没有请乐队，只叫了一个吹“黑杆子”的道士。一路上人们不声不响。

蔡伯华的坟比他见过的坟都要小，比很多陈年老坟都小，用的胖蔡季华的话讲，那座坟显得格外突兀，到底是重点高中读书的，在我面前舞文弄墨，你还嫩了点，蔡叔华想。直到下葬蔡叔华也没看到雪妫奶奶，他以为她定然要去的，他还以为他堂哥下葬的时候她会再一次哭得撕心裂肺。蔡叔华觉得队里的其他几个人似乎也有他这种想法，因为他们的眼神告诉他：他们在寻找着什么。

直到今天，蔡叔华再也没见过她。村里人都说她疯了，后来，听人说在县城的街上看到过她，下半身没有穿衣服，在垃圾堆里翻找着什么。

后来几年的某一天，在黑水塘的水面上，又漂着一具尸体，身着红色的衣服。

蔡伯华的外婆有一次坐在江西垄那片山的入山口给她女儿朱雪妫喊魂：“雪妫儿，你回来哟，回来哟……”声音很洪亮，和朱雪妫一样洪亮。

第二十四章

　　蔡港菊的妹妹蔡港兰开始会给叶莲子递拖鞋的时候，蔡港菊正在背着乘法口诀，这时候叶莲子的肚子又开始挺了起来。

　　这些年，叶莲子几乎没有出过远门，蔡港菊外婆家也离得近，她们也都没去过几次。用蔡家屋有些人的话讲，蔡港菊的妈妈只负责造人。忙神爷也改掉了常去街上的毛病，他们以前都笑忙神爷，说是从街上回来，嘴里的油条包得腮帮子都罩不住，里面的油滴得满地都是，生怕自己几个孙女吃上一口。在蔡港菊的记忆中这样的场景确实不少，油条不常有，油粑却常有，她爷爷从街上回来，总能从布兜里掏出不冷不热的油粑来。

　　这是蔡港菊记忆里唯一较为清晰的画面，也是她对忙神爷最深刻最原始的刻画。实际上等蔡港兰出生的时候，忙神爷就已经不再常去街上了，他吃油条的毛病也逐渐改成了吸黄烟。他在家吸，在田埂上吸，就算是挑稻的时候，他腰里也总是别着他的"烟筒棒"，一刻也不离身。他在家吸得更是凶猛，吸得越多，咳嗽的也越多，一咳嗽就会吐痰，痰吐得到处都是，让人避之不及，叶莲子经常说他，到后来蔡港菊也说他。等到妹妹蔡港兰出生以后，叶莲子说他说得少了，蔡港菊见妈妈说得少了，自然也就说得少了。然而，他抽黄烟的频次却更多了起来，他甚至不能闲下来，一闲下来就掏出他的宝贝。再到后来，他常坐的藤摇椅周围她们索性不去了，假若是要递什么东西给他，她们也是不敢靠近的，不敢靠近藤摇椅，甚至藤摇椅周围一圈能够被痰所覆盖的地方蔡港菊都不敢靠近，生怕粘到鞋上，她们也总是隔得远远地，踮起脚尖，给他递一沓黄表纸。

忙神爷自从吸食黄烟以来，他的脾气也渐渐变得古怪，动不动就骂人，骂蔡港菊、骂蔡港兰、骂蔡家屋他觉得可以骂的人。但他从不骂叶莲子，或许这和他懦弱的性格有关系，或许是因为其他什么原因，直到他去世那一天，他都不曾骂过蔡港菊的妈妈一次。然而在他眼皮底下，并没有别人，渐渐地，蔡港菊听得出来，那些骂她的话，有一半的话其实在骂她妈妈叶莲子。那些难听的话也会同一时间传到叶莲子耳朵里，有时候蔡奂英在家，他就停止了谩骂，这时候蔡港菊他们吃饭的声音就稍微大了一些，蔡港兰也只敢在这时候哭上一回，撒一次娇。

叶莲子那些天出门更少了，他和蔡奂英的房间里总是很阴暗，好像没有灯似的，时间久了，蔡港菊出入他们的房间就渐渐习惯了，黑暗里只要能看到手，她总能够将港兰轻轻抱起，港兰很瘦，蔡港菊抱起她的时候就像抱起一只狗，她也温驯得像一只狗，像她们家小黑小时候。因此，蔡港兰很期待蔡港菊从尼姑村小学放学回来，小黑也很期待蔡港菊回来，她一回来总会抱抱她，再顺便抱抱小黑，她习惯搂住她姐姐蔡港菊的脖子，她就那样吊在上面，看起来像是很久没人抱过她了。小黑不会搂住蔡港菊的脖子，但是它和蔡港兰一样热情，它表达热情的方式就是舔蔡港菊的脸，它嘴里总有一股奇怪的味道，那种味道蔡港菊说不上来。直到有一次，蔡港兰在稻场上屙屎，它远远地盯着看，港兰挪动了一个位置，它欢快地跑上前。这一幕被蔡港菊尽收眼底，她感到一阵反胃。这件事发生以后，蔡港菊就再也不怎么抱它了，至多摸摸它的脑袋，然后往后一捋，它的眼睛被撑得好大，眼神里透露着疑惑，她一松下来，它就会用前腿来搭她的小腿，她自顾往前走，随它去。

蔡港菊在像妹妹蔡港兰那么大的时候，忙神爷只要能腾出手来，就会抱着她去附近的尼姑街上耍。小街上几家小店那些零食摆在什么位置她都一清二楚。那里面的小零食她几乎吃了个遍，"唐僧肉"和"包公粉"她总能在嘴里含好久，那时候一毛钱三颗糖，蔡港菊总能够留两颗回家，她吃完后将糖纸擦洗得干干净净，叠在一块，放好。蔡港兰出生后就没有这种待遇了。

天呢天，莫起风；

二十四里接祖宗；

二十五里打豆腐；

二十六里杀年肉；

二十七，好吃（读 qi）；

二十八，杀鸡杀鸭；

二十九，样样都有；

三十日夜（读 ya），讲好话；

初一初二不驮骂；

初三初四打一下；

初五初六吃年肉；

初七初八吃鸡吃鸭；

初九初十吃猪食。

时值腊月，小年一过，孩子们就吟唱着这段一代代传下来的童谣，在他们心中，年越唱越好，巴不得一年四季都过年。大人们也总是微笑着说："哎，大人望插田，孩子望过年呐。"于是他们更是受了刺激，叫得更欢了，男孩子往往比较害羞，蔡伯华也唱过这段，只不过是在灶前生火或者做其他家务的时候偷偷地唱一句。蔡港惠走了之后，蔡港菊就变成了家里最大的女孩，在蔡港菊的心中，蔡伯华就是她的亲哥哥。那一年，她六岁，蔡伯华十三岁，他已经初中快毕业啦。他长着一脸胡子，从耳垂下一直到下巴，他把自己抱起来时，用下巴的胡子扎她的肚皮，兄妹俩闹成一团。

闹完之后，蔡伯华会静静地看着蔡港菊，直盯得她不好意思的时候，他堂哥便开口说了："太妹，我教你一首童谣吧？"

"好呀好呀。"蔡港菊笑起来的时候露出两个小酒窝，在蔡伯华眼里简直和蔡港惠一模一样。

太妹太，驮气卖

卖哪里，卖江西，

江西江，卖九江，

九江九，买笤帚

笤帚笤，卖粪瓢

粪瓢粪，卖拐棍

拐棍拐，卖牛奶，

牛奶牛，卖气球！

气球飞上天，把你的屁股炸两边！

"咿呀，咿呀……"蔡伯华的眼睛又开始有点湿润了，他赶紧逗港菊，强迫自己不去想那些乱七八糟的事。

过年意味着新衣服，意味着烟花爆竹，意味着有鸡鸭鱼肉从某种程度上讲随便吃。对蔡伯华来说，除了这些，还意味着最亲的人归来，但这已经是很久以前的事了。在他出事前三年，这种年终愿望变得遥不可及，变得跟做梦一样。蔡港惠被送人以后，五年多过去了，直到现在，她哥的矮坟上已经长满了草，周围已经围了一圈水泥、砖块，她也没回来看一回。人们不知道蔡港惠是否收到了有关她哥蔡伯华去世的消息，但就算知道了，丁点大的小孩能知道什么呢？她又能做什么呢？无非是多一个人哭一顿。她回来无非是被大人带着到坟前磕个头，她甚至连一炷香都买不起。实际上，从此以后蔡家屋除了蔡港菊在某一天找到了她堂姐，跟她像陌生人一样吃了一餐饭外，再无人见过她。所谓的遗物赠送，那是电影里的桥段。

蔡国庆在他儿子下葬那天不知道从哪里冒了出来，他等所有的人都离开了，一座新坟立在蔡家屋的山上，他走上前，坟上有两个花圈，一些白色的纸铜钱，他就站在那里，默默地看着"蔡氏伯华之墓"这几个大字。没过一会，朱雪妫也来了。蔡国庆向后看了一眼，他认出了是朱雪妫，朱雪妫也认出了他。蔡国庆待了几分钟后便走了，他没有去他弟弟家，甚至没去他妈坟前烧烧香。蔡奂英把这个消息告诉他哥的时候，他刚出狱六天，他什么话也没说。蔡家屋除了蔡奂英知道蔡国庆出狱了之外，没人知道。从此，蔡家屋没人知道他去了哪里，连他弟弟蔡奂英他都没告诉。

蔡港菊有时候想，堂哥到底是什么人都没有等到就走了，就像他妹妹，我堂姐蔡港惠在梨树下等他回家一样，只不过，结果与那天在梨树下他没看见堂姐后找了很久的结果一样。

"奂英，你到你二伯家称些'福食'来，他们家那头猪要出栏，祝家庄祝屠户一早担着浴盆去过了。"忙神爷让蔡港菊提着铁篮子跟在儿子后边。

"伯，今年称多少？腊肉不置了吧？正月腊肉盘里亲戚都不伸筷子。"蔡奂英右手挽着铁篮子，眼睛示意港菊一块跟着去。

"腊肉还是要做些，后面日子还长着哩，天长日久的日子里放几瓣蒜子，切点肉搁一块窝在米饭旁一蒸，油盐都省了。"忙神爷做腊肉做了几十年，在他心中，不做腊肉和腊鱼这个年就不完整。在蔡家屋，大家都知道忙神爷有两大绝活。一是种大蒜，他种的大蒜又大又粗，大蒜叶子还不容易发黄，从头年腊月一直能吃到次年三四月份春暖花开的时候。他其实也没有什么绝活，那些蒜种也是头年留下来的土蒜子，和蔡家屋其他人家并没有什么两样。但种的时候还是有一点讲究：选取相对比较大块的蒜子，挖出一条条隆起的土墒，在隆起的土墒上再用鹤嘴镐尖的那一头轻轻地勾出一条细小的沟，然后在沟里灌入猪大粪。大粪也有讲究，需要用粪勺在粪窖里上下来回搅拌，将表层氧化了的黑色粪便和里面褐色粪便充分拌匀，这时候气泡和着浓浓的大粪臭味扑鼻而来，你便可以舀了，还要保证大粪不稠不稀，否则大蒜子立不起来，不小心就会弄到手上，日后长出的大蒜也东倒西歪的。到了地里，将大粪再次搅拌，然后才可以滴粪。趁大粪还没完全渗入土墒时将大蒜子均匀地插入，然后在上面撒上一层薄薄的鸡屎粪或者灶灰，假如是鸡屎粪的话，最好拌上一些细沙，一方面来防止鸡屎粪将大蒜苗烧死，一方面大蒜在出面后容易拔出。忙神爷最谙"庄稼一枝花，全靠粪当家"的朴素道理。忙神爷的另一绝活便是腌制腊肉和腊鱼。如果说种大蒜的核心技术是大粪和大粪的合理使用，那么腌制腊鱼腊肉的核心辅料便是盐。那些肉由屠户从桌案上切下来的时候，记住一条：千万不能碰水！新鲜的猪肉和着血水的时候，忙神爷开始忙活了。他从街上买来粗盐，用手在猪肉上厚厚地抹上一层，一般两斤猪肉一斤盐，抹完后将它盘起来放在阴凉处晾一天，让粗盐和猪肉度过一天一夜的蜜月期，等到第二天艳阳高照，忙神爷家的西边猪圈的墙上便会挂满了大大小小的腊肉和腊鱼。慢慢地，腊肉和腊鱼会慢慢变成黑褐色，因为水分被晾干，逐渐变得很硬，这时候割一块下来，用开水泡一会，洗净，和大蒜是最好的搭档。

在很久以前，那时候忙神爷还没有开始跑庙，他还不是一个"在家居士"的时候，他便习惯将"杀猪"叫作"福猪"，将"猪肉"叫作"福食"，将"猪骨头"叫作"福宝"。他习惯这样叫，也不喜欢别人吃饭的时候说"骨头"这些字眼。他虽然忌讳那些看起来不文雅的叫法，但他却是最喜欢吃肉的，他在跑庙之前，家里常常只能吃饱饭，跑庙后，日子也慢慢好了一些，猪肉常常能买得到，也能保证新鲜了，他更是几乎餐餐不能脱肉。以至于蔡奂英他们在吃饭的时候，只能将夹起来的骨头叫作"宝贝"。

"来，宝贝，爸给你夹一块'宝贝'。"

"港兰不要，港兰不喜欢吃'宝贝'。"蔡奂英看着他二女儿撇了撇嘴就要哭的样子，哈哈大笑。

"给你给你，给我家港兰夹一块更大的，最大的。"蔡港兰出生以后，蔡奂英像这样大笑的时候越来越少了。

蔡奂英和大女儿蔡港菊到了他二伯蔡仁国家门口的时候，蔡仁国的二儿子蔡奂安正在厨房烧开水，他比蔡平小三岁，和蔡国庆一样，是几个堂兄弟里性格比较犟的。门口已经摆上了条凳，两扇木门早已卸下来洗刷干净，门缝里几处滴着水，水流汇集在一个低洼处，一些草屑木棒浮在上面，嘴里吐着泡泡。蔡仁国正在给几张凳子脚下垫些瓦块什么的。

"死老头子，你在条凳下面垫那些有什么用？待会猪一个翻身，小心崴着你们膀子。"蔡港菊的二奶奶总是这么歇斯底里，但口气里并没有生气的味道。

"奂英来了，哟哟，港菊也来了，儿，来来，到二奶奶这里来，二奶奶给你找吃的。"二奶奶拉着蔡港菊的手折身便往房间里走。二奶奶和几年前一样，无论这些孙子辈长到多大，无论是老三家还是老四家的，她都一视同仁，从来不厚此薄彼，无论是男孩女孩，在她口中都是"儿"和"肉"。蔡伯华他们孙子辈所有的人打心底都喜欢二奶奶，只可惜这个年过了没多久，老人家便因为胃癌去世了。蔡家屋的老人们在过年的时候还保留着炒些花生、红薯干、蚕豆什么干货的习惯，一些孩子上门的时候，他们会掏出一把塞在人家荷包里。蔡和祥家还会置办一些杏仁、开心果之类价格贵的干果，他们家每年杀猪都不对外卖，儿子女婿们分分。从前队里有些穷人家的孩子初一的时候总会到老人家去，拱拱手，说上一句祝福的话语，一圈下来，荷包总会被塞得满满的。现在孩子们都不稀罕这些了，过年能吃到的，平时也能吃到。他们更喜欢过年的气氛，喜欢大家聚在一块那种热闹的气氛。蔡港菊被二奶奶拉着，她感觉有点不好意思，她扭头看着她爸爸，希望她爸爸能够帮她打个圆场。她已经快上初中了，她不再是以前的小女孩了，她开始希望周围的大人们能够照顾到她的颜面。

"嗯嗯，二伯，嫲嫲，俺伯让我来办些年事，嫲嫲，侬不用给她拿吃的，她都那么大了，还吃糖？港菊你来把篮子挂在那边钩子上。"蔡奂英指了指他二伯家披屋上钉的几颗钉子，走进了厨房。蔡港菊如获大赦，几乎是抢着跑去将篮子挂在最矮的那颗钉子上，钉子都锈瓷实了，像老枞树丫子，正好与她手上的篮子颜色一样，她手中的篮子也锈瓷实了。

"奂安，烧几锅水了？"说话的是蔡奂安的童养媳王子茹，她比蔡奂安还大两岁，从七岁开始住在蔡仁国家，后来长大了既当姐又当媳妇。子茹是她在王家凹时就有的名字，他们俩连婚酒都没办，王子茹也没有过怨言，如今，她伺候蔡仁国一家人已经快四十年了。蔡港菊站在她旁边，她不想看着一群男人在那里抽烟说诨话，她发现她这个堂伯母这两年也老了不少，上唇中间裂了一个大口子，可以看到里边的红肉，她说话的时候那个口子一张一弛，让蔡港菊都感觉疼痛。

"烧了两锅了，祝屠户也不来，我这又不能停。"蔡奂安指指一旁的大木桶，桶里往外冒着热气。

"他早就来了，浴盆不在外面放着吗？咋不能停？等他来了，再加几把火可以的。"王子茹一边坐在小马凳上，一边往灶膛里塞进一把柴火，她觉得小马凳烫得很。

"哎哟，他一早把浴盆放在门口，罢了就跑回去吃饭了，喊都喊不回来。得，你看着锅里，我去催催他。"蔡奂安转身想上尼姑街。

"二哥，我去吧，你歇一会，妈，你去厨房帮二嫂打个下手。"蔡奂英的四伯母放下手中的篮子，双手在围裙上擦了擦，正准备从儿子接过孙子蔡橙发。

"妈——"蔡奂华嘴巴努了努，意思是让他妈去厨房。

"那啥，港菊，你过来带一会弟弟。"蔡奂华放下他儿子蔡橙发。

蔡港菊有些不情愿地走了过来。蔡橙发是这个大家族里男孩里面年纪最小的一个，因为家里堂兄弟都比他年纪大出不少，这个差不多和蔡伯华相差一纪的男孩极为娇生惯养。一个月前，六十多岁的蔡仁法的右眼被他用晾衣架戳肿到现在都没有消肿，他竟没有丝毫的愧疚，依旧成天骑在他爷爷的脖子上。因为溺爱，五岁的小孩快长到八十斤了，有时候别人从他们家门口经过远远地望去，还以为他爷爷脑袋上顶着一角箩松树丝呢！

"爸——我也要去，哇——"

果不其然，蔡港菊刚碰一下他的手，蔡橙发便挣脱着黏了上来。

"哎哟——儿——不哭不哭，到奶奶这里来，爸爸去尼姑街叫屠户，马上就回来，那屠户可厉害了，他手里有刀，你怕不怕？马上就来杀大黑猪了，我家橙发要看大黑猪喽——"四奶奶朝一旁的蔡奂英讪讪地笑了笑，"我家橙发最喜欢撵路，他妈妈上个茅厕他都要跟着，哎，劳神劳力，你是不知道，这男孩子就是痞，痞得狠，大晚上也不睡觉。你看你们家港兰就很听话，早知道就要女孩就好了。"四奶奶似乎将"男孩子"这几个字说得很重，她这种语气让她侄子蔡奂英在一旁坐也不是，站也不是，退也不是，进也不是，脸上青一阵白一阵的，双手不知道放在哪里合适，好像是硬生生地多出了一双手来。

"哎呀，亲家，亲家母，我来迟了，来迟了，哈哈……"祝屠户一头担着他的家伙来了，一边麻利地将那些家伙塞在凳子下面。尼姑村共有六个屠户，这个祝姓的屠户最讨人喜欢，他腿脚利索，嘴巴像抹了油，碰到年纪相仿的他叫"老表"，年纪大一点的他管人家叫"亲家、亲家母"，有时候，人家对他有一点不满，被他这么一称呼眉心很快就舒展开来了。因此，在六个屠户里，他是最受欢迎的，一到年终，他便忙得不可开交。他跟蔡奂安说是回家吃饭，他哪里是回家吃饭哪！他一大早起来已经到附近一个队里帮人家杀了一头猪了，他将那头猪剐了皮，切开了放在案板上，赶忙把浴盆挑到蔡奂安家，又马不停蹄地赶往那家把肉剁了分好，他估摸着这边差不多准备好了，便拿着家伙赶了过来。他最多一天要杀十来头猪，有时候会忙到凌晨。

"他亲家母，你们家不就是上半年三月份捉的两头猪吗？这才多久？"祝屠户一边用热水洗他的那些宝贝，一边说道。

"哎呀，你不知道，死不长肉，一天天净知道吃，米糠吃了几百斤，到头来连个猪食开销都凑不够，奂安他们一年到头不着家，哪有时间伺候那些畜生，罢了罢了，干脆杀了吧，百把斤肉总是差不离的。"在蔡仁国心里，虽然他儿子儿媳妇在镇上已经安了家，但蔡家屋才是他和他儿子的家，如果他知道这个世界上有个德国的话，他一定会说："哎呀，你不知道，我那个孙子，一天到晚不着家。"

"可不就是，后头屋里石五娘家六头猪，嘈死了，哈哈，这东西还真不能太过，多了就互相拱食，就要像你们家这样，两头猪，不多不少，这畜生啊，和人一样，你要没人和它抢，它把头埋在猪食了，嘴巴'滋、滋'只喝水，你要是太多了吧，又吃不到嘴里，一天到晚饿得鬼哭狼嚎的。这不，去年，后头屋那谁家不死了一头乳牛？听说是让母猪给踩死了。"祝屠户将砍刀、尖刀、剔刀和刮刨等用自己带的抹布擦干，放在篮子里摆好。

"对了，奂英老表，你媳妇快生了吧？我看你下半年也没怎么出去嘛。依我看，生儿育女都一样，我那时候第二胎恰巧是个男孩，要是女孩我也认了，不生了，受罪。这日子呀，自己过得舒心就行。"蔡奂英最怕别人提起这个话题，他权当祝屠户话赶话赶上了。

"可不是，三哥死心眼，非要生个孙子，伯华不是孙子……"四奶奶赶紧打住嘴。

"走走走，猪早上没吃食吧，你看，嗷嗷叫，奂安，奂华，走走，来，奂英，你也搭把手，亲家母——可把水烧滚烫喽……"祝屠户赶紧接下四奶奶的话茬，不让她继续说下去。说完就拿着一根细绳走向猪圈。蔡奂英和蔡奂华走在他后面，蔡奂安拿着一个大扫帚跟在后边，他父亲蔡仁国走在他左边，两个人肩膀一高一低。

没有一会工夫，一头猪就被祝屠户牵了出来，二爷爷拿着大扫帚在后面赶："吼哧——吼哧——"

"老弟媳妇，你把院子铁门关一下，对了，灶里添一把火，把水再催开一下，赶紧赶紧。"王子茹跑出又跑进。

"我来，哦，我来，茹，你歇一会，我可要看着点我家儿毛，可不能让他上前看福猪，孩子晚上做噩梦。"四奶奶恨不得将橙发整个抱在怀里，她已经快抱不动她孙子橙发了，那孩子两只脚不时踢在水泥地上。那一声声叫得一旁的蔡港菊全身都起鸡皮疙瘩。

祝屠户将那根细绳系在猪的左前蹄关节上，从猪胯下绕到右边，用力一拉，猪的左蹄立马跪了下来，随之整个身子侧在地上，蔡奂安几个壮劳力一齐将猪推倒，死死地按在地上，猪开始意识到危险了，便拼命号叫："吱儿——吱儿——"这种声音不像饿了的时候"嗷儿——嗷儿——"地叫。猪圈里那头猪此刻正惊魂不定，它还没来得及平复自己的内心，一听到它兄弟的求助声，也跟着号叫了起来，两头猪的叫声此消彼长，队里几条狗打探到了消息，也匆匆赶了过来，在院子铁门外一齐示威。

那头猪被抬着四条腿搬上了临时用木门做的案板，蔡奂安按着猪头，准确地说是按着猪耳朵，蔡奂英紧挨着他按着猪背部，蔡奂华向后下方扯着猪的两条后腿，猪不再叫了。

猪最后一声叫是在猪屠户将尖刀捅进它脖子的部位发出来的，它那声叫的不再是"吱儿——吱儿——"而是又恢复了饿的时候发出的"嗷儿——嗷儿——"鲜红的血喷射而出，很快就在事先放在下边的脸盆里凝固，祝屠户在凝固的血上画了个字。

杀猪的关键环节便是那一进一出。祝屠户想起了他刚学徒的时候，他师傅告诉他，这一刀的火候是最要紧的，弄得不好猪杀不死那便是造孽。祝屠户第一次操刀的时候他师傅在旁边帮他按着猪头，奇怪，那头猪连挣扎都不挣扎一下，他一刀下去，很快那头猪便一命呜呼了。可在第二次他可就没那么幸运了。

他清楚地记得那一年他二十四岁，正值血气方刚的年纪，他已经当学徒一年多了，他跟随师傅少说也杀了几百头猪。而且他自己也在几个月前刚刚亲手解决了一头快三百斤的大肥猪。尼姑村的人都知道这师徒二人，那家人也知道，但还是有些担心。听说他师傅要将这个活交给他自己，他们眼神里透露的不信任深深地刺痛着年轻的祝屠户。他想，这一桩差事我可不能干砸了，他开始有些紧张。他师傅蹲在一棵躺着的枯树上抽着旱烟，一声不吭。他开始觉得手心在冒汗，正所谓"知之非艰，行之惟艰"，祝屠户越是担心旁边的人越是疑惑。他只能硬着头皮赶鸭子上架了。他拿出他师傅平时的架势，上演了一出他接下来从业四十多年都忘不了的"壮观"场面：只见他一刀下去，那头猪一声号叫，接着四肢死命乱踢，一个人这边没有按住，那头猪竟然从案板上一跃而起，猪血四溅，溅在了人们的脸上、上衣上、裸露的手臂上，到处都是，那头猪开始狂奔，尖刀还插在它的脖子上。直到跑出几十米远，才卧在草丛里大口喘着粗气。

那头猪在放干血后之后整个身子又挣扎了一下，这耗尽了它最后一丝力气，接下来便是长久的安静，这种情形与蔡伯华描述的爷爷去世的情形有些类似。猪圈里那头猪也不号叫了，二爷爷说明年开春再捉一头小猪来，几只狗也不知道什么时候散了去。

这是蔡港菊长这么大来第一次完整地看杀猪的整个过程。她的大脑里只有一种印象：原来，生和死真的只在一念间。猪是这样，人呢？

祝屠户用尖刀在猪蹄上割了一个口子，开始往里面吹气，很快猪肚皮就胀了起来。几个人从两边将木门抽开，猪整个身子全部得以浸泡于开水之中。蔡港菊想，假如此时此刻浴盆下面有一团火，那水定是会沸腾的，那猪也会翻腾。猪屠户将猪翻个身，提起猪的一只后腿，趁热开始刮猪毛，黑色的猪毛开始一层层褪去，褪完毛的猪白白净净的。蔡港菊突然想笑，这不就是传说中的小白脸吗？原来，这就叫作"死猪不怕开水烫"啊！

蔡奂英从他二伯家割了二十四斤肉，还有一点猪肝，蔡港菊手里捧着一碗猪血旺，两人一前一后走在蔡家屋门口塘坝上。那些猪血旺上满满的全是孔，蔡奂英说那是空气，还说女孩子吃猪血旺好，能补血。

蔡港菊笑了，就问她爸蔡奂英："爸，吃猪血补血，那吃猪屁股是不是会拉屎？"

"你这死妮子，没个正经。"蔡奂英被逗得大笑，父女俩笑得前俯后仰。

在蔡港菊心中，他的爸爸蔡奂英对她一直都特别好，可能是因为长女的缘故吧。另外，在蔡家屋，所有的人都知道蔡港菊的学习成绩特别好，年年都能拿回奖状，这让蔡奂英很是欣慰。很多年后，当人们得知继蔡港菊后，紧接着第二年她的堂姐蔡港惠也考上了大学后，忙神爷跑庙积下的功德荫庇后人的说法便逐渐成为蔡家屋的又一谈资。

回到家，蔡港菊像往常一样，尽量不去惹她爷爷。忙神爷这阵子脾气很暴躁，动不动就骂人，而且蔡港菊发现一个现象，他爷爷骂人开始有个习惯，他一边干着活，一边对着家具或者农具骂，她知道他在指桑骂槐。她总感觉那些话语就是骂她，但她感觉更多的应该是骂她妈妈叶莲子。正月，过了孩童们口中"吃猪食"的日子没多久，蔡港菊的第二个妹妹，蔡港英出生了。蔡港英出生的第二天，叶莲子就出院了，她扶着腰艰难地走在回家的路上，蔡奂英在旁边扶着她。在蔡港英出生的第三天，忙神爷就住院了，与叶莲子住的同一家医院。

就这样，蔡奂英成了蔡家屋他这一辈中唯一一个有三个女孩的男人。即便在他父亲蔡仁石那一辈，蔡家屋也只有两家生了三个女儿。其中一家只生了一个男孩子，有三个女孩反而是福分。而另外一家，他婆娘在生完三个女儿后再也不愿意生第四个了。于是乎这就成了历史遗留问题，直到蔡港菊能够在路上跑，他们家才有了一个男孩，取名叫"张从顺"。因为他的爸爸做了"招来女婿"，自然而然，他就变成了他们家的子孙，但依然姓张，而不姓蔡。在小孩子的心中，张从顺和蔡从顺没有任何的不同，他也是一个鼻子一个嘴。当然，他不姓"蔡"，他姓张，弓长张，叫"张从顺"，但大伙儿都喊他"张顺从"。有次张从顺跟大家一本正经地说，他以后有了孩子全都姓"蔡"。这样一来，他的儿子就根正苗红，就名正言顺地遗传了他们蔡家的血脉。

蔡港菊不知道她爸爸以后是不是也要将她留在蔡家屋，然后给她招一个女婿，这个女婿变成媳妇，她变成儿子。但是有一点可以肯定，她妈妈也是再不会生了，说什么也不愿意生了，为了生个儿子，蔡港菊二妹的名字都没有好好取。因为她出生在香港回归的第二年，她爷爷便取了一个"港"字。等到她第一个妹妹出生，就没有那么幸运了，跟着姐姐沾了一点光，再到二妹这里，忙神爷已经预备了几十个甚至是几百个孙子的名字。什么"腾飞""立柱""继发"，应有尽有。他甚至走亲访友咨询那些有些文化的亲戚们，他孙子该叫什么名字合适。

有一天，他请了一个盲人回来，拉到叶莲子房里，跟他说："你看，我这个孙子该叫什么名字好？哦，我忘了你看不见，那你给我算算我这个孙子该叫什么名字？"

盲人翻了翻他的白眼，他眼睛里是看不到黑眼珠的，他的眼睛里混沌一片，该黑的地方一片灰，该白的地方全是白色。他眯了眯他的白眼珠子，他伸手朝叶莲子的小肚子上摸了摸，又摸了摸，起码摸了五分钟。蔡港菊在一旁急得很，爷爷却将她往外拽，生怕打扰盲人算命。蔡港菊拼命往里面挤，背上揩了一背墙灰，后来怎么也洗不掉。忙神爷在一旁"嘿嘿"地笑，他的后牙槽已经没有牙齿了，用一排金属牙齿代替，发出银色的光。摸完了那个盲人左手牵着忙神爷的手，右手还杵着一根竹竿，准确地说是忙神爷牵着他的手，出房门的时候，他故作优雅地低了低头。

"你这个孩子是个男孩，我保证是个男孩，我刚摸到了他的把，是个带把的，你要请吃饭喽。这孩子下个月就要生了，五行缺土，缺水，干脆就叫地雷吧。"

"地雷？这个名字好，响亮，我们蔡家也要响亮一回，蔡地雷，哈哈哈哈……""蔡地雷，踩地雷，这是不是不太好？"爷爷突然意识到什么。

"那就叫地蕾，地蕾怎么样？"

"什么 lei？哦，上面落个草字头不是？那也行，但感觉像是女孩的名字。"

"你这样想啊，'雷'在草之下，就是说男孩在女孩之下嘛，你看，你们家不是已经有两根草吗？"那盲人边说边朝蔡港菊这边望了望，蔡港菊不确定她能不能看见自己，但是那种没有黑眼珠的眼睛让她终生难忘，就像在她心尖上剜去了一块，她第一次也是到目前唯一一次尝到了"剜心之痛"是什么味道，这种味道比黄连苦，苦一百倍。

爷爷知道他说什么，他不反驳，也许蔡港菊和妹妹的确是草吧。

但是事与愿违，叶莲子到底还是生了个女儿。蔡港菊想，她这个妹妹的出生给他们家庭做了一个总结，至少有三点：第一，从她爸爸这一辈算，他们家从此以后，就成了队里为数不多的三个孩子之家，而且是唯一一个三个女孩之家，上一辈是张从顺他外公，后来名正言顺地变成了他爷爷，这一辈子便轮到了蔡奂英，她的爸爸奂英；第二，她家再也不会生第四个孩子了，因为第三个孩子罚了款，虽然村里干部不忍心多罚，象征性地罚了一些，最重要的是她妈妈不会再生了，她妈妈在生完港英之后就结扎了，她肚子上有两道疤，一道是结扎的疤，一道是生港兰的时候留下的疤；第三，她爷爷的身体开始每况愈下，以她二妹出生后他住院那天为分界线，日后他就莫名其妙地肚子疼，医生说是肠痉挛，他说是"肠劲男"，但无论是肠痉挛还是"肠劲男"，他总是有的，就算是到后来我们觉得到合肥的大医院都查不出什么毛病，那有可能就是装的，我们一度怀疑他是装的，但是我们没有证据，他也没有证据说明他的确痛得要命，医生也说不出来，我们就这样僵着，直到他死去，我们才觉得他是真的疼痛，然而，我们面面相觑，都不知道他是由于什么病去世的。

他们说蔡港菊的爷爷是因为气滞，然后郁郁寡欢而去世的。这一点，早年队里有人用来形容过女人，但在一个男人头上说，蔡港菊还是第一次听说，她们不反驳。那段时间，蔡奂英的牙一直很疼，为这事他也很郁闷，蔡港菊开始担心他爸爸蔡奂英是不是也会郁郁寡欢而死。

叶莲子在家窝了七年，蔡奂英也断断续续地在家窝了七年，用他们的话讲，都发了霉了。东西发了霉，他们也发了霉，他们的心脏和肺都发了霉。他们急切需要出门晒晒。蔡奂英在他第三个女儿出生一个月后就出门了，出远门。叶莲子也出了门，她坐了三次月子，这一次她没有坐满一个月就出门了，她比以往出门都洒脱。蔡港菊感觉叶莲子的这种洒脱是来源于绝望，反正生不了男孩，就让你们说去吧。其实在蔡港菊内心，叶莲子对她们三个都一样，因为她没有弟弟，也就没有了对比，但是她相信她会一碗水端平的。因为，她在无数次劳累回家的时候，看着自己和港兰在写写画画，她总是欣慰地笑。母亲叶莲子的笑，对蔡港菊和蔡港兰两姐妹来说是一种美味，是一种莫名的动力。

叶莲子对姐妹仁都非常严格，这种严格让蔡港菊甚至觉得有点过分，但是她又是绝对以身作则的。在叶莲子严格的作风影响下，蔡港菊以全班第一的成绩考上初中，最终以全校第一名的成绩被县一中录取。

伟大的作家莫言在瑞典发表演讲时举了他母亲的几个例子：

"我记忆中最痛苦的一件事，就是跟着母亲去集体的地里捡麦穗，看守麦田的人来了，捡麦穗的人纷纷逃跑。母亲是小脚，跑不快，被捉住，那个身材高大的看守人扇了她一个耳光，她摇晃着身体跌倒在地。看守人没收了捡到的麦穗，吹着口哨扬长而去。母亲嘴角流血，坐在地上，脸上那种绝望的眼神我终生难忘。多年之后，当那个看守麦田的人成为一个白发苍苍的老人，在集市上相遇，我冲上去想找他报仇，母亲拉住了我，平静地对我说：'儿子，那个打我的人，与这个老人，并不是一个人……'

我最后悔的一件事，就是跟着母亲去卖白菜，有意无意地多算了一位买白菜的老人一毛钱。算完钱我就去学校了。当我放学回家时，看到很少流泪的母亲泪流满面。母亲并没有骂我，只是轻轻地说：'儿子，你让娘丢了脸。'"

蔡港菊看过后有所触动，她在日记中写道：我不是莫言，我没有莫言那么伟大，但有一点我认为是相同的，那就是我和莫言都有一个伟大的母亲。我记忆中最难忘的事，就是在那一年，我六岁光景，母亲叶莲子骑着二八自行车带着我，那时候路还不是水泥路，车轮时而被路中间的泥土围抱，时而被大大小小的石子弹起，我们二人艰难地跟在一辆拉满木料拖拉机的后面。半路上有个急转弯，一长条木料从拖拉机上被甩了下来。母亲一个急刹车，原本不高的个子差点从高高的二八自行车上重重地摔下来。母亲飞快地从单杠座位上抱起了我，任车子在泥石公路上趔趄了好几周。冒着浓黑烟的拖拉机伴随着母亲责怪不得而又无奈有余的眼神消失在远方。母亲始终没有吭声，默默地扶起自行车，回去给我叫了一个月的'魂'。

　　我从小就对小麦怀有敬畏，这种感情一直延续到了今天。长这么大，我从来不曾摸过一次麦苗，一次都没有过。那一年，我四岁，妹妹还没出生，我们在一个叫作"底下"屋的一个远房亲戚家住了一段时间。有一天中午，母亲去给那位远房亲戚送饭，路上经过一大片麦田。我很兴奋，一路上踹了麦苗好几脚，母亲很不高兴，责怪了我几句。我没放在心上，等快要走到麦田的尽头，我飞快地腾出双手，满满地拔了一把麦苗，煞是得意。接着我便挨了重重的一记耳光，这一记耳光永远地戒断了我对拔麦苗最基本的冲动，也打出了我对劳动汗水的珍惜与同情。母亲告诫我：'你现在扯掉的麦苗，将来都是能够长出粮食的，一口粮食能够救一个人的命，你现在的行为就是在谋财害命。'

　　平凡人可以做出平凡人的贡献，或许在很多方面，终其一生他们都不能与伟人媲美，但平凡人的母亲与伟人的母亲其实都是一样的，她们都很伟大。不说别的，就单单对子女倾注的心血，任何一个母亲都是相等的。这种感情是亘古不变的，是永恒的。哪怕有一天她在天堂，那双怜爱的眼神也永远陪伴我们左右。假如这个世界如《神曲》描述的存在'地狱''炼狱'和'天堂'的话，在这个世界上，只有母亲愿意永久地困顿于"地狱"最狭窄的地方，前提是这能够减轻她们子女的罪过。

　　是的，对母亲依恋的这种情愫是世界上最值得令人歌颂的传奇。每一个母亲最小的举动往往会让孩子记住并模仿一辈子。母亲传承给我们做人的原则与态度，乃是我们一生的财富。"

　　日后在蔡港菊大学毕业的典礼上，她作为优秀毕业生代表上台发言。她说道："我首当感谢的是我的妈妈，感谢她的眼神，感谢她的不嫌弃，感谢她顶着村里所有人的压力不让我们下地干活，一天都不曾有过。"

　　蔡港菊大学毕业两年后，她妹妹蔡港兰从县一中考上华东师范大学，叶莲子在她二女儿港兰的升学宴上哭得一塌糊涂，在场人无不动容。她没有接受任何人的敬酒，她也没有下厨房帮忙做一件事，她就那样掖着港兰的录取通知书不放，一直到人烟散尽。她把港兰的录取通知书放在爷爷的坟前，她不置一词，她把酒倒在爷爷坟前，她没有下跪，就那样蹲着，用三炷草香将黄表纸和冥钱拨开烧尽。

第二十五章

　　蔡声华在外面漂泊了十六年之后再次回到了蔡家屋，这是他外出打工后第四次回蔡家屋，从此以后他再也没有离开过那里。我们说的"再也没有"指的是从此以后他继续和蔡家屋保持着联系，他和蔡家屋大部分年轻人一样，年头出门，年尾回家。在离开蔡家屋的时候，他的爷爷蔡和祥还活得好好的，蔡家屋没有谁知道他患有不治之症，当然他自己也从没有想过。

　　蔡声华当初怀着对蔡和祥深深的憎恨离开时曾暗暗发过毒誓：你这辈子不混出头绝不再回蔡家屋！在他心里，他认为前几次偶尔因为特殊原因回一趟家，并不能破坏离开家十几年的完整性，直到很久以后，蔡声华才发现，现实里的情节和电影里有些不一样，甚至根本不同。这种不同表现在他回家前和回家后。回家之前，他做过裁缝、石匠、油漆工、工地小工，甚至在肯德基干过半年，直到最终跟随他的舅舅一起老老实实做了水电工。不管他经历什么，不管时间多久，十六年呐，人生有几个十六年？暂不说大他小半圈的伍麦宁去世了，连蔡伯华都去世了，他伯华哥坟上的草都好深了，甚至还长了几棵小树。一晃十几年就过去了，如今自己也过了第二个本命年，却并没有像电影里那样荣归故里，没有继承某个远房叔叔或者世伯的海外遗产，甚至他自己的舅舅都过得紧巴巴的。这些年自己除了长到了一米七三以外，他存下的身外之物还不够在家里盖个房子。甚至对爷爷蔡和祥的恨也随着时间的逝去变得不再真实。

　　在投奔自己的舅舅之前，他几乎没有存款，头几年还经常饿肚子，桥洞也不是没睡过。有一次，他听人说市里要检查，连夜几辆大卡车满大街抓流浪汉运到西南的落后省份去，要不是自己机灵一点，现在在不在还是个问题呢。这样的经历工地上有人有过，那时候严打，街上只要看到光头的或者看起来不像是好人的，很多都被逮了起来，有些人的的确确是好人，但是好人和坏人的区别那时候是分不开的，坏人做过坏事，好人也做过，被关在了一起，好人就无法证明自己是好人。那个人被关了整整二十一天，说是在里面坐的地方都没有，一群人排成一排堆在一起，人挨人，中间不留缝，一个便池还紧挨着睡觉的地方，二十一天好像过了二十一年一样。出来后人就变了，神经兮兮的，好像是受了什么刺激，之后头发再也没剪过。谁让他去剪头发他就和谁拼命。后来，有个朋友看着他那么惨的样子，感慨道："其实也简单，好人之所以是好人，是因为他未将坏的想法付诸实践，仅此而已。你看，这不就是好人，但谁知道呢？"

蔡声华投奔他舅舅之后，他舅舅管得严了，除了每个月的零花钱，剩下的钱都给他存了起来。其实，后来到底有多少钱连他自己都不知道，工地上工资多数时候一年一结，有时候半年一结，那些钱都不会到自己的账户上，只有每个月有限的零花钱自己有支配权。这一过就是十来年，谁知道到底有多少？他舅舅一开始也是体恤他可怜，怕他花惯了手脚，他觉得手脚一松，这孩子就没救了。可时间一长，账户上的数字慢慢涨了起来，像滚雪球似的，一开始是半年发一次，也有两个月一次的，看工地的流动性，后来一年一次。可不管怎么样，账户上的数字由原来的四位数变到了后来的五位数，再到现在的六位数，将折子挤得满满当当的，实实在在的都是白花花的银子，只要一开闸，那些银子就像困久了的野兽一样奔腾而出，想想都令人惊奇。他自己的账户上还从没有过六位数呢，有谁的钱像他外甥的钱这样只进不出的？

蔡声华的舅舅开始萌发一些想法，他给自己找了一个借口：这么多钱给他，万一他败了怎么办？万一被偷了怎么办？我怎么对得起他的娘？哦，不对，不能说对不起他娘，准确地说是他娘对不起他，他爹也对不起他，所以也不存在对不起他爹的说法。更不能说对不起他爷爷，他爷爷也没养他几年，还经常把唯一的孙子打得上蹿下跳。总的来说，还是对不起他自己，自己那么多年的血汗，也有一定对不起我的成分，这些年我就成了他的监护人，虽然在法律上我不被承认，但是法律是死的，他不会在你没有监护人的时候跑出来监护你，到底还是要有一个人看着你，关心你的饮食起居，这个人就是我。再说了，这么多年，也没有一个其他的什么亲戚站出来说一句，声华由他来监护。所以，他这么一想，心里舒服了很多。实质上，人在做任何自我都觉得不妥当的事情的时候，比如那种事不违法但是从道德良心上过不去，或者说游走在法律边缘的时候，他就会找一堆理由来说服自己，一旦说服了，那双手就开始伸了出来。

蔡声华的舅舅就是在那时候伸出那双手的。他在蔡声华宣布回家盖房子的时候尝试着去挽留了一段时间，他甚至怀疑有人在背后唆使他外甥回去。但是他仔细想了想，也不会有人让他回去，他奶奶也在去年过世了，就算在世说到底也不是他的亲奶奶，她会真的对声华那么好吗？至少值得怀疑。既然值得怀疑，也就从很大程度上排除了这个，不作为考虑。后来，他想明白了这还是自己前几年给他出的主意，该回去盖个房子娶个媳妇了。确实也是，就算自己再怎么挽留他，他到底还是蔡家屋的人，是蔡家的后代，是蔡和祥家的后代。也罢，让他回去吧。

蔡声华带着六千块钱回到蔡家屋，准确地讲是两千，剩下的四千他放在了他信用社的卡里。他回到蔡家屋之后的第一感觉就是跟几年前毫无两样，他依然像条鱼浮漂一样不知道该走向哪儿。他有更重要的事要做，他打算先去蔡伯华的坟前看看。一想到这里，他头一次感到肝肠寸断，就像想起自己的亲人一样肝肠寸断，他爷爷去世他都没有如此肝肠寸断过。但是他爷爷去世的时候他第一时间就知道了，专门有人托信叫他回来戴孝，代替他那个不争气的爹戴孝。但是，一开始伯华哥去世了没人通知他，他不是亲属，即使是一撇写不出两个“蔡”字也没有用。

来到蔡伯华的坟前，蔡声华感到一种莫名的亲切。他感觉眼前矮矮的坟头由内向外冒着热气，他有些喘不过气来，他几乎是跪在坟前，他掏出一张一百块的纸币，随手摎了一块石子，将那一百块纸币压在墓碑上，“伯华哥，我只有这个真钱了，真钱也一样，你拿去花吧，弟弟我这些年也没赚到钱。”蔡伯华的墓碑上刻着：“蔡氏伯华之墓”，除此之外，空无一字。他想起蔡伍麦宁的墓碑上也只刻了这么几个字。

“声华，你妈妈有次去我家陪我妈聊天，说她要走。”伯华在他耳旁耳语，声音不大，却对自己产生了很强烈的刺激，这句话也成为自己在学会讲话后第一次记得最深刻的一句话，这句话也在随后的几千个日日夜夜里反复在脑子里出现，一字不落。同时，刻在自己脑海里的还有伯华少年老成的样子和语重心长的口吻，还有就是那个穿着鹅绒衫头伸得像鹅的总体形象，虽然在这之后也见过的蔡伯华却是其他的模样，但那一次形象不可磨灭。哪怕是在梦中，他对蔡伯华的印象还是那般模样，尽管其他人已经成为小伙子，大人。

他突然觉得没什么劲，真心没劲，他站起身，拍了拍身上的土，他抬脚爬上了坟顶，有一小块土脱落了下去。他扯了一会上面的小树和草，他显得有些烦躁，他觉得这些东西太欺负人了。他开始汗流浃背，真正的冬天还没有来，十几年来第一次亲身感受家乡的秋天，他想起了一个笑话，“大哥，你亲自来上厕所啊？大哥，你亲自来吃饭啊？”他自己一个人笑了起来，他伸出前脚，手从兜里掏出烟，点燃一根，含在嘴里猛吸了一口，他想起了给伯华点上一根，他又点燃了一根，将那一百块钱挪了挪，将烟搁在了墓碑上。他将左手揣在裤兜里，烟使他的眼睛眯了起来，他看了看周围，天逐渐暗了下来，他感觉背后有点发凉。他开始怪自己恐怖片看多了，他感觉伯华在坟里对着自己笑，整体的形象还是一本正经的。他有些害怕，他将小半截烟头从墓碑上拿下来扔地上踩了踩，烟头被粉身碎骨，他开始彻底意识到这就是阴阳两隔，他快步走出山林。阳光普照大地，他掏出手机，时间是下午四点三十八。

蔡声华路过忙神爷家门口，院子已经上锁。这几年家家户户基本上都修起了院子，人们也不三三两两、陆陆续续走到村口的大树底下乘凉了。也难怪，蔡家屋已经没几个人在家了，有的也就是些老人，现在连小孩都没了，都带到外地去了。有些年轻人甚至几年都不回家，蔡声华就是最早也是最典型的那一个。

于是，家家都盖起了院子，院子是个好东西，最大的用处就是防盗。但也从此阻断了大家彼此的交流。过去谁家要是发生什么事，老远别人就知道，比如夫妻俩打个架什么的，总有人出来劝架。现在呢？他想，家里怕是死了人都没人知道吧。

他听到蔡伯华爷爷家隔壁，也就是三爷爷家隔壁传来了拍打的声音，这种声音很亲切，这是一种农村里很地道的声音，是一种很接地气、听着很舒服的声音。他想，这会是谁？燕军他妈妈菊子婶子吗？会是她吗？院门虚掩着，他推开门进去，他定眼看了看，果然是她。

"菊子娘娘……"

"哪一个哇？"菊子婶停下手中的活，抬头看了看这边，"哦，这不是声华吗？你这伢子，你咋回来了？头几年听你奶奶常讲你回来了一趟，也不到我家坐坐，你这伢子。莲伢，你端个凳子出来，你声华哥回来了。"

"找到你奶奶了吗？老太太屁股都不沾凳子的。哦，该死，娘娘记性不好，你莫怪。待会晚上到我家吃饭。"

"没事，菊子娘娘，我正准备到尼姑街剁两斤排骨，那，你看……"声华没有提去看了伯华的事，他想，这又有什么意义？

"你这尕伢子还不错，听你二姑讲过去还常搭钱给你奶奶。这次回来待多久？挣大钱了吧？"

"菊子娘娘，我这次回来就不准备回去了，我准备在家盖个房子，我舅舅说我也该讨个媳妇了。"声华一边逗乐莲伢的女儿，一边像是自言自语。

菊子婶子继续用手中的连枷拍打着稻场上的黄豆禾："是该回来了，你看你莲伢妹妹，你以为这是她第几个孩子？这是第二个了。"

蔡声华觉得有些尴尬，总感觉找不到自己想要的那种感觉，他到底要什么样的感觉呢？是像被他奶奶摸着头的那样？还是希望看到盛大的欢迎仪式？他看到比他小两岁的妹妹已经是两个孩子的妈时，他有些不适，他开始怀疑自己给自己的定位。他到底是个孩子还是大人？如果是孩子，他没有享受到孩子被摸头的待遇，而且自己也早过了本命年的生日。若是大人，他总感觉到自己的臂膀不够宽阔，或者说屁股不够大，小板凳都坐不满。他看到那些包工头一起吃饭时把塑料椅子坐得满满的情景，他觉得自己显得单薄了些。不仅外在显得单薄了些，内心也是这样，他甚至没有什么话题和菊子娘娘聊，但是他和伯华倒是能说上不少话，就在刚才。

蔡声华的房子花了十二万多元，三间正房加一个厨房，厨房放在了外边，跟正房没连着，但中间做了一个遮雨棚，棚子顶是合金材料做的，这样，即使下雨天，也能保持最大限度的干燥。蔡声华说那个房子还差一点外债，关于这个，在办进屋酒的时候，大家都不相信，他们都一致认为，声华除了盖房子外，还有不少存款。事实也是这样，但的确他们都没有错，蔡声华盖房子的确欠了两三万元的外债，欠外债有两种原因：第一，他舅舅掐得紧，就这房子前前后后他去要了不下十次，每次像挤牙膏似的，一次给几千，一会是存了定期取不出来，一会是多了容易掉；第二，农村做什么事，没有说都是一次性给清的，以前是因为穷，钱到了年终，债主会想尽各种办法去要账，时间一长，都养成了习惯，不欠一点彼此都觉得不太好意思。债是欠了些，但是蔡声华确实还有存款，这一点大家也没有错，而且存款远比花去的钱还要多。他们算了一笔账，这些年做水电很吃香，一年算四万块的话那也不少了。蔡家屋开始有人传言蔡声华根本没有外债，他有几十万的存款。还有人说不止几十万，上百万都不止，除此之外，他在外面还买了房子。有人开始传言，蔡声华还娶了媳妇，甚至还有两个娃，一男一女。总之，这些话不断地以讹传讹，他们觉得蔡声华就是千万富翁。但不管是不是千万富翁，至少眼前他有一套属于自己的房子，自己盖的房子，而且这个房子没有盖院子。

蔡声华家门前还铺了水泥，有几个老头喜欢吃完晚饭，端把小马凳，往那一坐，有时候不说话，光抽烟。

蔡声华看着他们，仿佛回到了从前。

第二十六章

故事结束了，我们总要结尾，这个尾需要活着的人来结，最好要有文字的东西，比方说，蔡港菊的日记：

"又是一个国庆节，又想起了堂哥，他真的走了，不管我愿不愿意接受这个事实。这一走便是九年，九年之后的今天，我也已经上了重点大学，港兰也考上了重点高中，港英在班里也一直名列前茅。我妈和我爸也已经想开了，更重要的是，外人都已经想开了，不仅想开了，言谈举止之间，还常常透露着羡慕，羡慕我们一家其乐融融，各尽其职，三个孩子读书都很好，平日里爸妈照常外出务工，节假日一家人大多数时候都能团聚，这算是队里最热闹的一家了，这样的家庭，这样美满的日子，夫复何求？

村里现在水泥路已经实现了户户通，据说隔壁村还通了公交呢。我从南京到家门口满打满算也不会超过四个小时，往往是出发的时候跟妈打声招呼，到家洗个手就能捧上热腾腾的饭菜。以前我总担心村里把我们家门口的几块地规划成公共的花园爸妈会拒绝，没承想他们比我还想得开，还反问我呢。说是之前那里都堆放着垃圾，一到下雨天，污水横流，下面的水塘常年漂着死鱼。昨天爸开车去外婆家，才知道 20 世纪 90 年代分家后的大舅小舅两家又合到了一块，才知道小舅又生了一个儿子，想想港英出生的那会儿还想着藏呢。吃饭的时候，大人一桌，小孩一桌根本坐不下。哎，我这尴尬的年纪，眼瞅着自己最多余，干脆端个马凳到院里去。和我一样想法的还有当年从同济大学硕士毕业硬要留在上海的小姨，我便突然想到了'物以类聚，人以群分'这个成语，看来我俩又默契到一块了。她竟然也怂恿我回老家！说是家乡的水土真的和年轻人对付，还给我发来了她的B超单，现在一个乳腺结节都没有。

堂哥的发小大多也都生了小孩，声华哥也停止了他的漂泊，算是安了居。然而，不管怎么变化，我想如果堂哥在世的话，他现在一定是个博士，而且是文学博士，因为在他的内心一直留有一个梦，那个梦就是文学。十年之前的那会儿，他是高中文学社副社长，他们一群热爱文学的人在那个近乎残酷的赛跑建制中畸形生长着，校园里每一个角落里都残留着他们'恰同学少年'的文学芳香。我找到了他文学爱好者兼同学的文章，那是他们当年游完白崖寨归来之后，供大家一阅，算作纪念。

游白崖寨记

癸巳年初，蔡独守宿松县，寂寥无所遣。吾与章受邀欣然而至。值时日正好，风轻云淡，遂摆驾白崖寨，此行六人，其群季妹皆俊秀也。余作文以记之。

盘山涌至，初见白崖寨，拾级而上，约一二里，现一门，入之有遗堡迹，有刻文，曰其始建于明，取山石而成。然时光荏苒，木参差而寨残垣。又闻两党曾战于此，事之激也。环顾之，景致虽不及五岳之奇伟、秀丽、险峻，然偏隅一方，袖珍之地，精致也！即日见之，人烟稀少，盖声名未起，非景之劣也。

续阶，感木蓄于林而秀直，泉出于潭而清净。怪石嶙峋，松针如织，竹亭相宜。凤卧龙栖，九曲幽然之居；风听雨望，蜿蜒隔世桃源。天问之石向天问，魁星木阁数魁星！有老者立于寺，倚门视尘客，徐步，举止皆泰然。余相田，极登临之胜，徘徊。恍惚风景旧曾谙，何日更重游？

归之，蔡设琼筵，煮脚于厨室，夜至深。会秉灯于芳园，叙天伦之乐事，有淋漓之感。思白日之所游，忽感前程未卜，事业堪忧，然吾等皆鲲鹏之辈，非安雀也！各奔东西，后之相聚者几何欤？古之至大境者亦微矣，愿独立之格、自由之神拥乎胸，心觅此自由之胜地，得其法，岂不乐乎？知不可乎骤得，容与。

人生天地间，忽如远行客。去之数日，愁绪难消。念此怀悲戚，寤寐不能忘。蔡、章见之，如转载不成，辄自罚酒斗数记，再见剧饮而归。

写这篇文章的人叫刘亚辉，他说："除了塞壬，任何人带不走蔡伯华。"